PASSEURS DE NUIT

DU MÊME AUTEUR
CHEZ LE MÊME ÉDITEUR

Les Paras sacrifiés, document
Les Français à Sarajevo, document
Pièges à Bagdad, document
Les Troupeaux du diable, roman
Les Soleils de l'Adour, roman

Frédéric Pons

PASSEURS DE NUIT

Roman

Production Jeannine Balland
Romans Terres de France

PRESSES DE LA CITÉ

ISBN 2-258-06743-X

Avertissement

Les personnages de ce roman sont imaginaires, comme leurs aventures.

A côté de leurs noms fictifs figurent pourtant ceux de personnages réels, ainsi que des histoires inspirées de la réalité de la vie pyrénéenne, plus particulièrement des Pyrénées centrales.

Les lecteurs désireux d'approfondir leurs connaissances pourront se reporter à deux ouvrages intéressants : *Femmes pyrénéennes*, d'Isaure Gratacos, Editions Privat (1998) et *Les Grands Guides des Pyrénées*, d'Antonin Nicol, Editions MonHélios (2002).

Principaux personnages

Ostau[1] Védère

Paulin Bégarie et son épouse Magdeleine, née Védère ;
leurs enfants : Jean-Marie, l'aîné, et son épouse Bernadette, née Abadie (leurs enfants : Louise et Pierre) ; Clément et son épouse Jeanne, née Pailhès, sans enfant ; Etienne.

Ostau Miramon

Louis Miramon et son épouse Marguerite, née Duffau ;
leurs enfants : Marie-Jeanne, l'aînée ; Michel (ses enfants : Jean-Louis et Simone) ;
Louis, petit-fils de Michel.

Ostau Menvielle

Jules Menvielle, le grand-père, garde champêtre ;
André Menvielle et son épouse Suzanne, née Cazaux ;
leurs enfants : Jean-Pierre, l'aîné ; Marthe (ses enfants : Raymond et Hélène) ; Antoine.

Ostau Fontan

Gabriel Fontan et son épouse Elisabeth, née Longagnère ;
leurs enfants : Dominique, dite Domenge, l'aînée ; André ; Catherine ; Bernard.

1. *Ostau* désigne la maison au sens de « famille » ou « foyer ».

Ostau Longagnère

Jean-Auguste Darrouy et son épouse Marie, née Longagnère ; leurs enfants : Augustin, l'aîné ; Albert ; Jeanne ; Rose ; Jean.

Autres

Joseph Fréchou, le curé ;
Lucien Planté, instituteur ;
Yvonne Saenz, institutrice ;
Pierre Ramounoulou, André Pujo, Henri Vergez-Bellou maires ;
Pierre Darré, hôtelier à Gavarnie ; Alexis, son fils ;
Pierre Abadie, meunier à Gèdre ;
Georges Adagas, guide et chef résistant ;
Henri et Célestin Passet, Germain Castagné, François Bernat-Salles, guides pyrénéistes ;
Fernand Poinsot, industriel à Bordeaux ;
Ramon Ventosa, contrebandier aragonais ;
Juan Diego, son fils ;
Amédée Duffau, retraité ;
Jeanne Costes, commère.

PREMIÈRE PARTIE

1914-1918
Les lois de la montagne

1

L'ombre émettait une sorte de râle régulier, un discret grondement accompagné de temps à autre d'une secousse. La sensation d'une présence inopinée, quelques craquements de brindilles et la perception d'un souffle discret avaient tiré Amédée Duffau de son engourdissement. Le vieux n'était pas rassuré. A son âge, ses yeux avaient perdu de leur acuité. Il s'en voulait de ne pas pouvoir identifier cette masse dont il percevait mal les contours, dilués dans le clair-obscur de la hêtraie, en contrebas de l'endroit où il se trouvait. La forme sombre semblait immobile, plus inquiétante qu'en mouvement. Allongé sur un matelas de feuilles sèches et de faînes accumulées au fil des automnes successifs, Duffau n'osait plus faire un geste. Il venait de se réveiller d'une courte sieste en redescendant de sa promenade. Il s'en voulait de s'être laissé ainsi surprendre.

Le vieux berger regretta encore plus l'absence de Pastou. Son gros chien des Pyrénées avait protégé ses brebis pendant des années mais il était mort, trois ans plus tôt, après s'être brisé une patte en sautant d'un rocher. Brave et vieux Pastou ! Il avait accompagné son maître pendant vingt ans, gentil et courageux, grognant à la moindre menace, éloignant de sa grosse voix et de sa masse blanche les chiens errants, les ours et même les vautours qui guettaient les animaux malades.

Sans Pastou, Amédée Duffau se sentait en danger. Le béret recalé sur le crâne, il fit glisser sa main sur le côté. Son bâton de châtaignier était là, mais il lui parut soudain bien trop fin et il savait qu'il n'avait plus le poignet d'acier de sa jeunesse. De mauvais rhumatismes l'empêchaient maintenant de hisser son foin dans la grange pour les cinq brebis qu'il continuait à vouloir élever. Castagné, son voisin, plus jeune et plus gaillard que lui, se chargeait du travail contre un ou deux fromages.

L'ombre lui tournait le dos, à moitié dissimulée par les troncs des hêtres et par un taillis venu couronner ce qui restait d'une énorme souche. Duffau se redressa sur un coude, la tête rentrée dans les épaules. Il se déplaça très lentement de deux mètres vers la droite, en essayant de glisser sur le tapis de feuilles, se faisant le plus léger possible. Réflexe de vieux berger, il cligna deux ou trois fois des yeux pour affiner sa vision. Il sursauta et faillit lâcher tout haut son juron de surprise.

— *Ilh de pute! Eth oùs*[1]!

L'ours! A quelques dizaines de mètres de lui! Si bas sur la pente qui plongeait vers le gave et si près du village! Duffau pensa d'abord aux troupeaux laissés dans les pacages pour les dernières belles journées de cette fin d'été. L'ours avait-il déjà pris son impôt de chair fraîche? Une catastrophe pour les éleveurs, qui n'avaient déjà pas grand-chose à vendre à Luz, le jour du marché, en dehors du beurre, des fromages et d'un peu de laine. Il songea ensuite aux jeunes bergers, ces gamins du village qui montaient parfois bien au-dessus des granges d'estive pour mesurer la force de leurs jarrets sur les rochers les plus verticaux. Il y avait du danger pour tous. Et d'abord pour lui-même.

Jusque-là, Duffau n'avait pas réussi à comprendre l'attitude de l'animal. Il chercha d'abord à en évaluer la taille.

1. « Nom de Dieu! Un ours! »

Il dut changer encore de position, s'écarter d'un mètre, attentif à faire le moins de bruit possible dans cette forêt où il commençait à se sentir bien seul. Enfin, il vit l'ours en totalité.

— Ouh ! Celui-ci est un gaillard. *Gran mascle*[1]... Sûr !

Cela le rassura presque. Une femelle aurait peut-être été accompagnée de ses petits, donc dangereuse. Le risque aurait été grand de se faire repérer et de provoquer l'affolement de la mère, sa peur pour les oursons, puis une réaction de protection qui pouvait se transformer en défense meurtrière pour l'imprudent promeneur.

Il comprit aussi sa difficulté initiale à évaluer la taille de l'animal. Tantôt dressé sur ses deux pattes arrière, tantôt se reposant sur les quatre, l'ours alternait sa position, tout absorbé par un travail qui le détournait du reste du monde.

A intervalles réguliers, l'animal lançait une patte vers le large monticule adossé à la souche du hêtre foudroyé naguère par l'orage. Duffau connaissait le tertre pour l'avoir lui-même parfois observé : une fourmilière. L'ours recommença son manège. A moitié redressé, en équilibre sur trois pattes, la quatrième tendue devant lui, d'abord au-dessus de la fourmilière puis plongée à l'intérieur pendant quelques secondes. Aussitôt après, les poils et les griffes tout imprégnés d'acide formique et de dizaines de fourmis, il engouffrait sa patte dans sa gueule, avec un râle de satisfaction qui fit sourire Duffau : Le salaud ! Il s'en met plein la tripe, de sa gourmandise !

L'ours éternuait, secouait la tête, chatouillé par les fourmis qui grouillaient sur son museau. Il se léchait les griffes et l'intérieur de la patte, goûtant le dépôt d'acide formique que les milliers d'insectes affolés projetaient en direction de l'intrus. Le plantigrade violait allègrement leurs galeries et leurs réserves, de plus en plus profondément. Les

1. Un grand mâle.

fourmis se défendaient grâce à ce dégagement chimique, leur arme de dissuasion toxique contre leurs prédateurs. Mais l'ours n'était en rien dissuadé. Il raffolait de cette substance au goût âcre de vinaigre qui l'enivrait, comme un nectar sans cesse renouvelé. Sa grosse patte velue était celle d'un gamin dans le pot de confiture d'angélique de la grand-mère. Il semblait ne pas s'en lasser et grondait de plaisir.

Duffau voyait sa langue claire aller et venir sur le museau, à droite, à gauche. Il devinait les crocs puissants de la bête. Inquiet, il se demandait aussi comment s'enfuir sans se faire repérer de l'animal. Et, surtout, la fourmilière était située plus bas dans la pente. L'ours lui barrait donc le chemin du retour vers le village. Il fallait pourtant filer et prévenir Gavarnie de la présence d'une telle bête, en cette saison, si près de la vallée. Une situation dangereuse. Duffau écarta l'épais tapis de feuilles rousses, gratta la terre et modela une boulette compacte dans laquelle il glissa quelques faînes et leurs graines luisantes pour l'alourdir. Il voulait attirer l'attention de l'animal de l'autre côté de sa position et l'inquiéter assez pour le faire fuir.

Le vol de la petite boule de terre et de coques, trop légère, n'alla pas bien loin. Les branches et les feuilles la désagrégèrent à quelques mètres à peine de Duffau. La boulette retomba en pluie fine, dans un bruit de cascade que le berger trouva assourdissant. L'ours se redressa aussitôt, la tête tournée vers le haut de la pente, dans la direction exacte de l'endroit où se trouvait le vieux. Duffau se figea dans une immobilité de statue. Il savait qu'un ours dominé se sent toujours vulnérable. En général, il prend la fuite. A l'inverse, un ours en situation dominante peut devenir agressif en profitant de sa position avantageuse.

Enorme et sombre, l'animal attendit quelques secondes, immobile, attentif aux bruits de la forêt, comme un tronc mouvant. Il éternua, émit un nouveau grondement sourd qui finit en toux rauque. Duffau le vit secouer l'échine puis se frotter la gueule et les yeux à grands coups de patte. L'acide formique ingurgité le piquait. Le vieux reprit confiance, prêt à filer. En position de dominé, le gosier et les yeux irrités, l'ours ne semblait plus en état d'engager le combat. Que pouvait-il voir à travers ses yeux remplis de larmes ? Pas grand-chose. Il retomba sur ses quatre pattes mais pour se redresser aussitôt, avant que Duffau n'ait eu le temps d'esquisser le moindre geste. Un frisson de peur le saisit quand la bête pivota, comme au ralenti, avant de s'élancer d'un bond vers le haut, évitant largement la zone où se trouvait l'homme. Son trot bondissant, étonnamment léger, le fit disparaître dans les fourrés, vers le sud.

Duffau ne s'attarda pas une seconde. A son tour, presque en ligne droite, il dévala la pente, aidé par son bâton de châtaignier qu'il n'avait jamais serré aussi fort. L'homme et l'animal s'enfuyaient dans des directions opposées, fouettés par les branches des sapins. Aussi vite qu'ils le pouvaient. Aussi effrayés l'un que l'autre.

Essoufflé, débraillé, Duffau arriva enfin à la hauteur des premières maisons du village, au débouché du chemin menant au bois des Entortes. Il avait couru de toute la force de ses vieilles jambes, secoué par l'expérience qu'il venait de vivre. Le béret de travers, la chemise échappée du pantalon rapiécé au genou, il agitait son bâton nerveusement. Il passa devant chez Costes, sans s'arrêter, contrairement à son habitude, ignorant les deux commères qui papotaient devant la grange, profitant d'une trouée de soleil dans les nuages.

Il faisait très froid dans la vallée depuis quelques jours, plus que la normale. Il avait même neigé un peu plus bas que la hourquette d'Allantz, sur le plateau des Cardous, où des troupeaux de moutons achevaient l'estivage. Le soir, des langues d'air froid glissaient vers le gave, portant un avant-goût de l'hiver qui n'allait plus tarder. Mais les feuilles s'accrochaient encore aux arbres, dont la palette virait chaque jour davantage de l'or à la rouille avec les derniers soleils de l'été. La fin du mois d'août donnait aux hêtraies pyrénéennes l'allure des grandes forêts canadiennes. Le répit serait de courte durée. Le vent du nord allait bientôt souffler et figer la nature pour de longs mois. C'était une question de semaines et peut-être de jours.

— Hé bé, l'Amédée, tu ne dis plus bonjour aux amies maintenant ?

Duffau n'entendit même pas, trop pressé d'aller porter la nouvelle au village, sur les marches de la maison Tossat, comme le faisait son ami Menvielle, le garde champêtre. Duffau leur fit un vague geste avec le bâton, semblant chasser des mouches.

— Oui, oui, assez, les femmes ! grommela-t-il, accélérant le pas, soudain accompagné d'un chien surgi de nulle part qui se mit à trottiner à ses côtés, curieux de ce qui allait se passer, alerté par son instinct.

— Ou alors, lança Jeanne Costes, tu nous prépares une *caguère*[1]. Avec toutes ces mûres que tu grappilles, mon pauvre...

Duffau était arrivé au carrefour de la maison Tossat, à l'intersection du chemin qui montait vers le port de Boucharo et l'Espagne, au-delà de l'église Saint-Jean, et de celui qui conduisait au cirque, le long du gave. Des générations de voyageurs et de fuyards, de pèlerins pour Saint-Jacques-de-Compostelle et de contrebandiers étaient passées ici depuis le Moyen Age. Jules Menvielle, le garde champêtre, y faisait ses annonces réglementaires. Les jeunes conscrits s'y assemblaient avant de partir pour leur traditionnel charivari. Le mardi, deux ou trois col-

1. Diarrhée.

porteurs venus de la basse vallée vendaient du tissu et des babioles. A l'automne, on voyait des marchands de cochons espagnols descendre à la rencontre des villageois des vallées de Gavarnie et de Barèges.

A cette heure, presque midi, les odeurs des cuisines du quartier faisaient remonter au carrefour le parfum des légumes qui mijotaient sur le feu depuis le matin. C'était l'heure de la soupe. Deux hommes discutaient du froid précoce sur les marches. L'arrivée de Duffau les interrompit. Ce que le vieux berger avait à dire les étonna. Ils appelèrent les premiers voisins. En quelques minutes, dix personnes étaient assemblées autour d'eux. Chaque nouvel arrivant faisait répéter à Duffau son aventure de la matinée. Conteur inlassable et de plus en plus prolixe, il s'exécutait.

Une femme dit qu'il fallait appeler le maire. On l'avait aperçu sur le pont du gave, à l'entrée nord du village. Pierre Ramounoulou rejoignit un peu plus tard la foule à grandes enjambées de montagnard. Derrière lui suivaient Magdeleine Bégarie et quelques autres voisins du quartier du bas. Alerté par les éclats de voix, étonné par un tel charivari à cette heure de la journée, le curé arriva lui aussi de sa cure, la serviette de table encore à la main, car il s'apprêtait à attaquer la soupe. Des enfants accouraient.

— Vas-y, Duffau, redis-leur ce que tu as vu !

— Attendez, ne me faites pas faire le *parrouquet*[1], commença-t-il, faussement courroucé.

— Bah, pauvre Amédée, tu es trop déplumé pour faire l'oiseau ! ricana Jeanne Costes, son amie d'enfance, accompagnée de l'éclat des rires aigus de quelques femmes.

Minuscule et toute vêtue de noir depuis son veuvage, Jeanne s'était faufilée au premier rang, ne perdant rien du spectacle. Ses yeux toujours vifs, fichés au fond d'une

1. Perroquet.

figure ratatinée comme une vieille pomme de terre, riaient du spectacle et lançaient des banderilles.

— De toute façon, quand Amédée dit une chose vraie, un lièvre lui sort du cul, alors...

— Tiens ta langue un peu, Jeanne ! ordonna le maire.

Amédée Duffau était au cœur de l'attention générale depuis dix minutes, ce qui n'était pas fréquent, et il le savait. Il goûtait ce moment avec plaisir, cherchant à n'oublier aucun détail de cette aventure qui le plaçait au centre de l'intérêt du village. Il recommença le récit qu'il avait déjà fait à ses premiers auditeurs. La voix plus posée, car il avait repris son souffle. Son ton un peu emphatique fit sourire le curé. Les autres étaient tout ouïe.

— J'étais vers le gave des Tourettes...

— Et aussi, qu'est-ce que tu foutais par là, à ton âge ?

— Pareil, c'est son coin à champignons !

La discussion dériva aussitôt pour s'engager entre quatre ou cinq villageois dans un brouhaha total. A peine commencé, le récit s'était déjà interrompu. Duffau parlait, plus personne ne l'écoutait. Une voix claire et forte s'éleva pour imposer le silence :

— Par exemple, allez-vous vous taire, vous autres !

— Merci, Magdeleine, murmura Duffau. De vraies pies, tous ceux-ci. On doit les entendre même en haut du Taillon.

— Vas-y, Amédée, raconte, intervint le maire.

— J'étais au-dessus du gave des Tourettes...

Duffau détachait chaque syllabe, lentement, pour bien marquer l'importance du moment. Le soleil au zénith éclairait le groupe attentif tandis qu'arrivaient d'autres villageois, curieux de ce charivari impromptu à cette heure de la mi-journée.

— Je l'ai d'abord entendu. Parce que je sais marcher en silence.

— Pas étonnant, tu ne pèses pas tant que ça.

— Silence, de nouveau ! gronda Ramounoulou avec un grand geste du bras.

— Du bruit, il en faisait, cet ours. Et sans se gêner. J'ai même cru qu'ils étaient plusieurs. J'ai attendu derrière un rocher, au-dessus de la cascade.

— Tu faisais peut-être tes besoins, pareil...

— Je vous aurais bien vus. A ma place, tout seul !

— Oh, *praube*[1] ! Tu as vu un de ces loups-garous qui prennent la forme de nos bêtes.

— Alors on va t'envoyer implorer sainte Oroise à Jaca, chez les Aragonais. Elle guérit les *bijarrarios*[2] de par chez nous.

Quelques-uns s'impatientaient. Ils avaient interrompu leurs travaux et voulaient savoir pourquoi :

— Et alors, tu la sors ton histoire ? Ou tu attends que la soupe se gèle ? Et nous avec !

— Je l'ai vu entre les pins. Enorme, je vous dis ! Costaud comme notre Miramon et pire même.

— Oh ! Alors, il était gaillard, *lou ilh de pute* !

— Des pattes comme le tronc des arbres que j'avais devant moi. Des griffes ? Bouh ! Terribles, terribles. Un mâle, oui, je pense. Et, attention, un beau, comme celui qu'avait tué le comte, le comte de... de truc, venu de Bordeaux, avant le siècle ou par là.

La petite foule écoutait, fascinée, déjà inquiète. *Eth oùs !* L'ours si redouté par des générations de bergers ! On n'en voyait plus, toujours très loin, fuyant l'homme et ses chiens.

— Il nous vient d'Espagne, cet ours, à coup sûr, lança un petit homme dont le large béret noir, aplati sur la tête, lui donnait un air de russule[3].

---

1. Pauvre.
2. Bizarreries.
3. Champignon des sous-bois dont le chapeau atteint vingt centimètres de diamètre.

Deux ou trois l'approuvèrent, l'air grave et courroucé.

— Les Espagnols ne chassent plus là-bas, de leur côté. Ils nous laissent faire le travail.

— Bah, ils sont comme nous !

— Toi, de toute façon, Darrouy, avec le tricot [1] sur les yeux, tu ne lui ferais pas trop de mal, à l'ours.

Cette fois, des rires et des bourrades joyeuses approuvèrent Miramon. Ce solide gaillard aux oreilles décollées dépassait tout le monde d'une tête. Piqué au vif, le petit homme au large béret leva le menton, défiant le grand Louis Miramon.

— Et tu crois que toi, tu peux te cacher derrière un arbre avec tes bannières sur les côtés du crâne ? Ah oui, je vous ferai bien voir tantôt ce qu'un *toy* [2] sait faire, bande de fainéants. La montagne, on y est depuis longtemps, nous autres. On la connaît.

— Et oui, et même que vous descendez des ours !

— Poilus comme vous êtes...

— Mais, dis-nous, Amédée, ce ne serait pas Darrouy, pareil, que tu as vu là-haut ?

Jean-Auguste Darrouy bougonna, incompréhensible, dans le tonnerre de rires déclenché par la remarque. De tout temps, les *toys* avaient souffert des moqueries coutumières des habitants des vallées pyrénéennes. Réputés de petite taille, plutôt poilus et un peu lourdauds, jugés en retard sur la civilisation, ces authentiques Pyrénéens représentaient aux yeux de beaucoup les descendants

1. Béret.

2. Déformation du mot d'origine celtique *thôy* signifiant « petit » ou « jeune ». Certains ont confondu les *toys* avec les cagots du Moyen Age. Au XVIIIe siècle, avec la mode des eaux qui fit venir des voyageurs dans les vallées de Barèges et des environs, le mot *toy*, qui désignait plutôt un enfant, devint le sobriquet des Barégeois et des gens de Campan. Les Bigourdans des Pyrénées centrales adoptèrent cette appellation, sur laquelle de nombreux exégètes publièrent ensuite des études savantes et souvent contradictoires.

des premiers peuples montagnards, les vrais *mountagnols*.

Pour tous les habitants, un ours aperçu si bas dans la vallée signifiait qu'il devait déjà faire très froid sur les sommets ou que l'hiver allait être rude. La bête était peut-être malade, dangereuse. Il y avait un risque sérieux pour les troupeaux et les bergers. Il fallait également faire attention aux promeneurs et aux pyrénéistes qui venaient chaque année plus nombreux dans la vallée, depuis l'ouverture de la route carrossable montant de Luz et Saint-Sauveur. Il ne fallait pas faire fuir ces bons clients qui pouvaient parfois être généreux, même les Anglais.

— Et qu'est-ce qu'il a dit, l'ours ? lança une petite voix, couverte par des rires, ce qui permit de relâcher un peu la pression du récit.

— Qu'il m'a dit ? *Bestias*[1] ! Tu crois peut-être qu'on s'est raconté des histoires, tout tranquilles, avant d'aller manger la soupe ? J'ai fait le mort, surtout, transformé en sapin plus vrai que nature. Ah ça non je n'étais pas fier.

— Et après ?

— Eh bé, après...

Duffau hésitait à en rajouter. L'histoire allait s'achever, effaçant la magie du récit et l'importance du conteur. Il cherchait à broder mais n'y arrivait plus. La révélation de la présence d'un ours, probablement un mâle, en plein jour, à quelques kilomètres des premières maisons de Gavarnie, alimentait déjà les conversations. Ce n'était pas bon signe.

— *Eth oùs, nou l'én a besoùn*[2] *!*

— Les moutons ! disait l'un.

— Les enfants ! répondait l'autre.

— *Nou lou blén béou*[3] *!*

---

1. Idiot.
2. « L'ours, on n'en a pas besoin ! »
3. « Nous ne voulons plus le voir ! »

— Si chacun avait gardé son *patou*, on n'en serait pas là, glissa un ancien.

Son reproche provoqua une houle grondante d'une partie de la petite foule. Il insista :

— Mais oui, vous le savez bien. Il n'y avait pas meilleure garde que nos *patous* des Pyrénées. Avec eux, jamais de mauvaise surprise.

Beaucoup l'approuvèrent. Tous ne pouvaient que regretter la disparition progressive de ce grand chien de protection dont le nom de *patou*, venant des profondeurs du Moyen Age, traduisait bien la fonction de *pastre*[1]. Véritables gardes du corps des troupeaux de montagne auprès desquels ils mangeaient et dormaient pendant des semaines entières, ces molosses aux longs poils couleur de neige avaient autrefois d'abord été employés pour la protection des châteaux. Le prince béarnais Gaston Phébus les avait rendus célèbres bien au-delà des montagnes. On savait depuis toujours que le *patou* des Pyrénées n'hésitait jamais à s'attaquer à plus gros que lui. Le loup, le lynx et surtout l'ours ne lui faisaient pas peur. Avec lui, les fauves ne s'approchaient jamais des brebis.

— Courageux comme un lion.

— Et en plus, gentil avec les enfants !

— Oui, mais une vraie tête de mule.

— Faisons venir les chasseurs de Luz.

— Malheur ! Jamais. Ils nous prendraient pour qui ?

— Pour cette sorte de gens qui ne savent pas mener leurs affaires.

— Té oui ! Oubliez-vous que nous sommes commune indépendante depuis 1842 ?

— Tout de même, on n'a pas besoin de ces voleurs de Luziens pour nous venir en aide.

Petit à petit, le vieux Duffau avait été repoussé à l'extérieur du groupe et le maire occupait maintenant le

1. « Berger » en vieux français.

centre du dispositif. On attendait son avis. Magdeleine se tourna vers lui, impatiente de rentrer chez elle pour annoncer la nouvelle à son mari et prendre des dispositions.

— Et toi, Ramounoulou, tu en penses quoi, de cette drôle d'affaire ?

Prudent de nature et respectueux des lois, le maire se grattait la tête. Il connaissait bien la montagne. Lui aussi avait conduit de nombreuses chasses à l'ours ou à l'isard pour des amateurs venus du nord. La présence du gros ours de Duffau l'inquiétait, mais il ne voulait pas le montrer.

— *Sent omis, sent abis*[1], commença-t-il en secouant la tête.

Le silence s'était installé. Tout le monde attendait la suite.

— Informons d'abord les gendarmes, continua-t-il sans conviction.

Mal lui en prit. Sa voix fut aussitôt couverte par des exclamations désordonnées. Effrayé, le chien qui s'était écarté de quelques pas aboya, avant de s'éloigner vers l'église pour trouver un peu de calme, au soleil de ce début d'après-midi.

— Bah, bah, bah ! Qu'est-ce que tu nous chantes ? A-t-on besoin de la maréchaussée pour cela ?

Magdeleine avait pris la parole, avec autorité. Un peu penchée vers l'avant, quelques mèches sombres sorties du bonnet de coton, elle fixait Ramounoulou. Un regard plein d'énergie, pour le convaincre. On se tut.

— Il faut agir comme on a toujours fait ici, commença-t-elle. D'abord une battue. On rabat la bête et on la fusille quand elle est piégée. Pourquoi attendre ? Cela n'apporterait que du malheur. L'ours n'a jamais été l'ami du paysan. Surtout pas du berger. Ici, ce n'est

1. « Cent hommes, cent avis. »

pas chez lui, c'est chez nous. La loi, c'est nous autres qui la faisons.

— Et oui, pardi !

— C'est dit !

— Et bien dit !

Tout le monde approuvait. Quelques-uns commençaient à quitter le groupe. Le maire leva les bras, un peu théâtral, pour mieux marquer sa décision et clore ce débat improvisé.

— Nous en parlerons tantôt au conseil municipal.

— Oui, tout ça, de belles parlotes, maugréa Magdeleine en s'éloignant en compagnie d'une voisine. Vous feriez mieux déjà de vérifier la poudre et les amorces.

Il n'y eut pas de délibération. La chose était entendue, sans même que les élus au conseil et les chefs de famille n'en parlent davantage. Le village savait ce qu'il avait à faire, comme les aînés l'avaient fait auparavant, pendant des générations. Une battue devait être organisée, au plus vite. Et l'ours devait être tué sans attendre.

Il n'avait pas fallu trois jours pour que la nouvelle se répande dans toute la vallée, jusqu'à Luz et Argelès et, encore plus bas, vers Lourdes et Tarbes. Avant la fin de la semaine, le piémont était informé. On en parlait à l'ombre de presque tous les clochers du département, plus que de la guerre lointaine à laquelle personne ne comprenait rien. Là-haut, dans le nord et l'est de la France, les Allemands d'Hindenburg avançaient, puis c'était au tour des Français de Joffre. Et, quelques jours plus tard, chacun reculait. « Repli élastique », « concentration des moyens » : ni les actions ni les lieux auxquels ces expressions renvoyaient ne signifiaient rien pour les habitants de Gavarnie, trop occupés aux derniers travaux avant l'hiver.

Les deux chasseurs qui séjournaient depuis quelques jours à l'hôtel des Voyageurs s'y perdaient eux-mêmes, après tant de vaines discussions. La chasse à l'ours les intéressait plus que la bataille des frontières. Ils s'étaient dits prêts à tenter leur chance contre le fauve. Le docteur Antoine Laprade, médecin de la place de Tarbes, et son ami Fernand Poinsot, ingénieur en mécanique à Bordeaux, venaient depuis quelques années, à la fin de l'été, pour tirer le gibier dans la montagne. Ils ne repartaient jamais sans un ou deux trophées d'isards et un couffin d'osier plein de perdrix. Leur porteur favori était Louis Miramon, ce colosse dont la réputation de force et d'endurance n'avait d'égal que son appétit. On le voyait toujours en train de dévorer, dès qu'il en avait l'occasion, même en pleine course en montagne.

Quatre jours après l'agitation suscitée par le témoignage d'Amédée Duffau, trois autres chasseurs arrivèrent de Luz. Ils étaient équipés de pied en cap — large chapeau, veste de laine, manteau de pluie et brodequins cirés — comme pour une expédition vers le pôle Nord. Dès leur entrée dans Gavarnie, après le pont sur le gave, les enfants ne les avaient plus quittés, s'offrant à les guider sur les sentiers de montagne, leur proposant le meilleur jambon ou le fromage de brebis le plus goûteux de la vallée. Les quelques piécettes grappillées auprès des gens de la ville ne les avaient pas rassasiés. Les gamins s'étaient ligués pour ne leur laisser aucun repos, aidés par leur complice, Alexis Darré, le fils de l'hôtelier chez qui logeaient les citadins. Alexis signalait à la bande tout préparatif pouvant annoncer un départ en opération. Et, aussitôt, le reste des gamins accourait vers l'hôtel des Voyageurs, comme des moineaux sur la fenêtre du boulanger.

Dès le premier soir, Paulin Bégarie, à qui Magdeleine venait de raconter l'histoire de Duffau, avait sorti son fusil à piston, un calibre seize à deux coups, et l'avait entièrement démonté sur la table de la cuisine recouverte d'un vieux chiffon. Ses trois fils l'avaient longuement observé en train de nettoyer l'arme, pièce après pièce, à la lumière d'une bougie sur laquelle venait parfois griller un insecte. Les enfants connaissaient chaque geste de ce rituel qui les fascinait. Ils se disaient qu'ils pourraient eux aussi un jour démonter et remonter l'arme, même les yeux bandés ou dans l'obscurité la plus complète. Ils s'y essaieraient quand ils seraient plus grands. Jean-Marie, l'aîné de l'*ostau*[1] Védère, le ferait le premier. Il aurait la maison et le fusil, comme le reste. Tout lui reviendrait. Il allait faire la première chasse de sa vie, sur la piste de cet ours.

La battue était prévue pour le lendemain. Le départ fut programmé très tôt, à l'aube naissante. Les hommes du village étaient renforcés par les quatre chasseurs de l'hôtel des Voyageurs, des gens importants qui plaçaient leurs carabines dans de longues housses de cuir lisse, portées avec respect par les enfants jusqu'à la lisière du village.

— On t'accompagnera, hein, papa ? glissa Jean-Marie, d'un air convaincu, sous le regard confiant de ses deux frères, Clément et le petit Etienne.

Paulin Bégarie ne répondit pas à son aîné. Il poursuivit le remontage de l'arme. A son côté, Magdeleine reprisait un pantalon de toile, à gestes lents et précis, profitant de la lumière de la seule bougie qui brûlait. Elle ne broncha pas. Jean-Marie s'enhardit :

— Ce n'est pas trop souvent qu'il se passe une chose pareille dans notre pays.

Clément, son cadet, s'acharnait depuis un moment à découper un morceau de liège avec le petit couteau à manche de corne qu'il avait eu pour ses douze ans. Sans

1. *Ostau* désigne la maison au sens de « famille » ou « foyer ».

même lever la tête du bricolage, Clément ajouta, le plus sérieusement du monde :

— Eh oui, il vient un temps où il faut bien apprendre les choses importantes.

— Tu fais le maître maintenant ? gronda son père. Cela ne te va pas bien encore. Clément, la chose importante est d'abord d'apprendre à compter et à lire.

— Le père a raison, enchaîna aussitôt Magdeleine, dont la décision était déjà prise. Allez vous coucher. Demain, il y a école et pas chasse à l'ours. Vous avez déjà trop manqué la classe cette année.

— Maman, pour une fois...

— Allez ouste, j'ai dit ! Au lit, bande de *feniâns* [1]. L'école est pour vous plus importante que l'ours. Laissez les hommes à leur travail.

A l'aube, Jean-Marie, Clément et même le petit Etienne se réveillèrent pourtant pour voir leur père remonter vers le carrefour Tossat, la musette au côté, le fusil sur l'épaule, avec les grosses chaussures de cuir râpé qu'il mettait pour guider les pyrénéistes en montagne.

— Fais attention, papa, il a des griffes, des grandes ! lui cria Etienne, impressionné par l'allure martiale de son père.

— Ne t'en fais pas, *beroy* [2]. Il a des dents et des griffes, mais moi, j'ai de la poudre bien sèche et un bon coup d'œil, fanfaronna Paulin en s'éloignant.

Le groupe des rabatteurs et des chasseurs se rassembla sur la place, dans la grisaille fraîche du petit matin. Un murmure assourdi montait du lit du gave, où le débit était à son plus bas, avant les grandes pluies de l'automne qui

1. Fainéants.
2. Mignon.

n'allaient plus tarder. Pierre Ramounoulou distribua les ordres sans attendre, avec autorité et aussi une certaine appréhension. Cette battue non prévue allait faire perdre du temps à tous, à un moment où chacun devait se hâter de ramener au bercail les troupeaux encore à l'estive. Il fallait aussi engranger la dernière coupe de foin et les piles de bois préparées pour l'hiver dans les forêts alentour.

Les hommes du pays et les chasseurs de la ville écoutèrent attentivement le maire, en l'approuvant de la tête. Tous connaissaient son sérieux. Ils le respectaient pour son âge et surtout pour son expérience, pour toutes les courses en montagne qu'il avait pu faire. Pierre sortait moins qu'auparavant et passait plus de temps auprès de ses brebis et de ceux qu'il appelait « mes moutons à deux pattes », les habitants de Gavarnie. Mais il voyait encore défiler de nombreux pyrénéistes qui sollicitaient ses conseils.

« Bah, vous autres, je sais que vous m'avez élu parce que personne ne voulait cette place ! râlait-il devant ses électeurs à chaque scrutin qui le réélisait sans coup férir, faute d'adversaire assez fou pour se mesurer à lui.

— On a un bon maire, on le garde, disaient les habitants. Au moins on le connaît, on sait ce qu'il vaut. Pourquoi diable aller chercher ailleurs ? »

La présence d'un ours à l'endroit où le vieux Duffau disait l'avoir vu inquiétait les anciens, notamment les guides, plus qu'ils ne voulaient le montrer. Cela n'était pas normal. Personne n'avait vu d'ours depuis bien longtemps dans cette partie de la vallée.

— On ne sait pas d'où elle vient, cette bête, mais elle doit s'attarder dans les hauts du bois des Bourlic, ou peut-être vers l'Arribama, de l'autre côté du gave, annonça Ramounoulou. Nous allons commencer par l'ouest et le rabattre vers le gave. On l'attendra à la hauteur du pont de pierre.

— Et qu'est-ce qu'on fait si on le voit ? demanda un jeune impatient, sans doute inquiet.

— On te le fusille, pardi ! répliqua Ramounoulou, approuvé par un grondement unanime. Et attention ! Ne vous tirez pas les uns sur les autres. Ceux qui passent par le haut doivent faire du raffut au sommet, mais ils ne descendent pas vers le gave. En aucun cas. Ceux d'en haut, pas de balles dans le fusil, hein ! Vous ne chargez qu'à poudre.

— Et si l'ours vient vers nous ?

— *Pégot*[1] *!* Il ne pourra que descendre vers le gave, trop pressé de se mettre à l'abri de l'autre côté. C'est moi qui placerai les tireurs. Allez, on a assez perdu de temps en discours.

La traque commença vers neuf heures. Les rabatteurs progressant sur les hauteurs firent le chahut qu'on attendait d'eux. Ils tirèrent plusieurs charges de poudre, poussèrent des hurlements et tapèrent à grands coups de bâtons sur les troncs d'arbres. Le but était d'effrayer suffisamment l'ours pour le faire sortir du bois et descendre, puis de le jeter dans le piège des cinq fusils disposés le long du gave. Ce manège bruyant dura deux bonnes heures. On vit deux lapins affolés et quelques oiseaux, mais aucun ours ne sortit. En bas, tout à leur déception, Laprade, Poinsot et les autres chasseurs observaient la crête à l'aide d'une lunette grossissante. Ils virent la ligne d'où les rabatteurs avaient lancé le chahut. Un petit nuage gris semblait encore flotter en contrebas d'une barre de rochers, là où la fusillade avait commencé. Ils fouillèrent en vain les sous-bois, devant et derrière eux.

— Soit il a déjà passé le gave, soit Duffau a eu la berlue.

A midi et demi, Ramounoulou rappela la chasse. De loin en loin, par cris et grands gestes, les hommes surent

1. Idiot.

qu'il fallait regagner le village. Un peu déçus, mais surtout soulagés d'être débarrassés à si bon compte de l'ours, ils avalèrent un verre de blanc à la grande table de l'hôtel des Voyageurs, sur la note des chasseurs de la ville qui s'attablèrent ensuite devant un confit aux champignons préparé par Darré. Rouges, essoufflés, les paysans rejoignirent vite leur foyer pour reprendre le travail et surtout raconter à la famille cette aventure que chaque minute qui passait rendait encore plus palpitante.

A l'*ostau* Védère, les enfants écoutèrent leur père. Son récit les déçut. Paulin n'avait que peu de choses à leur raconter. Ils se dirent qu'avec un peu de chance, le maire demanderait des renforts de rabatteurs pour la prochaine fois. Et, cette fois, ils en seraient tous. Magdeleine écouta elle aussi, sans pouvoir se défaire d'un vague sentiment de malaise. Elle n'en fit part à personne. Un ours qui apparaissait puis disparaissait au bout de quelques jours ne lui semblait pas une situation normale. Son instinct de mère lui disait qu'il y avait désormais danger à s'aventurer autour du village, et surtout vers le fond du cirque. Et il y avait aussi cet écho de la guerre, loin dans le Nord. Rien n'avait changé au village mais les femmes ne pouvaient s'empêcher de penser au rappel des hommes. Une demi-douzaine de jeunes gens, tous volontaires pour servir le drapeau, étaient déjà partis vers Paris par la gare de Tarbes.

L'hiver allait vite venir. La neige empêcherait bientôt tout déplacement au-delà de quelques centaines de mètres autour de Gavarnie. L'ours irait sans doute voir ailleurs et les recruteurs de l'armée ne s'aventureraient pas si haut. Magdeleine ne faisait jamais de cauchemar mais elle rêva pendant deux nuits de griffes et de dents, avec le bruit lancinant du claquement des pièces métalliques que faisait Paulin en remontant son arme.

Les clients de l'hôtel repartirent le lendemain vers les bois du Bourlic, accompagnés du seul Miramon et de son chien, un *patou* toujours sale, mais réputé l'un des meilleurs de la vallée pour garder les troupeaux. Le groupe revint dans l'après-midi, guetté par Ramounoulou.

— Alors, messieurs les chasseurs, une trace?

— Je crois bien que oui, monsicur lc maire, répondit Laprade, un petit sourire en coin. Des griffures sur deux ou trois arbres, rien de plus. Nous pensons que le fauve est parti, peut-être en Espagne ou dans une autre vallée.

— A moins qu'il n'ait jamais existé que dans l'imagination de votre administré, lança Fernand Poinsot.

De courte taille et doté d'un début d'embonpoint, ses petites jambes protégées par des bandes de cuir attachées grâce à un impressionnant système de boucles, le chasseur venu de Bordeaux avait souffert lors de la marche d'approche du premier matin. Chez lui, la fatigue s'ajoutait à la déception de n'avoir rien rapporté de l'excursion, même pas une perdrix. Méfiant et près de ses sous, il n'était pas loin de croire que les gens de Gavarnie avaient abusé de la crédulité des chasseurs pour leur soutirer le prix d'une journée de chasse supplémentaire et les faire rester une nuit de plus à l'hôtel.

— Ne dites pas cela, Poinsot, tempéra le docteur Laprade. Je crois qu'on peut faire confiance à monsieur le maire. Il n'est pas homme à nous tromper. Mais, à mon avis, notre mystérieux géant est déjà loin.

Le maire grogna et reprit la parole :

— Tiens, monsieur Poinsot, avant votre départ, pour que vous n'ayez pas mauvaise impression de nous autres, je vous confie demain au meilleur de nos guides : Miramon. Avec lui, vous serez en sécurité et je vous garantis que le tableau de chasse sera celui que vous attendez.

— Quelques oiseaux dans ma gibecière me feraient grand plaisir, précisa Poinsot avec un sourire déjà reconnaissant.

Louis Miramon s'était chargé de tout. Le sac jeté sur son épaule contenait de quoi nourrir une escouade de tirailleurs : un gros morceau de fromage de brebis, un bloc de jambon, une miche de pain et une double ration de vin. Il avait jugé qu'il fallait cela pour contenter Poinsot, dont l'estomac réclamait sans doute beaucoup pour être pleinement satisfait. Il avait aussi pris à la bretelle le fusil de son client et placé la réserve de cartouches dans une des larges poches de sa veste. Il portait tout. Miramon avançait comme un métronome, armé d'un long bâton poli par des années de marche.

Poinsot suivait, de plus en plus essoufflé, bien que le chemin suivi fût d'accès facile. Il avait déjà tiré deux perdrix et un lapin dans le bois de Saint-Savin, le long du gave d'Ossoue. Miramon savait où l'emmener pour apercevoir des rapaces et tenter d'en rapporter un pour un trophée mémorable. Mais il fallait à présent sortir du bois, longer une ligne d'éboulis au pied d'une falaise orientée au nord et s'engager sur un sentier difficile.

— Allez, monsieur Poinsot, encore un petit effort. Vous ne le regretterez pas et vous pourrez bientôt raconter cela à vos bons amis de Bordeaux.

Une sourde angoisse avait commencé à diluer la volonté du chasseur. La montée l'exténuait et la perspective de la descente instillait en lui une obsédante appréhension.

— Cela monte beaucoup, Miramon, souffla-t-il.

— *Grana pugada, grana debarada*, comme on dit chez nous, répondit le porteur en riant. Ce qui veut dire, monsieur : « à grande montée, grande descente ».

La vue que leur offrait la marche d'approche était

superbe. Vers le sud, au-delà du pic de Lary et du pic de Tentes, on distinguait nettement la ligne de crête arquant la frontière sur l'horizon, du Marboré au Taillon, et, vers l'ouest, les flancs immaculés de l'imposant Vignemale. Poinsot avait noté qu'ils se rapprochaient lentement de ces grandes plaques blanches qu'il avait aperçues d'en bas. Des névés. De près, ces langues de glace dures comme du marbre paraissaient presque sales, constellées de débris de roches et d'une fine poussière que les pluies de l'été avaient déposée. Des neiges éternelles, se disait-il, heureux de raconter bientôt dans ses soirées du cours Pey-Berland cette aventure sur « les sommets enneigés » des Pyrénées, à une altitude « qui empêche presque de respirer », en compagnie d'un guide « taillé comme un menhir ».

— Soyez prudent, monsieur, lui lança Miramon en se retournant.

Revigoré par ce qu'il était en train de vivre, Poinsot s'était arrêté au bord d'un long névé pour souffler. La plaque de glace descendait en pente douce sur un immense lit de cailloux. Il tâta la croûte de la main. Cette fraîcheur et cette densité lui firent du bien. Il s'enhardit, voulant aussi fouler de ses lourds croquenots cette « neige éternelle ». Assurant son premier pied, il engagea le second. Mal lui en prit. A la seconde où il voulut se camper sur le manteau de glace et relever la tête pour admirer le panorama, Poinsot se sentit partir, cul par-dessus tête. L'univers se déroba sous ses pieds. Ses deux jambes basculèrent, ensemble, du bas vers le haut. Il rebondit sur les fesses et le dos et commença instantanément une glissade éperdue vers le vide, battant l'air de ses bras, sans parvenir à accrocher la glace.

Avant même l'incident, à l'instinct, Miramon avait senti la catastrophe. En recommandant la prudence à Poinsot, il avait, sans le savoir, anticipé la chute et la glissade. Le cri de terreur n'était pas encore éteint dans le gosier de son client qu'il se lançait à son tour debout sur le toboggan de glace, s'équilibrant avec le bâton pour rattraper Poinsot, entraîné vers l'abîme. Le malheureux glissait sur le dos, griffant en vain la glace, comme un hanneton renversé. Miramon le dépassa d'un bon mètre et réussit à stopper net sa course grâce à son bâton. Il encaissa le choc et chuta à son tour, parvenant à expédier sèchement Poinsot sur le côté, à l'endroit où la glace se mélangeait aux cailloux. Le lourd scarabée boula dans la caillasse. Moins de dix mètres plus bas, le névé s'achevait sur une barre rocheuse surplombant un gouffre de trente mètres.

Secoué mais indemne, Poinsot se redressa, tâta ses jambes, sa nuque, ses reins. Miramon l'observait, vaguement inquiet. Il croyait son client blessé, mais il le vit sourire, d'abord, et se redresser. Puis il écarta les bras et partit dans un rire tonitruant qui le secoua des pieds à la tête. Miramon se méprit sur le hurlement. Il crut que Poinsot souffrait, à ce moment, d'une terrible blessure. Il se rapprocha, prêt à l'aider. Sans cesser de crier et de rire, Poinsot saisit Miramon à bras-le-corps, la tête écrasée sur la poitrine du guide, le serrant à perdre le souffle.

— Vous m'avez sauvé ! Vous m'avez sauvé ! Je ne l'oublierai jamais ! Jamais ! Miramon, vous êtes la Providence. J'en fais serment présentement, sur cette falaise où la mort a voulu me ravir : demandez-moi à l'instant ce que vous voulez et vous l'aurez, foi de Poinsot.

Louis Miramon ne voulait qu'une chose : rentrer vite au village et se débarrasser de cet homme bruyant dont l'imprudence avait failli leur coûter cher à tous les deux et dont l'exubérance nouvelle le dérangeait au plus haut point.

Le soir, à l'hôtel des Voyageurs, Poinsot raconta dix fois sa mésaventure, avant-goût de l'épopée qui ferait bientôt l'étonnement et l'admiration de son salon bordelais. Après le dîner, copieusement arrosé d'un jurançon bien frais, il nomma Miramon caporal d'honneur et proclama avec emphase et reconnaissance :

— Avec Louis Miramon en première ligne, on serait à Berlin en quelques jours. Il nous rapporterait même le Kaiser au fond de sa gibecière.

Le lendemain matin, le héros Miramon se présenta à l'hôtel des Voyageurs pour le paiement de ses gages et, peut-être, de cette petite prime promise par Poinsot après la terrible glissade. Pierre Darré le regarda, étonné.

— Ho, Miramon, tu viens chercher un client ? Tu me sembles bien pressé...

— Ah, Pierrot, le client, je l'ai eu hier. Je viens simplement chercher mes sous.

— Alors je te dirai que tu t'es réveillé un peu tard pour ce matin.

— Il est à peine sept heures et quelques. A cette heure, les gens de la ville dorment encore, tu le sais.

— Pas tous, *praube*.

— Qu'est-ce que tu me chantes là ? Monsieur Poinsot...

— Eh bé, justement, en voilà un qui s'est levé bien tôt ce matin. Même qu'il est parti par la calèche, les bagages faits. Il a passé le pont depuis déjà un bon moment.

— Mais, il... Enfin, Pierrot, dis-le ! Il n'a rien laissé pour moi ?

— Non, *praube*. Et pourquoi il l'aurait fait ?

L'école des garçons vivait elle aussi au rythme de l'histoire de l'ours. Le maître avait du mal à intéresser ses élèves à autre chose. Les premières semaines de la guerre contre l'Allemagne avaient enflammé l'imagination des enfants, mais l'histoire de l'ours supplanta tout. C'était une menace autrement plus immédiate et proche que celle des casques à pointe du Kronprinz, qui piétinaient les plaines de Champagne.

« Ça ira vite avec les Boches, disaient quelques adultes, sûrs de leur science.

— Cette fois, on est prêts. On ne se fera pas avoir comme en 1870. Ça non ! On leur aura repris notre Alsace-Lorraine avant la Noël. »

Lucien Planté, l'instituteur, tentait chaque soir de retenir les enfants pour continuer la lecture, l'écriture, le calcul. Il leur avait un peu parlé de Jaurès, mais sans insister sur l'absurdité de ce conflit qu'il pensait suicidaire pour le progrès de l'humanité. Il se contentait de donner quelques nouvelles de la guerre, adaptées aux enfants. Il voulait surtout garder les plus grands à l'étude, ceux qui avaient déjà manqué tant d'heures de classe en juin et à la rentrée, à cause des travaux des champs.

Dans la cour de récréation, les discussions se perdaient en commentaires sur l'aventure de Duffau. Toutes les rêveries en classe s'envolaient vers les sommets de la vallée où rôdait une bête formidable et terrifiante que personne n'avait revue depuis la fin août. L'histoire racontée par le vieux avait été reprise, illustrée, exagérée dans chaque famille par celui ou celle qui avait assisté à son récit au carrefour du village. Elle était maintenant détaillée et enrichie par les enfants. Pour certains, plus crédules ou plus imaginatifs, l'ours de Duffau était devenu une bête monstrueuse qui s'approchait tous les soirs du village. Des mères excédées en menaçaient leurs petits quand ils devenaient trop turbulents. Les brebis isolées ne suffisaient plus à la bête sauvage : c'est pour cela qu'elle descendait si bas. Certains enfants disaient le tenir de leurs parents et ils le répétaient : l'ours réclamait sa part de chair humaine. Ses prochaines victimes ne pouvaient être que les enfants du village.

L'instituteur s'était aperçu de cette fièvre qui entraînait ses élèves très loin des leçons de grammaire et de géographie ou des combats sur le front. Lucien Planté, *moussu* [1], comme l'appelaient tous les enfants et même les parents, savait que la reprise de la classe était difficile pour tous ces jeunes. L'affaire de l'ours n'arrangeait rien. Ils avaient passé de longs mois dans les champs, à rentrer les foins ou à garder les troupeaux sur les hauteurs. L'automne et l'hiver étaient les seules saisons propices à l'instruction. Il lui fallait donc aller vite pour faire entrer les connaissances de base dans des têtes qui avaient encore trop tendance à se tourner vers les fenêtres pour observer les nuages annonciateurs de pluie ou les vols de migrateurs marquant la fin de l'été.

Monsieur Planté savait aussi que l'assiduité irait en déclinant, une fois l'hiver venu. L'enneigement ou les travaux d'urgence à mener dans les maisons en éloigneraient plus d'un. Mais ce jeune instituteur célibataire, formé au lycée de Tarbes, avait une foi intacte dans l'Instruction publique, qu'il voulait obligatoire et laïque pour tous. Il ne comptait pas ses heures pour cela et il cherchait toujours à détecter, parmi ses élèves, celui qu'il pourrait envoyer au certificat d'études et qui ferait la gloire académique de Gavarnie.

A la rentrée de septembre, il avait accueilli avec plaisir Yvonne Saenz, « mademoiselle », une collègue envoyée par le recteur d'académie pour faire l'école aux filles, une petite dizaine d'élèves. Ce premier poste avait déçu la jeune fille. Sa classe était une remise à peine chauffée, alors que l'instituteur bénéficiait pour ses garçons d'une solide maison de pierre entre le gave et la route, avec un petit logement de fonction au-dessus des classes.

Lucien Planté avait eu à cœur de redonner du courage à sa consœur. Il lui avait rappelé la beauté de leur mission d'alphabétisation et les sacrifices nécessaires pour l'extension de l'instruction, même chez les déshérités des

1. Monsieur.

vallées les plus lointaines. Il n'était pas insensible non plus au charme distant de cette jeune fille plutôt pâle. Mais il était tout entier à sa mission. Il voulait réussir. « Mademoiselle » n'était pas partie depuis deux minutes qu'il pensait déjà au programme de la classe du lendemain, en se demandant qui seraient les absents du jour. Chez lui non plus, dans son appartement de fonction, il ne faisait pas très chaud. Par économie, le maire lui avait demandé de n'allumer le poêle que dans la classe. En se glissant dans son lit froid, il avait parfois une pensée pour Yvonne Saenz. Il réfléchissait aussi à la guerre, en se demandant s'il allait être appelé à son tour. Tisnet, le facteur, lui avait certifié que non : « Ne vous en faites pas, *moussu* Planté. Tout sera fini pour la nouvelle année. »

— Les enfants, cela suffit ! L'ours, aussi gros soit-il, ne doit pas occuper toutes nos pensées. Il y a aussi...

— Mais non, *moussu* Planté, c'est pas nos pensées qu'il occupe mais nos parents, l'interrompit Augustin Darrouy.

Planté sourit, conciliant avec la petite boule noiraude qui venait de lui couper la parole :

— On n'interrompt pas le maître, Darrouy, mais tu as en partie raison. Tout le monde pense à cet animal sans qu'on en sache rien.

— Et d'après vous, *moussu*, que faut-il faire avec ?

Planté hésita. Il savait que la bête faisait peur à la vallée et qu'elle pouvait s'en prendre à tout moment aux troupeaux. Pire que les bandits espagnols, l'ours était l'ennemi héréditaire, même si les grandes battues d'autrefois avaient fait disparaître cette menace de la montagne. Il pensait aussi que cette peur née de l'histoire racontée par Duffau était un peu irraisonnée. A vrai dire, il ne croyait pas à l'existence d'un ours aussi près du village.

— Je crois, commença-t-il, prudent, qu'il faut déjà savoir s'il y a bien un ours là où on nous l'a dit. Ensuite, il faudra prendre des mesures.

— Monsieur le maire a dit à mes parents qu'il y est bien, l'ours, glissa Jean-Marie Bégarie. Un gros mâle, tout seul, encore plus costaud que Miramon.

— Sans doute, sans doute, les enfants. Mais attendons d'en savoir plus. Jusque-là, les grands, revoyons ensemble les fleuves de notre beau pays. Il y en a cinq…

— Le gave de Pau…

— Pauvre âne, Darrouy. J'ai dit les grands fleuves. Comme la Seine ou la Loire.

— Alors l'Adour, peut-être, *moussu*…

2

L'automne en habit de givre était arrivé vite, après les dernières belles journées ensoleillées de début septembre. Le froid s'était maintenant installé à demeure sous un ciel qui restait la plupart du temps désespérément gris. Les sommets avaient pris leur capuchon blanc d'hiver. Plus bas, le manteau neigeux finissait en ouvrage de dentelle, là où l'herbe et les cailloux résistaient encore à la neige. De plus en plus souvent, les habitants de la vallée voyaient des flocons se mêler aux pluies froides de cet octobre sévère. Personne n'avait revu l'ours, mais on en parlait encore beaucoup, sûrement plus que de la guerre qui ravageait le nord du pays, sur l'Yser et la Somme. Gavarnie pleurait déjà son premier mort de la Grande Guerre, le malheureux Louis Perissère-Millet, tué dès le 23 août en Belgique. A l'école, les enfants jouaient encore parfois « à l'ours ».

Tout se précipita dans les premiers jours de novembre, un peu après la Toussaint. On entendit une nuit un grand raffut de cloches et de sonnailles vers la *mousquère*[1] de Bellevue, où le dernier troupeau du village attendait d'être ramené vers la vallée. Un garçon de l'Hôtellerie du

---

1. Champ d'estive où le bétail se rassemble naturellement (« lieu où sont les mouches »).

Cirque, la seule maison habitée presque au pied du cirque de Gavarnie, descendit le lendemain matin pour signaler ce charivari nocturne. Deux hommes montèrent aussitôt vers le plateau de Bellevue. Ils revinrent bouleversés. Ils portaient sur eux l'horreur du carnage qu'ils venaient de découvrir.

— *Eth oùs !*

L'ours était de retour. Il avait laissé sa signature sanglante, personne ne pouvait s'y tromper. Le maire et quelques-uns de ses adjoints enfilèrent leurs grosses chaussures de marche et prirent le fusil. Paulin Bégarie et deux ou trois autres les rejoignirent un peu plus tard sur le plateau de Bellevue. Tous voulaient voir de leurs yeux le carnage annoncé et décider aussitôt, ensemble, de la suite à donner à cet événement grave.

Ils trouvèrent la première brebis assez loin de la *mousquère*. La pauvre bête avait dû se sauver après avoir été surprise dans son sommeil. Un énorme coup de griffe lui avait ouvert une partie du flanc. Elle avait eu la force d'esquiver un deuxième coup de patte puis de courir, échappant à la bête sauvage. Mais elle était allée mourir à cinquante mètres de là, vidée de ses entrailles. Un long sillage rougeâtre guida le groupe sur le lieu de son agonie.

— L'ours s'est attaqué au reste, cria un jeune qui avait couru jusqu'à l'autre bout de la *mousquère*. Voyez par ici ! On s'est bien battu.

Le sol meuble était labouré sur une large étendue. De grosses mottes d'herbe étaient arrachées et des traces sanglantes se mêlaient aux bouses et à la terre. Les hommes observèrent les abords de la zone saccagée. Une sorte de chemin d'herbe écrasée et de filets de sang s'éloignait vers la pente.

— Il s'est attaqué à une vache, constata le maire, approuvé par les autres. Je pense qu'il est venu par les hauts, par surprise, quand elles étaient couchées. Il a échappé la brebis et alors le troupeau s'est enfui. Il s'en est pris à une vache qui n'a pas couru assez vite.

— Oui, et regardez le résultat. Les traces des pattes arrière sont très enfoncées. L'ours s'est écrasé sur son dos.

— La pauvre. Elle a été vaillante. Elle s'est battue, mais, avec le poids et les griffes de l'ours, c'était perdu d'avance.

— Ici, ici ! criait un autre jeune, accroché au tronc d'un pin surplombant une pente très raide, à l'endroit où un à-pic ouvrait sur le gave des Lourettes.

Le groupe se rapprocha, à pas lents, la mine grave. Chacun méditait déjà la décision qu'il fallait prendre, sans perdre de temps. Le mal était fait pour ce troupeau, mais la série devait s'arrêter. La bête sauvage devait être châtiée avant l'hiver. Ils trouvèrent le cadavre d'une génisse, en contrebas, écrasé contre un pierrier.

— Oh, pauvre. Quel gâchis, lâcha Bégarie en secouant la tête, saisi d'un dégoût dont il allait mettre plusieurs heures à se défaire.

La jeune vache semblait s'être disloquée dans la chute. Sa croupe couleur caramel n'était plus qu'une croûte sanguinolente, tailladée comme au rasoir, là où les griffes de l'ours l'avaient labourée et s'étaient enfoncées pour paralyser sa proie. Le museau clair n'était qu'une plaie béante, le pis avait été dévoré et le ventre s'ouvrait sur un sombre désordre d'organes éclatés. Les vautours se chargeraient de nettoyer le cadavre.

— Il a goûté au bétail, il recommencera, constata sobrement Ramounoulou. Mais quand même. Il aurait suffi du berger et de son *patou*, comme avant. L'ours n'aurait jamais approché. Je l'avais dit aux jeunes.

— L'animal doit être gros ou méchant.

— Les fruits, les racines, les glands ne le contentent pas. Il fait ses provisions de gras pour l'hiver. Il sera rude, je crois. C'est ce que disent les anciens.

— Il recommencera.

Tous hochèrent la tête. Cette fois, ils en étaient convaincus, il fallait lancer dès que possible une vraie battue, avec tous les gens disponibles, en finir une fois pour toutes.

— La battue durera ce qu'il faudra, mais on doit l'avoir et le tuer, cet ours du diable.

Dès l'après-midi, le maire et les hommes du conseil municipal firent le point sur les forces disponibles au village et sur le plan de bataille. Un messager partit vers Luz pour porter la nouvelle et faire monter à Gavarnie des chasseurs expérimentés. La battue aurait lieu le surlendemain matin, très tôt, si le temps était assez clément.

— Elle durera ce qu'il faudra, répéta le maire, solennel, appelant chaque foyer à la mobilisation générale.

Chez les Bégarie comme ailleurs, on se préparait avec gravité à cette nouvelle traque. Magdeleine veillait cependant à ce que l'excitation ne gagne pas trop l'*ostau* Védère. Canaou[1] allait et venait dans la cuisine sans répit. Toujours méfiant, le jeune chien interrogeait les uns et les autres de ses petits yeux fureteurs, le museau légèrement relevé, la gueule entrouverte. Malin, son instinct de berger des Pyrénées en alerte, Canaou avait deviné une expédition en préparation. Lui aussi semblait pressé de se distinguer auprès de ses maîtres.

Cette histoire d'ours embêtait Magdeleine. Elle n'était bonne ni pour le village ni pour sa famille. Elle savait que l'ardeur au travail des petits et des grands s'en ressentirait pendant plusieurs jours. Les hommes et les garçons n'avaient plus que cette histoire en tête ; même elle ne cessait d'y penser. Son mari préférait de loin les marches en montagne à la coupe du bois. Il avait déjà interrompu

1. « Gendarme ».

les travaux d'agrandissement de la grange, un chantier qu'elle avait programmé pour lui. Elle savait que cette affaire lui ferait prendre un peu plus de retard.

Vint le dernier soir. Le temps s'annonçait favorable. Il ferait froid mais clair. Les traqueurs ne risqueraient pas de glisser sur les rochers ni de se perdre dans le brouillard. Paulin Bégarie passa en revue son nécessaire de chasse. Le fusil avait été une nouvelle fois démonté et remonté. Les cartouches étaient sèches et prêtes, le sac de montagne aussi. Il y glisserait le lendemain le quignon de pain, le fromage, une tranche de lard, deux pommes ainsi qu'une gourde de vin légèrement coupé d'eau que Magdeleine lui avait préparée. Paulin ressentit de nouveau cette sourde appréhension qui l'avait saisi lorsqu'il avait découvert le cadavre de la génisse massacrée par l'ours. Il n'en dit mot à personne.

— Jean-Marie, as-tu préparé ton sac ?

Son fils était prêt. Son statut d'aîné et ses quinze ans déjà vigoureux lui permettaient de faire partie de la battue en première ligne. Il se faisait une joie de se lever à l'aube et de partir avec son père vers la montagne, en compagnie des adultes du village. Il attendait la traque depuis longtemps. Pour lui et ses camarades du même âge, cette battue était le rite initiatique qui les ferait passer à l'âge adulte, aux yeux de tous et surtout des autres enfants du village, y compris les filles. Après avoir goûté à cette chasse à l'ours sauvage, il serait définitivement différent des autres « drôles » du village.

Le maire avait demandé à tous les hommes et à tous les jeunes jugés « gaillards » de venir prêter main-forte aux chasseurs. S'il y avait eu ce jour-là un vote dans la population mâle de Gavarnie, Ramounoulou aurait remporté cent pour cent des suffrages des douze-vingt ans.

— Jean-Marie n'ira pas !

La sentence était tombée sèchement mais de façon presque anodine, alors que Paulin et ses fils vérifiaient une nouvelle fois les boucles du sac et la bretelle du fusil. Paulin avait senti venir la remarque de sa femme. Il ne leva pas la tête, faussement affairé, espérant encore retarder la tempête qui allait se lever. Jean-Marie, au contraire, fit un bond sur sa chaise, bousculant Canaou qui s'était allongé à ses pieds :

— Comment ? Maman, qu'as-tu dit là ?

En se redressant, il fit tomber la chaise. Les deux mains à plat sur la table, ramassé comme un petit taureau de combat, il regardait sa mère, droit dans les yeux. Elle soutint son regard.

— Tu as parfaitement entendu. Tu n'iras pas !

— Et pourquoi donc ?

Ses yeux lui piquaient. Jean-Marie ne savait pas comment exprimer sa colère, son dépit, son incompréhension. Il vit le regard de ses frères, interrogatifs, inquiets, tourné vers lui. Son père n'avait pas levé la tête.

— Pourquoi ? Mais pauvre, ce n'est pas à toi d'aller faire le malin...

— Mais je ne vais pas faire le malin ! C'est pour le village. Et je serai avec papa. Je suis l'aîné de la famille.

— Justement, rétorqua Magdeleine, soudain agacée par cette résistance imprévue dans une maison où, depuis la mort de son père, puis celle de sa mère quelques mois plus tôt, personne ne la contredisait plus pour les choses importantes. Justement, tu es l'aîné ! On a besoin de toi ici.

— Il se doit au village aussi, ne l'oublie pas, Magdeleine, risqua Paulin qui venait de deviner où sa femme voulait en venir.

Les trois garçons reprirent espoir. Leur mère prit le temps de finir d'essuyer le faitout qu'elle avait mis à sécher dans l'évier. Elle accrocha le torchon au clou et rangea l'ustensile dans le placard, près de la cheminée, dans un claquement brutal de métal. Le bruit résonna très fort dans la salle plongée dans le silence. Le feu lui-même avait cessé de crépiter. Une bûche chuintait faiblement dans la cheminée, semblant hésiter à s'enflammer joyeusement dans l'ambiance soudain très lourde de la maison. Paulin comprit que sa femme était profondément irritée. L'explosion n'allait plus tarder. Elle se tourna d'abord vers son mari.

— Toi, tu es le gendre, et moi je sais ce qu'il faut pour la maison Védère, commença-t-elle. On n'a pas besoin ici d'un montreur d'ours ou d'un coureur de montagne, mais d'un chef de maison. Jean-Marie est l'aîné et c'est lui qui devra s'occuper de l'*ostau* un jour. On a besoin de lui. Il ne faut pas qu'il l'oublie. *Jamès*[1] *!*

Le silence se fit. Il dura quelques secondes, le temps que quelqu'un trouve la réplique à ce qui venait d'être dit. C'était la vérité et chacun le savait. Paulin avait deviné que Magdeleine ne voulait pas prendre le risque de perdre son aîné. Il était conscient que son avis à lui, Paulin Bégarie, ne comptait pas pour les grandes décisions. Ce n'était pas la première fois. C'était ainsi.

A l'*ostau* Védère, il était « venu gendre », comme disait l'expression bigourdane. Pour l'état civil, sa femme et ses enfants s'appelaient bien Bégarie, mais pour le village et tous ses habitants, il habitait « chez Védère ». Il n'était que « Paulin de chez Védère » ou « Bégarie, chez Védère ». La naissance des trois enfants n'avait rien modifié, il restait la pièce rapportée. Malgré les années passées et la disparition de ses beaux-parents, Henri et Marie-Magdeleine, il resterait gendre à vie, l'étranger chez Védère. Paulin n'avait que la satisfaction de savoir que son Jean-Marie serait lui aussi un jour l'héritier des Bégarie, le *cap d'ostau*[2] Védère. Dans quelques années, on dirait peut-être « chez Bégarie », mais ce serait après Jean-Marie, après son petit-fils et son arrière-petit-fils. Pourquoi alors aller se battre ce soir contre Magdeleine, que la coutume avait

1. « Jamais ! »
2. Chef de famille.

faite *ereitera*[1], ce que son caractère savait si bien lui rappeler?

— Il y a ici assez de garçons pour représenter l'*ostau* Védère à cette chasse, ajouta-t-elle en guise de conclusion, en désignant ses deux autres fils serrés autour de la table depuis le début de l'orage.

Son ton dur et détaché fit perler deux larmes aux yeux de Jean-Marie. Sensible mais fier, il se leva et quitta la pièce, sans un mot, ne voulant montrer à personne sa peine. Clément attendit une suite et une fin à cette conversation, mais le silence s'installa. Son père n'avait plus ouvert la bouche. Il s'était incliné. Le gendre n'avait rien à redire et sa femme n'avait plus rien à ajouter. Clément pensa à cet instant qu'il ne serait jamais gendre dans une famille de la vallée. Il n'accepterait jamais de se soumettre ainsi à la loi des *ereiteras*. Il se leva à son tour et sortit, autant accablé pour Jean-Marie que pour son père. Lorsqu'il franchit le seuil de la cuisine, il entendit la voix étrangement douce de sa mère, mais avec le timbre de sollicitude autoritaire qu'il lui connaissait d'habitude :

— Tu penseras à prendre ce qu'il faut pour Etienne demain matin.

Etienne irait à la chasse. Le petit dernier était triste pour Jean-Marie, mais heureux d'avoir ainsi sa place dans la battue. Son cœur battit soudain plus fort. Il lui tardait d'être au lendemain.

Les groupes se retrouvèrent un peu après six heures du matin devant la maison Tossat. Malgré le préavis très court, trois chasseurs pyrénéistes avaient pu accourir de Tarbes, et un de Pau. Ils écoutaient les explications du maire. Un peu en retrait, une vingtaine d'hommes et d'adolescents de Gavarnie attendaient eux aussi leurs

1. Héritière.

consignes. Familiers de ces traques, les adultes avaient déjà compris la manœuvre : la battue prendrait comme axe central le gave et les équipes progresseraient vers le sud sur les deux flancs de la vallée, à partir du pont de Nadau, en ratissant les bois d'Arribama et de Bourlic, jusqu'à l'Hôtellerie du Cirque.

— On le fusillera sur le mur de la grande cascade, avait annoncé un chasseur sûr de sa science.

Une première équipe de rabatteurs était partie en avance pour rejoindre la cabane de Pouey-Aspe et redescendre ensuite vers le plateau de Bellevue. Le maire ne voulait rien laisser au hasard.

Trois heures plus tard, malgré les cris et le bruit, personne n'avait encore aperçu l'ours. Les tireurs disposés vers le bas de la pente s'ennuyaient ferme. Cramoisis, suant comme à la moisson malgré le froid, les rabatteurs avaient ralenti leur marche. La ligne de déploiement du départ n'était plus respectée. A cause du terrain, certains progressaient très en avant du dispositif, d'autres encore loin en arrière. Paulin Bégarie avait voulu garder Etienne avec lui pendant la battue, sachant bien que les deux autres garçons rejoindraient la chasse, mais par le chemin du bas, le long du gave.

Beaucoup plus agile et tout excité, Etienne avait réussi à devancer son père d'une cinquantaine de mètres. Lui aussi savait que ses frères devaient le rejoindre en secret par le chemin du gave. Jean-Marie le lui avait dit la veille, avant de s'endormir, et Clément avait aussitôt décidé d'être lui aussi de la sortie, avec son aîné. Etienne voulait arriver le premier à l'Hôtellerie, avant ses frères. Il atteignit l'orée d'un bosquet. Son cœur battait la chamade. Il avait marché et couru la plupart du temps, oubliant presque sa mission de rabatteur. Il s'assit sur un tronc de pin cassé net par une des dernières tempêtes.

L'eau restée fraîche dans sa gourde lui fit du bien. Il pensa en souriant à ses frères qui devaient remonter le chemin, loin en contrebas du bosquet où il se trouvait.

Un bruit vers l'arrière, sur le sentier qu'il venait d'emprunter, lui fit lever la tête. Il vit au loin une silhouette d'homme, le canon d'un fusil dépassant dans son dos. Son père arrivait. Le petit eut envie de crier, à la fois pour signaler sa présence aux autres rabatteurs, pour exprimer sa joie après cette course en montagne et pour voir si Jean-Marie et Clément, dans la vallée, allaient l'entendre. Deux fois, il hurla son nom en détachant bien les trois syllabes, les mains en porte-voix, vers le bas de la pente.

— Bé-ga-rie ! Bé-ga-rie !

Ce furent ses derniers mots. Deux grondements sourds lui répondirent. Etienne se retourna et vit, à dix mètres de lui, au-delà de la première ligne d'arbres qui marquait l'entrée du bosquet, une montagne de poils et deux pattes griffues, levées vers le ciel. Incapable d'articuler une parole, l'enfant resta figé sur place. L'ours que tout le monde cherchait était là, devant lui. Il venait de se redresser, menaçant. Etienne n'eut qu'un réflexe, après deux secondes de paralysie complète : se ruer sur le chemin qui sortait du bois et s'élancer en contrebas de l'animal, lui coupant ainsi la voie. A cet endroit, l'impressionnante crête des Cinclades qui surplombait la vallée avait amassé au fil des millénaires un immense pierrier, chaos de roches éclatées, concassées par l'alternance de gel et de soleil. Ce toboggan instable de rocailles dégringolait vers le gave sur une pente vertigineuse, de plus en plus raide. Etienne s'y engagea pour éviter le haut du chemin bloqué par l'ours.

L'animal s'était cabré en apercevant le garçon, la tête relevée oscillant de droite à gauche, presque interrogateur. Le « Bé-ga-rie » l'avait surpris et inquiété. Il poussa ses deux premiers grognements pour effrayer son adversaire et releva les pattes antérieures à la hauteur de ses épaules, avant de se laisser retomber doucement. C'est à cet instant que la fuite désordonnée d'Etienne l'affola. L'enfant lui coupait la route, sur la pente qu'il allait suivre.

Tout alla très vite. L'ours dévala en trois bonds les quelques mètres qui le séparaient d'Etienne. Il s'abattit sur lui dans un grondement épouvantable et, juste avant de l'étouffer, lui laboura le ventre d'un terrible coup de griffe. Ses crocs se refermèrent sur l'épaule et le cou du garçon.

Ils roulèrent sur les pierres. Asphyxié, à demi assommé, Etienne ne sentait plus la douleur. Son flanc ouvert laissait fuir le sang à gros bouillons. Désorienté, il vit basculer le ciel derrière la ligne de crête et les sapins. Entraîné dans une longue et douloureuse glissade sur les cailloux, il sentit l'haleine fauve de l'ours contre sa joue et aperçut un bref instant ses petits yeux marron d'une intensité terrifiante. Etienne pensa à ses frères : Ont-ils au moins entendu mon cri ? Il se souvint de la silhouette sur le chemin : Papa... Il entendit un bruit de tonnerre contre sa tête. Il perdit connaissance au moment où l'ours lui arrachait une partie de la mâchoire.

Paulin entendit l'appel de son fils, si près, heureux de l'avoir enfin rattrapé. Les deux grondements sauvages qui suivirent le figèrent sur place. Il comprit aussitôt l'erreur d'Etienne. Fuir vers le bas ne pouvait qu'exciter l'animal, mais son fils l'ignorait. Il hurla à son tour pour rappeler Etienne vers lui, mais c'était trop tard. Le garçon affolé avait pris la direction opposée. Paulin n'osa pas tirer vers l'ours, sûr de le rater à une telle distance. Il préféra garder ses deux cartouches et se rapprocher aussi vite qu'il le pouvait. Il vit l'animal foncer sur son fils, l'étouffer entre ses deux pattes et dégringoler avec lui dans le pierrier. La chute emmêlée lui parut interminable, sur cinquante mètres au moins. Il courait derrière, bondissant et glissant sur les rochers instables.

Ralenti par son poids et un rocher plus gros que les autres, l'ours venait de relâcher sa proie de quelques centimètres quand Paulin arriva sur eux, le canon du fusil en avant, à bout portant. Le temps qu'il s'arrête et vise, malgré son essoufflement, l'ours se retourna, laissant l'enfant pantelant à ses pieds. Paulin tira aussitôt, priant pour ne pas toucher son fils. La première balle fracassa le museau de l'ours avant d'aller lui perforer le cerveau. Paulin se rapprocha encore et tira sa deuxième balle, entre les deux yeux de l'animal qui s'était affaissé après avoir fait un bond en arrière, vers le bas de la pente. A bout touchant, le poil brun s'enflamma, dégageant une écœurante odeur de roussi.

Paulin lâcha son fusil et se précipita vers Etienne, épouvanté par les blessures et la pâleur soudaine de son garçon, presque froid. Il lui parla. L'enfant vivait encore. Il ouvrit les yeux. Un ciel voilé de gris et de rouge emplit son regard, un grand oiseau tournait au-dessus de la crête. Une voix douce et familière montait vers lui mais Etienne ne la reconnaissait plus, elle lui parlait de beaucoup trop loin.

— ... m'ont... entendu?... Marie... Clément... marmonna-t-il.

Sa mâchoire broyée n'articulait plus rien. Elle n'avait même pas bougé. Paulin se pencha, bouleversé par le dernier éclat de vie qu'il voyait s'éteindre dans le regard vitreux de son fils. Le petit semblait vouloir lui dire quelque chose :

— Que dis-tu, mon Tiennou? Oh pauvre, que dis-tu?

Un bruit, sur sa gauche, le fit sursauter. L'ours recommençait à bouger. Paulin n'avait plus de cartouche et son fils agonisait entre ses bras. Incapable de bouger, il fixa la bête sauvage et réussit à saisir un caillou dans chaque main, de nouveau prêt à se battre. L'énorme tête se releva imperceptiblement malgré la blessure atroce qui la défigurait, puis l'animal souleva l'épaule et une patte. Tétanisé de peur et de douleur, Paulin vit le corps de l'ours commencer à glisser sur le lit de rocailles, entraîné par son poids dans la pente de plus en plus raide. La grosse fourrure ondula sur plusieurs mètres. La glissade s'accéléra et le cadavre inerte de l'ours disparut enfin dans le ravin.

Paulin baissa les yeux sur son fils, prêt à le serrer pour le tenir en vie, avant de le prendre dans ses bras pour le ramener au village. Etienne était mort. Glacé et livide comme le calcaire de ce pierrier où il venait de laisser sa jeune existence de cadet de Gavarnie.

Tête basse, les coudes écartés de chaque côté de l'assiette, les enfants remuaient la soupe, toujours trop chaude à leur goût.

— Prenez sur le bord, répétait Magdeleine. C'est moins chaud. On vous le dit tout le temps.

Mais les deux garçons s'obstinaient à plonger la cuillère au centre, dessinant des routes, des buttes ou des fossés dans la mixture fumante. Ce n'était pas une soupe mais du *milhas*, l'épaisse bouillie de farine de maïs servie mélangée à de l'eau grasse ou du lait, surtout l'hiver, quand les légumes frais étaient rares. Tous les petits aimaient le *milhas*, à cause de son goût légèrement sucré. C'était moins fade que l'éternelle soupe de légumes du reste de l'année, dans laquelle il fallait tremper un morceau de pain qui avait trop souvent le goût de moisi. A la Chandeleur, Magdeleine en faisait une grosse crêpe, légèrement grillée et sucrée. Le *milhas* était alors une friandise.

L'ambiance était lourde à l'*ostau* Védère. La pression du ciel bas et de la neige semblait peser sur le dos de tous, sauf sur celui de Magdeleine. Elle s'affairait comme si de rien n'était. Tout s'était passé très vite après la mort du petit Etienne. Le médecin, les gendarmes, le maire, le curé et son eau bénite, des voisines, le maître d'école et l'institutrice, suivis des écoliers, en rangs par deux, garçons et filles, étaient venus défiler devant le lit où l'enfant reposait. Sa blessure à la face étant trop horrible, un drap blanc le dissimulait. Le corps dessinait une silhouette si minuscule qu'on avait peine à le croire dessous. Canaou semblait le veiller, allongé au pied du lit, la tête sur les pattes avant, les yeux ouverts, les oreilles dressées, soulevant ses sourcils hérissés de longs poils dès que quelqu'un entrait dans la pièce. Le brave berger attendait le réveil de ce petit maître qu'il avait accompagné tant de fois dans les champs.

Les femmes s'attardaient en pleurant, dissimulant leurs larmes et leurs yeux rougis sous le capulet. Les hommes vêtus de noir hochaient la tête, pressés de ressortir et de commenter l'accident, la traque si tragiquement interrompue, la dépouille de l'ours récupérée par Miramon et deux costauds, puis descendue jusqu'à Gavarnie sur une charrette, exposée aux yeux de tous devant la maison Tossat, puis le constat des gendarmes. Ils parlaient aussi un peu de la guerre, mais les batailles semblaient si lointaines, dans des lieux que personne ne connaissait.

Clément était le plus sombre. Son frère aîné n'avait pas le temps de l'être. Jean-Marie était plus occupé, accablé de tâches. Après la classe, il partait aussitôt aider son père aux travaux de la ferme, dans la grange ou à la bergerie. Ensuite, au retour, alors que la nuit était déjà tombée depuis longtemps, il tentait de faire ses devoirs à la lueur de la bougie posée sur la table. A la différence de Jean-Marie qui restait muet pendant de longues heures, Clément voulait parler de la mort d'Etienne, mais pas à ses parents. C'est avec son frère qu'il attendait de revivre ces heures tragiques, pour comprendre. Jean-Marie l'avait interrompu net :

« Laisse-moi avec cette histoire. C'est du passé ! »

Clément n'avait pas bien compris. Il crut même, pendant quelques jours, que son frère était insensible à cette perte, sans peine et sans larmes. Jusqu'au jour où Jean-Marie se déroba, une nouvelle fois. Devant l'insistance de son cadet, il lâcha, comme à regret :

«Et puis... cela fait trop mal.»

Chez Clément, quelque chose s'était révolté lorsqu'il avait vu son père revenir de la chasse, le petit corps d'Etienne dans ses bras, recouvert de l'épaisse veste de drap bleu que Paulin mettait pour la montagne lorsqu'il allait chercher les brebis ou couper du bois. Son gilet gris était taché de sombre. Les enfants ne comprirent pas tout de suite qu'il s'agissait du sang de leur frère. Des stries noires et rouges barraient le visage de leur père, des traces de poudre et de sang mélangés qui maculaient aussi ses mains.

Ce matin-là, bravant les ordres de Magdeleine, Clément et Jean-Marie avaient eux aussi pris le chemin qui montait vers le cirque, prétextant aller faire brouter Martou le long du gave. L'âne des Bégarie était le travailleur de force de l'*ostau* Védère, mais il était aussi le compagnon de jeu des enfants. Leur mère les avait laissés partir, le fidèle Canaou bondissant autour d'eux.

De loin, sans bien comprendre, ils avaient aperçu le groupe silencieux s'avancer vers eux, sur le chemin, à travers le bois de hêtres et de pins. Ils se réjouissaient déjà de voir la dépouille de l'ours et d'entendre le récit de leur père, et surtout celui d'Etienne, qu'ils avaient tant envié. Ils se demandaient à quoi leur petit frère avait bien pu servir dans la battue. La mine défaite de leur père et la forme inerte qu'il portait dans ses bras, l'air grave du maire, des chasseurs de la ville et des hommes de Gavarnie les avaient frappés. Le choc avait été terrible. Ramounoulou les avait pris à part en expliquant en quelques mots un peu bourrus ce qui venait de se passer.

Ils se souvenaient d'avoir entendu les mots « courage », « force », « fatalité ».

Jean-Marie s'était pris la tête à deux mains, deux grosses larmes sur les joues. Il avait tout de suite pensé à sa mère. Clément, qui tenait la corde de Martou, avait attiré l'animal vers lui. La chaleur et la douceur du pelage de l'âne lui avaient fait du bien. L'odeur familière avait rassuré l'enfant. Il ne comprenait pas tout mais une vague de révolte et de dégoût l'avait progressivement submergé. Il avait alors levé la tête, bouleversé, perdu, sans plus aucun repère. Martou s'était retourné pour regarder son maître, les yeux presque aussi tristes que lui, résigné au pire, comme à son habitude.

Au-delà des oreilles duveteuses de Martou et du cercle d'hommes et de jeunes qui l'entourait, Clément aperçut la ligne de crête des sommets qui soulignait le ciel vers le sud. L'immense paroi de calcaire du cirque dessinait le décor naturel qui était le sien depuis qu'il avait appris à marcher. La falaise lui parut ce matin-là plus haute que d'habitude, plus sombre, plus grise. Elle l'oppressait. Il la voyait infranchissable. Clément respira à fond, les yeux toujours fixés vers cette barrière qui fermait son horizon depuis toujours. Il se souvint des mots de monsieur Planté : « Mes enfants, sachez-le : les Pyrénées n'ont jamais été une frontière mais un point de passage, un lieu d'échange. »

Il ne le croyait plus. Ce n'était pas possible. La montagne, les forêts, les rochers se rapprochaient de lui et l'étouffaient. Toute la nature, autour du groupe, lui sembla figée, pesant sur ses épaules comme une charge de foin beaucoup trop lourde. Il ne voyait aucune issue, pas de passage, avec ces hommes immobiles, vêtus de noir ou de gris. Ils semblaient faire corps avec la montagne. C'était peut-être cela, la mort, cette immobilité totale des choses et des gens jusque-là vivants. La vue de la grande cascade qui dégringolait du sommet de la falaise le rassura. Le torrent puissant, venu du cœur de la montagne, ouvrait son chemin de liberté en jaillissant en plein air. Cette eau en chute libre de quatre cents mètres le long de la muraille s'écrasait dans un chaos de rochers d'où naissait le gave, celui qui irriguait toute la vallée, jusqu'à Pau, jusqu'à l'Adour dans lequel il se jetait.

Clément suivit du regard le voile d'embruns que le vent chassait vers l'est. Il pensa que la vie était là, depuis toujours. Pour la première fois, sans bien comprendre l'impression qu'il ressentait, il associa ce panache léger à l'irrépressible sensation de liberté qui montait en lui, malgré la mort de son petit frère, la montagne étouffante et le cercle d'adultes immobiles. Clément avait déjà approché le souffle humide et glacé de la chute d'eau lors d'une excursion au cœur du cirque avec son père. A cet endroit du chemin, il était trop loin pour entendre le tonnerre de l'eau sur la rocaille. La cascade lui sembla pourtant très proche.

Clément crut même sentir sur sa figure ce nuage de vapeur froide dans lequel tout baignait à ses pieds. Il s'essuya les joues d'un revers de main. Il avait cru rester fort sous les yeux de tous. Il pleurait, lui aussi.

Le groupe avait pris le chemin du retour, grave et silencieux. Paulin marchait devant, à quelques pas, Etienne dans ses bras, enroulé dans sa veste. Ramounoulou venait derrière, puis Miramon, la tête basse, troublé, qui n'avait pas remis son béret. Protecteur, il tenait Jean-Marie et Clément par les épaules. Ce contact réconfortait les enfants, même si l'un et l'autre auraient aimé être loin devant le groupe, courir vers leur maison et disparaître dans la grange, pour ne plus marcher derrière leur père et le corps inerte du petit frère. En marchant, le regard fixe, les deux garçons voyaient des gouttes de sang perler sur le tissu épais de la veste et tomber sur les cailloux gris du chemin. Guettant chaque gouttelette, Jean-Marie et Clément pensèrent à l'histoire du Petit Poucet. Mais c'était leur petit frère mort qui revenait de la forêt, et son sang marquait le chemin du retour. Le conte était réel. Il venait de mal finir.

— Entrez, entrez, Yvonne ! Ne restez pas dehors. Avec cette brouillasse...

— J'ai fait moins de cent mètres et j'ai l'impression d'être trempée.

Lucien Planté s'effaça devant sa jeune collègue. L'extrémité du foulard léger dont elle se servait pour maintenir son petit chapeau frôla sa main posée sur le chambranle. Il sentit un souffle de parfum, si délicat. Jasmin ? violette ? œillet ? Il le lui demanderait un jour. Il allait l'inviter à s'asseoir mais elle s'installa d'elle-même, sans hésiter, dans le large fauteuil où l'instituteur aimait lire le soir, près du guéridon où il posait sa lampe à pétrole. Planté nota sa détermination. Cette attitude décidée sous une apparence si frêle n'était pas pour lui déplaire.

Un petit béguin non avoué était né entre les deux enseignants, au fil des discussions enthousiastes qu'ils avaient eues depuis la rentrée. Le lien s'était renforcé au cours de cet automne particulièrement humide et glacé. Les jours de très grand froid, Yvonne avait pris l'habitude de venir se réchauffer une poignée d'heures auprès du poêle qui trônait au centre de la grande salle. Le maître y accueillait ses écoliers, des petits ânonnant les « B et A, BA » aux plus grands qui entraient dans leur quinzième année. Elle avait passé là quelques soirées, partageant un café, des idées générales sur l'enseignement et des anecdotes sur leurs élèves respectifs, avant de retourner chez elle. « Dans ma glacière », disait-elle dans un rire, en s'éloignant dans la nuit.

Yvonne défit son chapeau, enleva l'épingle de nacre qui

le maintenait et la glissa dans son chignon. Dans le mouvement de tête qu'elle fit sur le côté, quelques mèches claires s'échappèrent. Elle les rejeta derrière l'oreille. Lucien Planté observait. Yvonne Saenz lui sourit. Il allait lui demander ce qu'elle voulait boire quand elle le devança :

— Elles m'inquiètent un peu, les petites.

— Comme mes garçons, Yvonne. Pareil.

— Je ne sais pas. Enfin, je ne comprends pas. Je sais que tout le monde y pense, mais personne ne semble vouloir en parler.

— La mort d'un enfant dans un petit village, à Gavarnie comme ailleurs, c'est toujours un choc. C'est une tragédie.

— J'ai bien essayé d'évoquer cela avec les élèves. Oh ! Pardon, Lucien. Je vous ai interrompu.

— Du tout, du tout, Yvonne. Je vous écoute et je comprends bien ce que vous ressentez. Vous allez vous y faire.

— Comment ? Vous croyez cela possible ? Ah non, c'est comme s'il ne fallait pas parler d'un vilain secret.

Planté s'était assis sur une chaise de paille qu'il avait rapprochée du fauteuil, en face d'Yvonne. Le contre-jour l'empêchait de bien voir son invitée mais lui, au contraire, était dans la lumière grise de cette fin d'après-midi d'hiver. Il se demanda s'il était rasé d'assez près, si son col sans cravate n'était pas trop ouvert. Et il ne lui avait encore rien offert à boire. Il allait le faire, lorsqu'elle fit un geste de la main.

— Bah, comme dit mon père, des détails, que des détails. Mais quand même...

Lucien voulut profiter de cet instant où elle venait de dévoiler un peu de sa vie personnelle. Il connaissait si peu de choses de la jeune institutrice que l'Instruction publique avait affectée à la rentrée précédente à l'école des filles ! Deux mois déjà s'étaient écoulés. Comme la plupart des maîtresses débutantes, Yvonne avait passé beaucoup de temps à préparer sa classe et à s'occuper de ses élèves. Peut-être était-il temps de se rapprocher d'elle.

— Votre père est un sage. Est-il dans l'enseignement ? Ou...

— Mazette ! Que non ! Dans une sorte d'enseignement bien spécial. Tiens, Lucien, je vous laisse deviner.

Elle balançait une jambe. Il observa à la dérobée sa bottine lacée, le cuir noir brillant sur son pied d'enfant. Elle avait dit « Mazette ! », une expression que les gens de la campagne n'employaient pas. Même en ville, ce n'était pas un mot du pays.

— Mais Lucienne, vous êtes bien de...

— D'où ? Ça, c'est une autre question. C'est un interrogatoire, alors ?

— Oh non, surtout pas. Je ne voudrais pas que...

— Allons, Lucien ! Voici déjà deux réponses à trouver. Dépêchez-vous !

Yvonne avait pris la discussion en main. Son énergie lui avait donné une sorte d'ascendant sur l'instituteur, pourtant son aîné de quatre ans. Lucien distinguait mal ses traits. En se levant pour aller faire chauffer de l'eau pour le café, il vit pourtant qu'elle souriait, tout en continuant son léger balancement de la jambe. Il pensa qu'elle se moquait peut-être de lui. Pour dissimuler son trouble, il remua deux tasses et força la voix.

— Puisque c'est ainsi, je vais deviner, mais il me faudra des indices, n'est-ce pas ?

— On va voir.

Elle s'était levée et rapprochée, juste derrière lui, debout sur le pas de la porte de la cuisine. Lucien se retourna, un peu confus de préparer le café devant elle. De nouveau, Yvonne avait penché la tête sur le côté, regardant l'image du calendrier des Postes, les bras croisés. Il lui trouva une attitude de jeune femme moderne et, en même temps, restée très féminine. Il voulut lui faire un compliment mais n'osa pas, chercha ce qui pouvait être gentil tout en restant convenable. Son chemisier et son lainage clairs contrastaient avec la jupe stricte qui lui tombait aux chevilles. Elle la portait serrée, presque tubulaire, comme le voulait la mode. Lucien Planté décida de se lancer, en empoignant le plateau.

— Yvonne, le clair vous va très bien. La couleur claire...

— Tss, tss, *moussu* Lucien. N'essayez pas de vous dérober. J'attends mes réponses.

Ils jouèrent ainsi aux devinettes pendant quelques minutes, au-dessus de leurs tasses fumantes et d'une assiette de madeleines un peu humides que Planté avait prises dans une boîte en fer-blanc. Il apprit que le père d'Yvonne était sous-officier d'artillerie, stationné à Tarbes, où elle avait vécu une partie de sa jeunesse. Il enseignait aux recrues la manœuvre d'une batterie, les soins aux chevaux de trait, le nettoyage des canons.

— J'ai sans doute hérité de lui ce goût de l'enseignement des choses simples, dit-elle en riant.

— Mais un peu trop guerrières à mon goût, bougonna Planté, faussement fâché.

— Oh, *moussu* l'homme de paix, railla-t-elle. Comment pourrait-on défendre la patrie alors ?

— Les frontières, c'est la guerre, Yvonne. De tout temps. On peut défendre la patrie sans fabriquer de canons ni de fusils. Par l'éducation.

— Eh bien, Lucien, on ne va pas commencer à se faire la guerre, n'est-ce pas ? Pas maintenant, alors que d'autres se battent pour nous dans le Nord.

Elle avait retourné la situation. Planté était soulagé. Emporté par son esprit de sérieux, il n'aurait pas su comment sortir de cette discussion difficile. Un court silence s'installa. Ils pensèrent aux informations alarmantes qui venaient du front. Plusieurs jeunes célibataires de Gavarnie avaient quitté la vallée pour rejoindre le dépôt de garnison de Tarbes. Une escouade de gendarmes s'était installée à Gèdre. On savait peu de chose de la guerre, sinon que le front tenait et que l'ennemi n'avançait plus. Les Français non plus.

Yvonne reprit la parole, doucement. Elle lui expliqua qu'elle avait toujours bien travaillé à l'école. Plus tard, elle avait voulu, à son tour, faire progresser les autres. Deuxième enfant d'une tribu de sept, elle avait commencé à faire la maîtresse pour ses petits frères et sœurs. Ses parents avaient d'abord hésité puis l'avaient encouragée à aller plus loin dans ses études, d'autant plus qu'elle avait très vite gagné de l'argent. Une partie de son traitement venait aider la famille, trop nombreuse pour une solde d'adjudant.

— Mon père n'était pas vraiment d'accord, mais comme c'était au service de l'Etat, il l'a vite accepté. Je me souviendrai toujours de ma mère, qui m'a encouragée, vers dix-huit ans. « L'instruction, c'est la liberté moderne », me disait-elle. Et me voilà à Gavarnie, Hautes-Pyrénées, sur la frontière espagnole.

— Etes-vous malheureuse ?

— Mazette, du tout, du tout. La vie est rude mais le cadre est magnifique. Mais quand même, ces enfants... Je les trouve durs, les filles autant que les garçons.

— Peut-être même plus.

— Oui, c'est vrai. Ici, les filles ne s'en laissent pas conter par les garçons. Elles ont une force impressionnante.

— Oui, vous l'avez remarqué ? C'est le caractère d'ici, celui des femmes des Pyrénées gasconnes et basques. Curieusement, ce n'est pas le cas au Béarn.

— Pourquoi ?

— Cela vient des coutumes d'autrefois. Les femmes de ces vallées ont toujours été très libres, quasiment à égalité sociale avec les hommes, au moins jusqu'à la Révolution.

— Les femmes ont perdu alors des droits ?

— Je dois reconnaître que oui. Là, la Révolution française n'a pas fait œuvre de progrès.

— En supprimant tous les privilèges, elle en a supprimé de bons.

— Si peu !

— La preuve !

— Mademoiselle Saenz serait-elle royaliste ou suffragette ?

— Elle sait reconnaître les bonnes choses et les erreurs.

— Yvonne, j'apprécie votre franchise.

— Je la tiens de ma mère. Et de mon père, la loyauté. Il n'a jamais aimé les révolutionnaires, ni ceux qui s'en prennent aux curés. Mais je vous rassure, il sert loyalement le drapeau tricolore, même s'il l'aimerait avec un peu plus de blanc.

— Un militaire qui aime le drapeau blanc ? Ce n'est pas dans l'ordre des choses.

— Vous vous moquez, Lucien, mais mon père est un serviteur de l'Etat très respectable, comme un instituteur.

— Connaissant sa fille, je n'en doute pas.

Lucien se demanda s'il n'était pas allé trop loin. Il avait appuyé son compliment d'une caresse légère sur le poignet d'Yvonne. Elle ne retira pas son bras et ajouta simplement, dans un rire :

— Mais que savez-vous de moi ? Vous ne me connaissez pas.

L'église Saint-Jean fut trop petite pour accueillir tout le monde. Les obsèques du petit Etienne avaient attiré presque tout le village. Des gens étaient venus aussi de Héas et de Gèdre. Le cercueil semblait si léger qu'un seul homme aurait pu le porter, mais le maire et trois élus du conseil municipal avaient tenu à soutenir la boîte en sapin, non pas sur leurs épaules mais à bout de bras, leurs grosses mains crispées sur les poignées de métal. Ils mirent le cercueil dans la fosse avec délicatesse, comme une offrande à la terre grasse que Menvielle, le garde champêtre, avait creusée la veille.

Clément avait retenu une phrase dite par l'abbé Fréchou pendant l'office : « Heureux les innocents... » Il avait aussi noté une allusion précise « au monde d'ici-bas » puis au « pécheur libéré ». Il n'en avait pas compris la signification. Il se demandait si le monde d'« en haut » n'était pas celui des cimes et des cols, cette ligne des crêtes qui le fascinait chaque année davantage. Il se demandait auprès de qui il pourrait éclaircir le mystère. Et qui pourrait le guider là-haut.

Jean-Marie et Clément furent impressionnés de voir tant de monde réuni dans l'église et au cimetière. Une forêt de capulets noirs et violets occupait la partie droite de la nef, sur les bancs des femmes. Certaines portaient la mante noire et quelques jeunes filles plus coquettes avaient posé une mantille de dentelle noire légère sur leurs cheveux tirés en chignon. Ces têtes sans visage, sans profil autre que la pointe et les pans du capulet, et la mine grave des hommes d'habitude si rieurs rendaient encore plus impressionnante la cérémonie. Les enfants comprirent que la mort d'un petit du village pouvait avoir autant d'importance que celle d'un grand.

Ceint de son écharpe tricolore bien serrée sur son costume sombre, Pierre Ramounoulou était entouré du conseil municipal. Autour d'eux, des hommes un peu plus âgés au visage tanné, le regard fier, figés pendant toute la cérémonie dans leur gilet à gros boutons d'argent. Ils n'enlevèrent leur large béret du dimanche que pour entrer dans l'église et au cimetière, lors de la mise en terre. C'étaient les guides de Gavarnie, des paysans et des bergers comme les autres, mais ceux-là avaient vaincu les plus grands sommets, en tant que porteurs et éclaireurs des premières expéditions pyrénéistes.

Comme d'autres paysans du village sans beaucoup de

biens, Paulin faisait lui aussi partie de cette corporation. Pour lui, comme pour les autres, ce travail d'accompagnateur rapportait un petit pécule pendant les deux à trois mois que durait la saison. Dix à vingt clients, l'été, à se partager, à raison de dix à vingt francs la course, c'était peu de chose, un petit salaire d'instituteur, mais cela suffisait pour s'acheter un lopin de terre supplémentaire ou quelques outils plus « modernes ». Paulin n'avait pas encore son brevet de guide, il n'était que porteur. Plutôt petit mais d'une robustesse reconnue de tous, il pouvait marcher et grimper pendant des heures, sans parler.

Rêveurs d'inaccessible, doués d'une endurance hors du commun, lui et ses camarades avaient inventé une nouvelle façon d'approcher la montagne, au-delà des prairies à vaches, des estives à brebis et des coupes de bois. La mode nouvelle chez les gens des villes leur avait donné l'occasion de repousser les frontières de leur territoire, de connaître d'autres horizons, de dépasser les limites de la résistance et du courage humains.

Jean-Marie et Clément reconnurent au premier rang de l'assistance Célestin et Henri Passet, nés la même année, à quelques maisons de distance. Ces deux cousins germains étaient des gloires du pyrénéisme. On parlait d'eux jusqu'à Londres et Saint-Pétersbourg. Ils avaient accumulé en quarante ans quasiment toutes les grandes premières du massif pyrénéen. Derrière eux, en retrait, Germain Castagné, le gendre de Célestin, guide lui aussi, coureur de sommets jusqu'à soixante-cinq ans. Ils étaient là pour Etienne Bégarie.

Tous les habitants de Gavarnie admiraient Henri et Célestin Passet. Leur histoire était presque devenue une légende, mais la réalité se suffisait à elle-même. Pendant les dix premières années de sa vie de guide, Célestin avait réalisé pas moins de sept premières, formant équipe avec le célèbre comte Henry Russell-Killough, amoureux fou des Pyrénées au point d'avoir loué le massif du Vignemale à l'Etat français, pour un franc symbolique, en 1889.

Ces hommes rudes faisaient face au cercueil du petit Etienne. Dans leur peine, Jean-Marie et Clément ressentaient une immense fierté. Front haut et face plate, droit comme un I et sec comme une branche de châtaignier malgré ses soixante-dix ans, Célestin Passet était resté habité par la passion de ses Pyrénées, comme son cadet Bernat-Salles, le «jeune» qu'il avait fait débuter dans le pyrénéisme en le prenant comme porteur. Chaque saison, des montagnards s'arrêtaient à Gavarnie pour les saluer, venant de tout le pays et de l'Europe entière. Avec eux, le «roi» Célestin Passet était parti à l'assaut des sommets en Europe, en Afrique et en Asie. Une année, Whymper, le célèbre vainqueur du mont Cervin, avait réussi à faire sortir Passet de sa retraite. Il l'avait emmené, pour une course en forme d'hommage, au mont Perdu et au Vignemale.

Les Passet, Bernat-Salles, Castagné, Fédacou, Haurine et les autres avaient eu la sagesse de rester des paysans. C'est pour cela qu'ils étaient là, auprès de la famille Bégarie en deuil. Ils étaient de simples montagnards, sans beaucoup de terre, pas toujours très sérieux avec l'argent qu'ils gagnaient car ce n'était pas cela qui les intéressait. François Bernat-Salles, par exemple, n'avait jamais un sou en poche. Il ne demandait rien. Célestin Passet l'employait et lui donnait quelques louis en retour, après chaque course. Il croyait sans doute s'y retrouver car il louait une maison à Bernat-Salles qui ne possédait rien. Insouciant et poche percée, ce locataire fantaisiste ne payait jamais son propriétaire. Lorsque l'impécunieux Bernat-Salles fut mis à la porte, le village se mobilisa aussitôt pour lui. L'un offrit un lopin de terre à l'entrée du village, sur le Turon de l'Eglise, d'autres apportèrent des pierres et montèrent les murs. Un groupe alla dans la forêt une nuit pour tailler quelques madriers, en se cachant des gardes des Eaux et Forêts qui eurent la bonne idée cette nuit-là de patrouiller sur un autre versant. Connu pour sa générosité, Bernat-Salles était du pays. Le pays ne l'avait pas oublié.

« Ici, on sait qui est qui, disaient les vieilles du village, qui savaient ramener leur homme aux réalités. Célestin Passet ou Germain Castagné, cela ne change rien. Même après être allés en Angleterre ou en Russie, ils restent Passet ou Castagné. Des gens de la vallée. »

L'hiver, les guides et porteurs louaient leurs bras solides et leurs mollets d'acier aux Eaux et Forêts ou aux Ponts et Chaussées pour déneiger les routes, consolider des ouvrages collectifs. Il leur fallait une résistance hors du commun à la fatigue et au froid car ils faisaient tout à pied, à la pelle et à la pioche. Lors des courses en montagne conduites pour les messieurs de Bordeaux, de Paris ou de Londres, les guides ne se contentaient pas d'ouvrir la piste. Ils portaient tout le matériel d'escalade, parfois des skis et le nécessaire pour le bien-être de leurs clients, des citadins habitués au confort. Vingt à trente kilos sur le dos. Résistants à l'effort, ils devaient aussi se montrer courtois.

« Et toujours de bonne humeur avec les messieurs et les dames, racontait Castagné. Faire les tartines à la halte, quand le client ne pense qu'à s'allonger dans l'herbe, trouver une poignée de *sarrous*[1] pour la soupe du soir, faucher une litière d'herbe parfumée pour le couchage. »

Le caractère accommodant de l'homme pyrénéen le permettait. La tension était toujours évacuée par quelques plaisanteries.

1. Epinards sauvages.

Bouleversés, Jean-Marie et Clément virent ces hommes serrer la main à leurs parents, embrasser leurs joues couvertes de larmes. Clément se rapprocha de son père et de sa mère lorsque que les deux cousins Passet se présentèrent. Il entendit Célestin réconforter sa mère, le béret à la main :

— Courage, Magdeleine. La montagne nous a pris le petit. Nous ne l'oublierons pas.

Puis, se tournant vers son père en remettant sa coiffure, Célestin lui mit la main sur l'épaule et se pencha vers lui. Il lui glissa deux phrases que Clément ne comprit pas :

— Paulin, tu le sais. Pour là-haut, tu peux compter sur nous.

Trois ans plus tard, Jean-Marie et Clément seraient eux aussi de cérémonie au cimetière, le béret à la main, pour les obsèques de Passet, le « roi des guides », emporté par une attaque aussi brutale qu'une avalanche, enterré comme il l'avait demandé : face à ces Pyrénées centrales qui l'avaient tant fait souffrir mais qui avaient fait de ce paysan bigourdan une légende du pyrénéisme, un « passeur de rêves », comme leur avait enseigné Lucien Planté en leur faisant copier, en dictée, et apprendre par cœur le texte d'un poète palois, écrit avant la guerre :

Se grisant de lumière
Et d'air au grand soleil
Le guide vit là-haut
Un songe sans pareil…

Clément le retiendrait longtemps par cœur. Des années plus tard, les strophes apprises sous la baguette de *moussu* Planté lui reviendraient, dans des heures autrement plus difficiles.

3

Lucien et Yvonne voulaient arracher les enfants au souvenir pesant de la tragédie qui venait d'endeuiller le village et la vallée. La jeune femme acceptait mal la dureté apparente des habitants après la mort d'Etienne Bégarie et le refus des enfants d'en parler.

— Ils se protègent, lui expliqua Lucien. Il y a aussi un détail : le malheureux Etienne n'était pas un *ereiter*, un héritier. Sa mort n'a pas changé le cours des choses. Cela aurait été bien différent, sinon.

— Mais, Lucien, comment pouvez-vous dire cela ? C'est horrible !

— Peut-être, mais c'est la loi de la vie dans ces vallées. Je vous disais l'autre jour que notre grande Révolution y avait changé bien des habitudes. Mais une chose est restée, une coutume particulière aussi dure que la falaise du cirque de Gavarnie.

— Quoi donc, *moussu* Lucien ?

— Le droit d'aînesse absolue.

— Mais comme partout, je crois.

— Oui, mais... enfin... pas tout à fait comme partout. Ici, ce droit d'aînesse n'a pas bougé et il s'applique autant aux hommes qu'aux femmes. A égalité. Vous l'avez sans doute constaté.

Lucien expliqua à Yvonne les codes secrets, mais bien

vivaces, qui faisaient une place particulière à l'héritier, qu'il soit homme ou femme. L'aîné devenait chef de maison, *cap d'ostau*. Dans ce système où tout devait pérenniser la maison et ses biens et les transmettre aux générations suivantes, les cadets ou les cadettes restaient souvent à la maison pour servir de force d'appoint. Beaucoup ne se mariaient jamais, restaient sans descendance ou faisaient des enfants mais sans se marier, à moins d'être choisis par l'aîné d'une autre maison. Les mariages entre héritiers pouvant provoquer des conflits d'intérêts et la fin de l'une ou l'autre des maisons, ils étaient rares et mal vus. Dans cette civilisation agro-pastorale aux conditions de vie particulièrement dures, l'*ostau* était sacrée. Tout était fait pour la renforcer et la pérenniser.

— Tout cela, Yvonne, nos petits le savent. Et ils le vivent, avant même d'atteindre l'âge de raison.

— Mais oui, je comprends mieux certaines querelles étranges entre filles. J'ai une ou deux aînées qui veulent régenter la cour de récréation. Je pense à la petite Fontan. J'ai l'impression qu'elle gagne toujours.

— Chez les garçons, c'est pareil. On sent une sorte de hiérarchie, à peine remise en cause.

— Et ils se confient si peu...

— Mais pourquoi le feraient-ils ?

— Quand même, cette mort tragique du petit Bégarie, c'est terrible, non ? Ils y pensent tous, j'en suis sûre. Aucun ne veut en parler et il m'est difficile d'aborder le sujet.

Lucien Planté sourit. Il venait d'allumer la lampe et il voyait maintenant beaucoup mieux les traits apaisants d'Yvonne. La nuit s'était glissée dans le village après une journée uniformément grise, noyée dans ce crachin que l'instituteur avait appelé « brouillasse ». Dans la pièce plongée dans l'obscurité, le halo de lumière jaune dessiné par la lampe sembla les rapprocher un peu plus.

Lucien en fut heureux. Il remarqua que la discussion avait mis le feu aux joues de son invitée. Yvonne avait cessé le balancement de sa jambe mais elle se penchait vers l'avant pour poser ses questions, se redressait, rejetait une mèche en arrière. Et, dans chacun de ses gestes, Lucien respirait son parfum.

— Pourquoi vous parleraient-ils de cette tragédie, à vous ? Savez-vous qu'ils n'en parlent même pas en famille ? En ont-ils besoin, d'ailleurs ? Je ne le crois pas. Les gens d'ici vivent durement et ils pensent de la même façon. Parler des choses graves ne sert à rien : cela ne fait que les empirer parce qu'on leur donne une seconde vie. A quoi cela servirait-il ?

— Mais, comme une sorte de soulagement, dans le... partage.

— Bah, bah, bah ! Cette théorie, c'est pour les gens des villes ou ceux qui sont instruits. Ici, la vie continue au rythme des saisons : la vie et la mort, ce sont celles des animaux, de la nature et des hommes. Vous avez vu ce qui nous entoure ? Que pèse leur peine devant ces masses de rochers, ces montagnes qui dominent tout, cette nature avec laquelle il faut bien vivre ?

— C'est pour cela qu'ils aiment tant rire et se faire des plaisanteries ?

— Ah, vous avez remarqué ? Eh oui. On se moque beaucoup ici, et de tout le monde. D'eux et des autres, de moi et peut-être de vous, Yvonne. On a le sobriquet facile et la critique rapide. Mais rire, c'est aussi éloigner la mort.

Après une nouvelle discussion, ils décidèrent d'emmener leurs élèves en promenade instructive, avant l'arrivée de l'hiver et les chutes de neige qui bloqueraient tout. Ils choisirent d'aller jusqu'à Gèdre, plus bas dans la vallée, puis de remonter le petit chemin le long du gave en direction du cirque de Troumouse. Lucien voulait leur faire découvrir le hameau de Héas. Aucun enfant n'y avait jamais mis les pieds.

Ce site sauvage, presque inaccessible faute de route carrossable, avait impressionné Lucien la première fois qu'il y était allé, autant que l'histoire de ces quelques maisons serrées autour de l'hospice du XIVe siècle. Ce lieu de repos et de trafics avait accueilli de tout temps les pèlerins et les contrebandiers qui montaient à l'assaut des cols pyrénéens, les « ports » au-delà desquels les uns poursuivaient leur chemin vers Saint-Jacques-de-Compostelle et les autres leur commerce clandestin. Au fil des années, les granges d'estive de Héas étaient devenues des habitats permanents, à l'ombre de l'église médiévale. Quand Lucien avait parlé à Yvonne de la chapelle Notre-Dame, lieu de pèlerinage qui drainait une foule de montagnards endimanchés lors de la fête du Rosaire, elle s'était un peu moquée de lui :

« Comment ? Vous, *moussu* Planté, vous voulez leur montrer une chapelle ?

— Oui, et la cloche de 1643 ainsi que le très beau bénitier. N'est-ce pas enrichir les enfants que leur parler de leur patrimoine ? Et puis... Devrais-je vous le dire alors que nous sommes au XXe siècle ? La chapelle de Héas est adossée à une ancienne pierre de fécondité. La dévotion à la Vierge à cet endroit est la récupération chrétienne d'un rite païen, une de plus.

— Mais je ne suis pas choquée du tout, Lucien.

— Autrefois, les gens qui venaient en pèlerinage emportaient même un éclat de la pierre du Calhaou d'Araillé comme porte-bonheur. Les femmes surtout.

— C'est charmant. »

Planté avait été un peu vexé par l'humour narquois d'Yvonne, mais heureux de voir s'installer une sorte d'intimité à travers la moquerie. Ces taquineries les rapprochaient. Sans le dire, l'un et l'autre étaient heureux de préparer cette expédition qui prendrait la journée. Ils savaient leurs élèves bons marcheurs et ils avaient décidé de n'emmener que les plus grands, d'autant que certaines familles avaient rechigné à laisser partir les enfants une journée alors qu'ils auraient pu être utiles à la ferme. Elles avaient cédé en faisant confiance au sérieux de l'instituteur. Il avait promis qu'ils seraient de retour au village bien avant la nuit, pour les travaux du soir.

Le jour dit, chaque enfant arriva à l'école avec une petite besace contenant du fromage et du pain. Lucien et Yvonne eurent droit eux aussi à un morceau de fromage et une tranche de pâté, apportés par deux élèves. Il faisait plutôt doux et il ne pleuvait plus depuis deux jours. La route vers Gèdre était redevenue praticable. L'instituteur expliqua les efforts énormes faits par les hommes, cinquante ans plus tôt, pour ouvrir cette route. Chaque année, il s'arrêtait devant la plaque apposée sur un rocher plat, à la sortie de Gavarnie. Il aimait y rendre un hommage presque religieux aux progrès de la civilisation industrielle.

Planté fit lire à haute voix le texte emphatique que les enfants n'écouteraient pas. Yvonne souriait devant l'enthousiasme du maître.

— Vas-y, Fourcade, lis-nous ceci.

Fourcade ânonnait. Planté reprenait après chaque mot : « Contemple ici, d'une âme forte et d'un œil assuré, depuis le sommet des monts sourcilleux… »

— *Moussu, què es aco* [1] « sourcilleux » ?

Après la réponse, la lecture reprenait : « … jusqu'au fond de l'abîme, les prodiges de l'art et ceux de la forte nature. Adouci par l'industrie humaine, le fier génie des montagnes défend d'y trembler désormais. » Lorsque l'at-

1. « Qu'est-ce que c'est ? »

tention se relâcha un peu trop, le maître dit, sans hausser la voix :

— Retenez tout ceci pour la prochaine dictée.

Ils firent une première halte à quatre kilomètres au nord de Gavarnie, dans la descente vers Gèdre. A cet endroit, un tremblement de terre, au VIe siècle, avait déchiré les flancs de la montagne. En craquant, le massif avait lâché vers le gave d'énormes blocs. Après avoir dévalé la pente, les rochers s'étaient arrêtés au hasard, dans un désordre impressionnant qu'on appelait le chaos de Couмély. Planté en profita pour leur expliquer la puissance et les désordres de la nature et, malgré tous les obstacles, l'obstination des hommes à l'aménager pour continuer à passer, pour y vivre.

— Alors, ce chaos, comment l'expliquez-vous ?

Un long silence lui répondit. Yvonne observait son collègue et les élèves, un peu intriguée. Aucun n'osait se lancer. Certains se regardaient bêtement en se faisant des grimaces. Clément Bégarie et deux autres garçons observaient un faucon planant au-dessus des granges de Saugué. Michel Miramon essayait discrètement de soulever un gros rocher, sous le regard admiratif d'un petit groupe.

— J'y arriverai, murmurait-il à ceux qui l'entouraient, en poussant de toutes ses forces.

— Alors ? Pas un parmi vous ne sait donner de réponse ? Réfléchissez un peu...

— On dirait comme aux quilles quand elles sont en désordre, risqua une fille.

— Oui, on dirait. D'énormes boules de roche, en quelque sorte. Allez, c'est bien : une bonne réponse pour les filles. Bravo pour l'école de mademoiselle Saenz. Et les garçons, alors ?

— *Moussu* ?

— Oui, Darrouy.

— Eh bé, l'explication, c'est comme...
— Vas-y. Dis-nous ce que tu penses.
— Bé, ce chaos, c'est comme si Dieu avait pété très fort un jour d'orage !

Arrivé au carrefour du pont de l'Araillé, le groupe marqua une pause au pied du calvaire. Lucien Planté désigna les crêtes rocheuses de Pouey-Boucou, qui dominaient le gave de près de six cents mètres, au sud.

— Voyez ce chemin : il nous mène à Gavarnie par le gave d'Estaubé et la hourquette d'Allantz. Autrefois passaient ici de vraies caravanes vers l'Espagne, par le port neuf de Pinède.

— Mon grand-père l'a fait ! cria un enfant au menton en galoche qui avait levé le doigt en même temps qu'il ouvrait la bouche pour parler, ce que le maître n'aimait généralement pas.

— Et oui, Haurine, répondit Planté, conciliant devant l'enthousiasme et la fierté du petit-fils de Mathieu Haurine, guide de première classe, qu'aucune difficulté n'avait jamais rebuté. Et il en a fait bien d'autres, ce champion de Gavarnie.

— Oui, oui, il était toujours avec le comte Russell, poursuivit le jeune Haurine, tout fier des exploits de celui qui avait été l'un des accompagnateurs préférés du Britannique lors de ses ascensions du Vignemale. En plus, il a eu la médaille d'argent du sauvetage en montagne. Maman l'a mise sous une cloche, sur la cheminée.

— Et là, vers l'est, on monte vers Héas, et après c'est Troumouse, reprit Lucien Planté. Où nous sommes, sachez que c'était un lac.

— Oui, à la préhistoire...

— Eh non, petit malin. Plus près de nous.

Le maître se redressa et leur raconta la tragédie de mai 1650. Trois jours de pluies torrentielles avaient fait dégringoler de l'Araillé un énorme bloc de rochers et de terre, bouchant le passage aux eaux de ruissellement et au gave venu du cirque de Troumouse.

— Il y eut tellement d'eau qu'un lac se forma.

Les eaux refoulèrent jusqu'à l'oratoire de la Vierge, noyant tout ce qui avant était au sec. Ce n'est qu'un siècle plus tard que la digue naturelle fut rompue et que la vallée retrouva ses dimensions normales.

— Mais les maisons, granges et moulins construits aux abords furent emportés dans le torrent de boue.

Les enfants écoutaient ce récit avec beaucoup d'attention. Cette histoire racontait les malheurs de leurs ancêtres et tous les défis qu'ils avaient dû affronter. L'inondation de Héas près de trois siècles plus tôt, comme le tremblement de terre du mont Perdu en 1904, dont tous les adultes parlaient encore, ou les avalanches qui revenaient chaque hiver marquaient l'imaginaire et la vie quotidienne de ces Pyrénéens. C'était leur monde familier, les soucis de leurs parents, bientôt leurs propres préoccupations. Ils le devinaient. Vifs, attentifs aux détails que pouvait leur donner l'instituteur, ils lui posaient des questions auxquelles il était souvent bien incapable de répondre.

— *Moussu, moussu,* il y a eu des morts ?

— Combien de vaches ?

— Mais ceux qui gardaient les moutons, alors ?

— Et les écureuils, ils avaient pu partir avant ? demanda une fille au regard soudain grave.

Yvonne, de nouveau, observait. Elle savait que chaque élève imaginait exactement ce qui avait pu se passer. Tous avaient déjà vu des éboulements, à la fin de printemps particulièrement pluvieux. Ils avaient observé les corvées d'adultes partant avec les outils pour remettre en état les chemins, les terrasses, les murets de pierre sèche. Les travaux effectués par leurs parents seraient bientôt les leurs, comme chaque génération avant eux l'avait fait. Elle nota presque un air de fierté chez certains. Fierté d'apprendre des événements aussi considérables dans leur vallée si reculée et de savoir que des gens comme leurs parents avaient dû affronter les éléments, restant sur place pour faire face.

— Cela doit nous rappeler que la nature peut être terrible et que rien n'est jamais définitivement acquis, tenta de conclure Planté en donnant le signal du départ[1].

L'histoire avait passionné les élèvcs. Jusqu'à l'arrivée aux premières maisons de Héas, sous les murs austères de la chapelle, les questions fusèrent. Jean-Marie Bégarie, l'un des plus âgés des garçons, avait longuement observé les flancs de la montagne de Pouey-Boucou. Il se tourna vers le maître :

— *Moussu*, pourquoi on ne tiendrait pas la pente de la montagne avec des murs plus gros que les murets dans les champs, avec du fer ?

— Mon père l'a fait déjà, le long de notre chemin, lança Dominique, l'aînée de l'*ostau* Fontan, avec une pointe de défi qui agaça Jean-Marie.

— Ce n'est pas à toi que je parle ! répliqua-t-il sèchement à cette brune énergique qui avait exactement son âge.

— Je...

— Assez ! ordonna Planté qui sentait venir l'altercation entre ces deux caractères difficiles, alors qu'il voulait au contraire parler des progrès de la technique et des perspectives mécaniques qu'elle offrait aux gens des vallées.

Jean-Marie Bégarie et Dominique Fontan, que tout le monde appelait Domenge, étaient les deux élèves les plus

1. En 1915, une nouvelle avalanche devait emporter l'église de Héas, qui ne serait reconstruite qu'en 1925.

âgés dans chacune des deux écoles. Yvonne avait déjà parlé à Lucien de « la grande Fontan », une meneuse qui lui donnait du fil à retordre. L'institutrice avait à peine neuf ans de plus que son élève. L'aînée Fontan était une héritière. Elle le savait. Elle entraînait derrière elle une cour de filles, des cadettes, dont sa sœur Catherine, ou des *ereiteras* plus jeunes qu'elle. Domenge était souvent la première à la course et à l'escalade des rochers. Peu de garçons aimaient se mesurer à elle. Elle les intimidait par sa force et, pour les plus grands, par ses formes déjà affirmées de jeune fille.

Entre elle et Jean-Marie, depuis la petite enfance, c'était une épreuve de force. Domenge aimait lancer des défis aux garçons. Surtout à Jean-Marie, toujours le premier à les relever. Ces joutes constantes, suivies avec passion par les autres enfants de leur quartier, les avaient rapprochés. L'été précédent, ils étaient partis le long du gave vers Gèdre, pour explorer un sentier de pèlerins abandonné depuis longtemps. La grappe de petits qui les suivait avait abandonné au premier roncier. Le chemin d'autrefois n'était plus qu'une sente à peine dessinée sous un enchevêtrement d'aulnes, de ronces et d'orties aussi hautes qu'eux. Les deux aînés avaient progressé dans l'ombre humide. Parfois, le chemin était dégagé puis, de nouveau, il replongeait dans une jungle végétale dont ils sortaient griffés, déchirés, épuisés mais heureux d'avoir progressé encore plus loin.

Après Ribère-Debat, le sentier débouchait sur un passage plus dégagé. A cet endroit, le gave bouillonnait en se fracassant sur d'énormes rochers en pain de sucre, polis et creusés par le gel et l'eau au fil des millénaires. Ils s'arrêtèrent, trempés de transpiration, le visage et les bras zébrés de griffures et de traînées vertes.

« Vois la marmite », lança Domenge en désignant une cuvette rocheuse naturelle, à l'écart du courant, où l'eau plus calme prenait une teinte turquoise qui éclatait au soleil.

Dominique fut la première à se déshabiller. Jupe, jupon, chemisier et bonnet glissèrent sur un rocher plat. En deux enjambées, elle avait de l'eau aux cuisses. Jean-Marie n'avait pas osé regarder. Elle se glissa dans la marmite, tout entière, et réapparut luisante comme une truite en se frottant la figure.

« Ça pique, les griffures ! C'est bon. Viens ! »

Ce fut encore plus rapide pour lui. Il sauta à pieds joints dans la citerne naturelle. L'eau chauffée par le soleil n'était pas glacée, juste froide. Il battit des bras pour se réchauffer. Domenge lui frotta la figure.

« Saloupet, où t'es-tu fourré ? » gronda-t-elle en imitant une voix d'adulte.

Ils se chamaillèrent quelques secondes. Il essaya de lui mettre la tête sous l'eau. Elle résista. La bagarre lui permit d'effleurer la poitrine de Domenge, ses hanches. Ses seins petits et pointus lui glissèrent entre les doigts. Il y revint, à pleines mains. Domenge fit semblant de continuer à lutter, cette fois contre lui, une jambe passée entre celles du garçon, son bassin collé au sien. Ils restèrent ainsi liés quelques secondes, comme un bloc de désir. Ils s'embrassèrent, des gouttes plein les yeux, les cheveux de Domenge plaqués par l'eau sur son visage, ruisselant dans la bouche de Jean-Marie.

Ils revinrent plusieurs fois au cours de cet été sur le sentier. Ils s'arrangeaient pour s'éloigner et semer les plus jeunes, remettant les ronces en place pour leur interdire le passage. Dominique Fontan et Jean-Marie Bégarie explorèrent tout ce qu'ils pouvaient. La fille faisait provision de découvertes, au rythme de son seul désir, goûtant cette liberté nouvelle d'adulte, sans aucune contrainte. Le garçon voulait toujours aller plus loin, mais elle se dérobait. Domenge vivait dans l'instant, pour le plaisir. Jean-Marie commençait à regarder plus loin. A cause de son impatience, ils se disputaient un peu plus souvent, pour des riens. Mais ils continuaient à retourner sur le chemin de la marmite du gave. L'exploration n'était pas finie.

Au retour de l'excursion de Héas, Lucien et Yvonne n'avaient pu suivre le rythme de marche imposé par les élèves. Sur les dernières centaines de mètres avant d'arriver au pont marquant l'entrée dans Gavarnie, les enfants avaient accéléré le pas, comme des chevaux sentant l'écurie. Partis loin devant eux, les garçons marchaient en tête, dans un désordre un peu turbulent d'où partaient parfois des jets de cailloux en direction du gave, en contrebas de la route. Les filles suivaient à quelques pas derrière, en grappe plus compacte, certaines liées par les bras, marchant en cadence, au rythme d'un chant qu'elles essayaient de rendre harmonieux.

— Je crois qu'ils seront contents de leur journée, commença Planté.

— Oui, j'en suis sûre, Lucien. Je vous remercie pour cette belle excursion, bien passionnante.

— J'ai eu du plaisir à la faire à vos côtés, Yvonne. J'aimerais pouvoir recommencer un jour.

Ils se regardèrent. Yvonne trébucha, heurtant l'épaule de Lucien. Il la rattrapa et garda la main serrée sur son coude. Un peu confus mais confiant, il sentait son bras sous la veste de laine. Yvonne ne protesta pas et murmura un merci à peine audible, elle aussi troublée par ce contact, par cette curieuse sensation d'intimité en plein air, alors qu'elle entendait, devant eux, les filles chanter quelque chose en rythme.

— Vous êtes fatiguée. La promenade a été longue.

Yvonne ne répondit pas, secouant à peine la tête. Ils marchèrent quelques mètres en silence, savourant ces secondes volées aux autres et ce contact physique, si léger, entre eux. La situation pouvait devenir gênante, d'autant qu'ils avaient accéléré le pas. Yvonne reprit la première ses esprits en levant les yeux vers Lucien, dans un sourire confiant et doux qu'il prit pour une approbation et une promesse.

— Les enfants sont loin, lâcha-t-il, comme par automatisme. Il faut les rattraper.

— Ils marchent trop vite, même les filles, dit-elle essoufflée autant par l'émotion que par la marche.

— Ce sont des petits montagnards.

Lorsqu'ils arrivèrent derrière le groupe des filles qui jetaient de temps à autre un coup d'œil vers l'arrière, ils entendirent enfin le chant joyeux qu'elles fredonnaient en cadence depuis un petit moment :

— Ils sont amoureu-eux... ! Ils sont amoureu-eux... !

Après les obsèques, Clément alla presque tous les jours se poster sur le petit muret du cimetière, situé devant l'église. Seul, ou en compagnie de Jean-Marie et d'autres enfants de l'école, il venait tenir compagnie à Etienne dont la tombe recouverte de neige formait un petit tumulus immaculé. Avec le froid installé à demeure dans le village, les cheminées fumantes semblaient monter une garde vigilante autour d'eux. Puis les autres s'étaient lassés. Clément venait désormais seul. Attentif à ne pas troubler la sérénité qui régnait dans l'enclos silencieux dont il n'avait pas peur, contrairement à d'autres gens du village, Clément transmettait à Etienne, en silence, tous ses rêves, ses espoirs, ses regrets aussi de ne plus galoper avec lui vers la grange ou de ne plus agacer ensemble le pauvre Martou. Dans cette paix minérale qui le gagnait, Clément croyait parfois faire corps avec les pentes qui l'entouraient : il entendait le murmure monotone et puissant du gave en contrebas et le souffle apaisant de la hêtraie au-dessus de l'église. Les pas du curé sur le chemin puis dans l'église étaient les seuls bruits humains qu'il percevait. Et, de temps en temps, étouffés par la neige et le froid, des aboiements de chiens et le braiment d'un âne.

Le cimetière faisait face au sud, vers la muraille qui bordait le grand cirque. Clément se tournait dans cette direction, après s'être recroquevillé sur le muret. Au début, il y restait à peine quelques minutes, vite chassé par le froid. Puis il s'endurcit. Certains jours, après l'école, la nuit déjà tombée depuis longtemps, il se figeait comme une pierre, dans l'obscurité, résistant au gel. Le froid n'avait plus vraiment prise sur lui. Comme papa, se disait-il avec fierté en pensant à la réputation d'endurance de son père, gagnée lors d'une terrible tempête en montagne qui avait vu Paulin redescendre en portant sur son dos un citadin à bout de forces.

Une semaine après l'enterrement d'Etienne, Miramon, Castagné et quelques autres se présentèrent à l'aube devant l'*ostau* Védère. La veille, Paulin avait annoncé à Magdeleine la course qu'il allait entreprendre jusqu'à Tuquerouye. Silencieux, les enfants avaient assisté à ce dialogue en faisant semblant de jouer avec des miettes de pain.

« Que vas-tu faire là-bas ? Tu n'as pas de client. »

Paulin avait hésité à répondre. Il savait que c'était inutile. Et sa décision était prise.

« J'ai des amis.

— Et oui, pauvre, je le sais. Ce n'est pas une course entre amis qui rapportera quelque chose.

— Qu'en sais-tu ?

— Avec cette neige partout, tu vas t'en voir.

— Justement !

— Justement quoi ? »

Paulin ne savait pas exprimer avec des mots ce besoin né en lui lorsqu'il avait porté le corps de son enfant mort.

La montagne lui avait pris Etienne. Il devait y retourner, gravir ces pentes maintenant recouvertes de neige, vaincre les rochers, maîtriser la falaise devant laquelle tout s'était passé. Il s'en était fait le serment. Il voulait à son tour peiner et souffrir, avec ses amis guides et porteurs, pour anéantir sa propre peine et offrir à son enfant disparu son effort, sa fatigue et la camaraderie de cette dernière course. La montagne l'avait blessé. Il devait maintenant reprendre l'avantage. Il passerait.

« J'irai mettre un cierge à Notre-Dame de Tuquerouye.

— Mais tu es fou ! Je l'ai fait à *sent Yoan*[1], ici.

— C'est là-haut que je vais.

— En hiver ?

— On passera. »

Paulin n'avait pas plié. Les enfants avaient approuvé en silence et envié leur père dont le sac était déjà prêt. A l'aube, Jean-Marie et Clément se levèrent. Le plus jeune confia à son père un bout de bois sculpté, poli comme du marbre.

— Qu'est-ce que c'est, Clément ?

— Le cheval d'Etienne. Il l'avait toujours avec lui. Il faut le mettre là-haut dans le refuge, au pied de la statue.

Paulin sourit et referma son poing sur le petit objet chaud, l'une des rares traces laissées par son plus jeune fils. Elle serait dans la montagne, au sommet, là où ne montent que les gens forts et déterminés. Le petit Etienne serait ainsi un peu de la famille des passeurs de rêves qui cherchent toujours de nouveaux sommets à conquérir.

Bégarie et son groupe d'amis guides et porteurs, dont Louis Miramon, Jean Trescazes et Germain Castagné, réussirent à passer malgré la neige et la glace. Jamais, pour une course hivernale, ils n'étaient allés aussi vite. Ils ne furent pas retardés par des clients ni par le mauvais

1. Saint Jean.

temps. Il fit très froid mais sans brouillard ni vent. Chacun y mit du sien, déployant toute sa technique et sa force pour arriver dans les délais, malgré le passage dans le terrible couloir glacé en forme de précipice qui précède l'arrivée au refuge coincé dans la faille de Tuquerouye, à cheval sur la frontière. Ils passèrent moins de deux heures dans l'abri en forme de coque renversée conçu pour résister aux tempêtes, à la foudre, aux amoncellements de neige et de glace. Castagné pesta aussitôt contre les derniers visiteurs du refuge :

— Voilà des gens bien indélicats. Ils ont laissé leurs bols sales et les assiettes graisseuses.

Miramon, indigné, montrait l'âtre noirci par un quart de siècle de flambées :

— Ça alors ! Ces sauvages ont même brûlé le balai de nettoyage et la paille du couchage. Il monte n'importe qui ici, maintenant.

Paulin ne savait pas prier. Il faisait trop froid pour rester devant la statue de la Vierge, dressée sur une vire au-dessus du refuge. Debout dans l'abri, entouré par ses camarades montagnards, il glissa le petit bout de bois en forme de cheval contre le lanterneau du nord.

— Comme cela, tu nous regarderas toujours, Etienne, avec tes yeux de petit de la montagne.

Juché sur le muret du cimetière, Clément avait pris l'habitude de voir déboucher de temps en temps, du sentier qui menait au port de Boucharo, des groupes d'hommes vêtus de couleurs vives. Tous avaient le visage sec et sombre sous leur étrange béret couleur cerise. Chargés chacun d'un grand sac porté en bandoulière, ils sortaient du bois de pins dans lequel s'enfonçait le sentier qui montait vers l'Espagne. Un homme les précédait souvent de quelques minutes sur le chemin. Arrivé au-dessus de l'église, il sifflait une série de trilles convenue à l'avance. Venant du haut Aragon, de l'autre côté de la frontière, les Espagnols partaient dans la nuit du versant sud pour franchir le port et arriver à Gavarnie en début de matinée. Ils empruntaient le mauvais chemin qui longe le petit gave, né sous le pic des Tourettes. Ces hommes poussaient devant eux des cochons. Certains animaux titubaient et avaient les ongles en sang.

L'un des hommes restés en arrière, le plus grand et le plus sec, portait en général deux sacs de toile, dont un dans lequel il plaçait un cochon de taille moyenne, sans doute le plus beau du lot. Ils s'arrêtaient en haut de la chaussée, devant chez Tossat, contenant leur petit troupeau sur une aire herbeuse en attendant les acheteurs. Leur présence évitait aux habitants de Gavarnie de descendre jusqu'à Luz où le cours du porc était toujours plus cher. La route qui descendait vers le piémont n'était pas encore parfaitement carrossable et les habitants des hautes vallées n'avaient pas pris l'habitude de l'emprunter. Pour les Espagnols, c'était une longue course pour gagner quelques sous mais ils pouvaient au retour rapporter des objets qu'ils revendraient à Broto ou à Torla, de l'autre côté de la frontière, sans aucune taxe à payer.

Depuis tout petits, Jean-Marie, Clément et les autres enfants du village aimaient observer ces hommes étranges. L'arrivée des colporteurs aragonais était une distraction à une époque où il y en avait peu. Les anciens du village disaient qu'il passait moins d'Espagnols depuis l'ouverture de la route vers Luz, mais on en voyait encore, même si la foire aux cochons de Lourdes prenait de l'importance et ne faisait pas les affaires des contrebandiers.

Adossés à leur muret, à distance de sécurité, les gamins du village étaient impressionnés par la mine et la langue des Aragonais. La blouse bleue et le large béret rouge qu'ils ne quittaient jamais donnaient à ces étrangers l'allure de comédiens de théâtre. Aux yeux des enfants, leur teint cuivré en faisait des pirates.

« Ils passent de tout », disaient les adultes.

Aucun enfant n'osait demander ce que signifiait ce « tout ». Clément brûlait de savoir. Jules Menvielle, le garde champêtre, ne les aimait pas. Il les appelait les Maures, avec une moue de mépris.

« Ils nous volent les poules et engrossent nos filles. Ni vu ni connu ! Et il paraît que, sur la Haute-Garonne, ils attaquent les trains. »

Les enfants en avaient parlé à Lucien Planté. L'instituteur avait souri.

« Il y a de tout parmi eux, pardi. Mais Gavarnie en a vu d'autres. Depuis mille ans et sans doute plus, notre village est un lieu de passage pour toutes sortes de gens : les bergers, les commerçants, les religieux, les gens de guerre.

— Mille ans ! s'étonnaient les enfants en écarquillant les yeux, ébahis de savoir que leurs chemins si familiers avaient vu passer autant de gens, depuis si longtemps.

— Et ce mouvement continuera longtemps après nous, jusqu'à la fin du siècle, et même après l'an 2000, parce qu'il n'y a pas trente-six passages dans la montagne.

— Et si on creusait dessous, peut-être, pour passer ? En hiver, on éviterait même la neige.

— Ne dis pas de bêtises, Darrouy ! Comment veux-tu qu'on taille des kilomètres de galeries dans le rocher, sous une montagne entière ? On y a pensé, tu sais, sous Napoléon III, même [1]. Mais les machines n'en sont pas capables et cela coûterait plus d'un million de francs. Et puis, en plus, on risquerait d'être étouffé par la pression, là-dessous, quand il faudrait passer. Bah, ce sont des histoires de monsieur Jules Verne, tout cela. »

Lucien Planté ne comprenait pas l'engouement des

---

1. Les ingénieurs avaient imaginé un tunnel de mille cinq cents mètres commençant à côté des granges de Holle, au fond de la vallée des Espécières, pour déboucher vers San Nicolas de Bujaruelo, afin de passer le col de Gavarnie.

enfants pour ces contes à dormir debout. A ses yeux, c'était faire fi de la science physique moderne, qui ouvrait des perspectives étonnantes aux hommes mais enseignait aussi les limites infranchissables de la réalité. L'instituteur n'aimait pas les débordements d'imagination qui faisaient croire aux contes de fées.

Un chant étrange annonçait souvent les Espagnols. Ils arrivaient en fredonnant pour s'encourager dans les derniers mètres de leur longue course commencée en contrebas du port de Boucharo, sur le chemin de l'ouest. Leur mélopée les précédait avant la halte qu'ils faisaient toujours dans l'église. Ils se signaient devant la statue de Notre-Dame du Bon-Port[1], une Vierge du XIVe siècle qui avait vu défiler des milliers de pèlerins. Quand ils remontaient vers l'Espagne, ils s'arrêtaient de nouveau devant Notre-Dame mais, cette fois, ils murmuraient une courte prière en espagnol. Notre-Dame du Bon-Port devait les protéger pendant leur longue marche jusqu'au port de Boucharo.

Avec précaution et une certaine révérence, les Aragonais ne manquaient jamais d'ouvrir un placard situé en hauteur, en face du portail d'entrée, esquissant un signe de croix avant de le refermer bien vite. Un jour, intrigués par leur manège, les enfants les avaient laissés s'éloigner puis, profitant d'un tabouret resté près du confessionnal, ils avaient eux aussi ouvert le mystérieux placard de bois, dont la clé restait dans la serrure. Michel Brau, le plus grand de la bande de garçons, avait reculé, effrayé : « *Ilh dou diable*[2] ! »

Les autres s'étaient succédé pour voir le spectacle, étouffant des jurons de bergers ou des exclamations qui exprimaient autant la surprise que la peur et surtout le

1. « Port » signifie « passage ».
2. « Au nom du diable ! »

plaisir partagé de découvrir un secret d'adultes. Une douzaine de crânes étaient alignés sur l'étagère du milieu. Les os brunis par le temps étaient patinés et luisants, comme passés à la cire. Fascinés par les orbites ouvrant sur des ombres inquiétantes et par l'alignement des dents jaunies figées dans un rictus d'éternité, les enfants avaient refermé le placard, bien décidés à garder le secret mais aussi à en découvrir l'explication [1].

Aux yeux des enfants, les Espagnols semblaient sans âge. Ils parlaient vite, émettant des sons gutturaux qui semblaient leur racler le palais. Leur débit rapide et leurs intonations sèches impressionnaient ceux qui ne parlaient pas espagnol. Ils étaient rares. A Gavarnie, il y avait toujours quelqu'un pour les comprendre. Le patois bigourdan ressemblait beaucoup à la langue parlée dans les vallées d'Aragon, juste de l'autre côté de la frontière.

A l'école, le maître expliqua aux élèves les liens séculaires entre les habitants des Pyrénées. Il montra une carte sur laquelle il suivait du doigt une ligne en gros pointillés bleus :

— Ceci est une invention politique des gouvernements...

L'instituteur s'arrêta, ne sachant pas comment raconter dans un cours d'histoire destiné à des enfants habitant si loin du reste du monde la genèse des nations, les barrières que les hommes s'ingéniaient à dresser entre eux et qui, pour lui, provoquaient toujours des guerres.

— Sachez, les enfants, qu'il n'y a jamais vraiment eu de frontière entre eux et nous et que...

— Mais, *moussu*, ils ne parlent pas comme nous autres, l'interrompit un élève, presque indigné.

---

1. Il s'agirait de restes de Templiers dont les squelettes furent retrouvés lors de fouilles.

— Et en plus, ils ne sont même pas français, enchaîna Augustin Darrouy, qui partageait avec son père Jean-Auguste une grande méfiance à l'égard des Espagnols.

— D'accord, d'accord : ils ne sont pas français et ils ne parlent pas le français. Mais sont-ils pour autant nos ennemis ? Et leur langue n'est-elle pas plus proche de la nôtre, ici dans notre vallée de Gavarnie, que celle parlée en Bretagne ou en Alsace ?

Les élèves ne savaient pas quelle langue on parlait dans ces régions où l'on portait des drôles de chapeaux, comme ils l'avaient vu sur les images que Lucien Planté leur avait montrées dans un livre d'illustrations. Cela leur semblait d'ailleurs trop loin de leurs préoccupations. Sauf peut-être à Clément qui brûlait de poser des questions mais qui n'osait pas, laissant aux plus grands le monopole de la parole.

— Ils volent quand ils viennent chez nous, soutint Darrouy, approuvé par deux ou trois autres.

Lorsque Planté expliqua ensuite que le comté de Bigorre avait naguère été propriété du roi d'Aragon, les élèves l'écoutèrent plus attentivement.

— Gavarnie fut, et reste peut-être aujourd'hui, plus espagnole que française.

Il leur expliqua les guerres pour le partage des pacages et des estives, les traités de paix signés de chaque côté de la montagne pour établir des droits de passage entre Français et Espagnols.

— Rendez-vous compte : la paix entre les vallées de Barèges et de Broto fut signée en 1390. Pour cent un ans ! Les *patzarias* [1] garantissaient à tous la liberté de circuler. Ils fixaient aussi la limite des pâturages, l'usage des herbages, des eaux et des bois.

— Ils se disputaient à l'époque pareil que nos parents ?

— Oui, Cazaux, pareil. Mais ils savaient aussi s'en-

1. Passages.

tendre. Il y avait des lieux sacrés. Notre hôpital Saint-Jean, à Gavarnie, offrait la sécurité, à la montée comme à la descente du port qui mène à Torla.

Les enfants se sentaient fiers du rôle salvateur qu'avait joué leur commune, en pleine montagne.

— Plus maintenant, alors ?

Lucien Planté leur raconta le traité de 1258. A Corbeil, on avait fixé la frontière entre l'Espagne et les Pyrénées, sans anéantir les *lies*[1] et les *passeries*[2] qui organisaient la vie des deux côtés de la montagne. Deux siècles plus tard, les régions de Barèges et de Broto avaient signé à Tarbes un traité qui autorisait le trafic et le commerce en toute franchise entre elles, « sans qu'il soit méfait en aucune manière ».

— Même le roi de France fut obligé de s'incliner. Té, je vous le dis : nos anciens étaient moins fous que nous.

— Parce qu'ils avaient moins à manger, lança comme une évidence un petit qui venait d'entendre tinter l'angélus au clocher et dont l'estomac gargouillait depuis quelques minutes.

— Peut-être, oui. La vie pastorale était plus rude, certes. Mais face à la nature, tout reposait sur l'entraide. Même en cas de guerre entre la France et l'Espagne, les accords entre les vallées subsistaient. Nos anciens s'engageaient à ne pas s'affronter.

— Jamais ?

— Oh si, il devait y avoir quelques frictions par-ci, par-là. Mais savez-vous qu'on ne s'est plus jamais battu vraiment entre Français et Espagnols dans nos Pyrénées depuis Roland ? Alors qu'avec les Italiens et les Allemands...

L'instituteur leur parla de la pierre Saint-Martin, au

1. Alliances.
2. Droits de passage.

carrefour des chemins qui menaient au port de Boucharo. C'était là, sur ce monolithe de calcaire arraché à la montagne, que les autorités de Gavarnie et de Broto, du côté espagnol, se retrouvaient à intervalles réguliers pour aplanir les conflits, renouveler les serments de paix et parler des pacages à partager selon les saisons. Aucun élève n'était encore monté jusque là-haut, à plus de deux mille deux cents mètres. A cet endroit, en quelques mètres de caillasses pelées par les vents, la terre française devenait espagnole, on basculait dans une autre langue, sous d'autres lois, un autre drapeau.

— La borne frontière numéro 319, précisa le maître.

— J'irai voir la pierre Saint-Martin !

Clément avait rêvé tout haut, perdu dans cette randonnée vers l'ouest qu'il avait entreprise en songe, où s'ouvrait un monde inconnu. Interrompu dans son explication, Lucien Planté sourit, faussement en colère :

— On ne m'interrompt pas pendant la classe, Bégarie. Mais, dis-moi, qu'irais-tu faire là-haut ? Tu sais qu'il y souffle toujours un vent terrible...

Clément hésita, sous les ricanements de ses camarades. Il s'en voulait d'avoir laissé entendre le galop de son imagination. Darrouy l'apostropha :

— Bégarie, t'es tellement léger que tu t'envolerais pareil. On te retrouverait sur le mont Perdu, à danser avec les ours.

Fouetté par la remarque, Clément se dressa derrière son pupitre. Serrant les poings, il bondit par-dessus son voisin pour atteindre Darrouy. Le fils de paysan *toy* était robuste mais courtaud. Plus léger mais vif comme un cabri, Clément agrippa son adversaire comme un chat sauvage, les mains en avant. Il renversa Darrouy sous le pupitre, au milieu de crayons et d'ardoises éparpillés au sol. Un encrier projeta un long filet d'encre violette sur le plancher. Clément n'aimait pas Augustin Darrouy. Avec son teint sombre et sa figure aux traits légèrement épatés, il lui trouvait une ressemblance avec ce qu'il imaginait être une créature malfaisante. Darrouy parlait toujours trop, à son goût. La remarque sur l'ours l'avait mis en fureur. La blessure de la mort de son frère était encore trop vive.

Son mutisme après la tragédie et pendant l'enterrement en avait surpris plus d'un, mais il ne se passait pas de jour sans que Clément repense à Etienne et à l'enchaînement des faits. Il savait que tôt ou tard il trouverait la réponse à toutes ses questions. Déjà, il ne pleurait plus le soir dans son lit ou dans la grange en repensant aux dernières journées vécues avec son compagnon de jeux, aux rêves qu'ils avaient bâtis ensemble pour « quand ils seraient grands » et que viendrait le temps de laisser l'*ostau* à Jean-Marie.

Le maître se rua pour séparer les deux élèves qu'il retenait maintenant à bout de bras, de part et d'autre de l'allée centrale.

— Il n'y en a pas un pour racheter l'autre ! C'est bien la peine de vous apprendre des choses. Vous serez privés de récréation. Mais je repose ma question à Bégarie et j'attends une réponse : qu'irais-tu faire là-haut ?

Tête baissée, la voix assourdie par la colère, Clément marmonna quelques mots incompréhensibles. Pouvait-il révéler ce rêve qu'il avait partagé avec Etienne, devant tous ces rieurs qui l'entouraient, à ce *moussu* qui ne comprendrait rien ?

— A forte et intelligible voix, Bégarie ! Tes camarades n'ont rien entendu et moi non plus.

Clément renifla, tenta de contenir le tremblement de sa voix nouée par la colère, la honte et le défi à tous.

— Pour passer de l'autre côté, *moussu*... Et voir le reste du monde.

Tous rirent autour de lui. Sauf Jean-Marie. Il connaissait bien son jeune frère dont le sérieux l'impressionnait parfois. Lucien Planté resta interloqué. Il fixa Clément quelques secondes et le relâcha avant de regagner l'estrade, un peu troublé, se retenant de faire une remarque supplémentaire sur la confidence du petit Bégarie.

Dès la fin de la classe, dix minutes après l'angélus, les enfants remontèrent tout le village en courant vers la maison Tossat. Ils voulaient voir le manège des Espagnols et des acheteurs de cochons. Les discussions semblaient ne jamais en finir, agrémentées d'éclats de voix qui pouvaient faire croire à des altercations. Il n'en était rien. Certains acheteurs faisaient mine de s'éloigner puis revenaient après quelques pas, comme s'ils avaient oublié de dire une chose, avant de conclure la négociation quelques minutes plus tard.

Les vendeurs semblaient parfois vouloir stopper la discussion. Ils s'enroulaient alors de façon théâtrale dans leur cape de laine bleue, puis détournaient la tête en abaissant leur large béret sur leurs yeux et écartaient les bras. Mais ils ne perdaient jamais de vue leur interlocuteur. Après quelques secondes, ils reprenaient le marchandage. Les femmes, au contraire, n'élevaient jamais la voix, plus fortes dans leur détermination à faire plier le vendeur. Elles riaient, balançaient la tête à droite et à gauche, renouaient leur foulard et concluaient en général plus vite que les hommes. Lorsqu'elles s'éloignaient, c'était pour de bon. Elles ne revenaient pas malgré les appels pressants des vendeurs.

Marthe Menvielle avait aimé d'emblée le visage racé de prince sarrasin de cet homme qui s'était arrêté près d'elle pour lui demander de l'eau. C'était l'été précédent. Il faisait très chaud et lourd. Marthe avait mené le troupeau familial dans les pâturages bordant le gave d'Ossoue, dominé par le Soum des Espécières. Le temps tournait à l'orage. L'homme était arrivé seul. Elle l'avait reconnu pour l'avoir déjà aperçu de loin dans Gavarnie. C'était un de ces passeurs de marchandises qui faisaient du commerce des deux côtés de la frontière. Cette fois, il semblait être descendu par le col de la Bernatoire, fourbu après une longue course qui avait vidé sa gourde.

Attentif à tout, Bieou[1] le vit arriver de très loin. Le chien grogna puis aboya en apercevant la silhouette qui se rapprochait à grand pas. Il s'éloigna vers les brebis, inquiet de cette soudaine incursion d'un inconnu. Au-dessus d'eux, des marmottes qui faisaient leur tour de guet sifflèrent avant de disparaître dans leur trou. Après deux ou trois allées et venues vers Marthe, Bieou se posta à distance de sécurité, couché dans l'herbe, la tête bien droite tournée vers sa maîtresse. Elle le calma :

— Bieou, tais-toi ! Reste et tais-toi !

L'homme garda son béret rouge et but à la gourde que lui tendit Marthe, après un simple merci prononcé dans une sorte de sifflement. Il s'était allongé dans l'herbe, à deux mètres de la jeune bergère. Il observait longuement la vallée, sans un mot, les yeux un peu plissés. Marthe le regardait à la dérobée, fascinée par le profil aquilin de l'Aragonais. Elle nota ses avant-bras nus et sa peau de bronze sous laquelle jouait une musculature sèche. Tout dans cet étranger la rassurait.

Marthe, cadette de l'*ostau* Menvielle, avait grandi sans jamais quitter la vallée. A vingt-quatre ans, toute sa vie s'était déroulée entre le carrefour de Gèdre et le cirque de Gavarnie. Les travaux des champs et la garde des brebis lui suffisaient. Maintenant que ses parents étaient âgés, son frère Jean-Pierre avait hérité de l'exploitation. Marthe était d'abord restée dans la maison familiale, avec son autre frère, Antoine, mais la naissance d'un puis deux enfants avait rendu l'espace trop étroit pour tous. Jean-

1. « Le vif ».

Pierre lui avait aménagé une chambre dans une remise en bon état, adossée à un gros rocher fiché dans la pente, près du gave.

Face au ciel d'azur immense strié de longs nuages blancs d'altitude, découpé au nord par les arêtes rocheuses du Soum de Sécugnat, Marthe goûtait cet instant étrange, assise à côté de cet Aragonais qui se reposait, le béret sur la figure. Ses cheveux mouillés par la transpiration dessinaient sur son front de courtes boucles noires qui lui donnaient l'air d'un enfant. Mâchant une herbe qu'elle avait arrachée quelques minutes avant son arrivée, Marthe n'osait pas rompre le silence qui s'était installé. Elle brûlait pourtant de lui poser des questions sur son village, de l'autre côté de la montagne, sur sa famille, sur ses longues courses pour venir d'Espagne jusqu'à Gavarnie. Elle l'avait vu aussi une fois encore plus bas dans la vallée, vers Gèdre, avec son éternel sac de toile qui semblait parfois si lourd. Et elle savait qu'il parlait français avec cet accent chantant qu'elle aimait.

Il se leva.

— *Adios !*

— Adieu, répondit-elle machinalement, osant à peine le regarder.

Il reprit sa marche, mais, à quelques mètres en contrebas, Marthe le vit s'agenouiller près d'un buisson à demi coincé sous un rocher. Il fouilla dans sa poche. Bieou rejoignit sa maîtresse qui lui ébouriffa la tête pour le rassurer. De nouveau, le chien se figea, puis grogna. L'Espagnol s'était redressé et revenait sur ses pas. Il s'accroupit devant Marthe et lui tendit une brindille dont il venait d'enlever l'écorce avec son couteau.

— Prends et goûte, dit-il avec douceur.

Marthe s'exécuta avec confiance. Elle mordilla le bâtonnet blanc, la tête de côté. L'Espagnol l'observait. Le goût sucré et un peu pimenté fit sourire la jeune fille.

— C'est bon, oui.

— Du trèfle des Pyrénées. C'est la racine. Si tes brebis en mangent, leur lait sera bon, tu peux en être sûre.

Il sourit, faisant naître de minuscules rides autour de ses yeux légèrement bridés. Il se releva. Juste avant de se retourner pour descendre vers le gave, il fit un signe à Marthe, sa main droite venant frapper sa poitrine :

— Je m'appelle Ramon.

Il disparut pendant quelques jours, puis il revint plusieurs fois, jusqu'au début de l'automne, surgissant sans crier gare dans la petite maison de Marthe, souvent le soir, sombre et toujours sur ses gardes. Ramon parlait à peine, quelques mots sur des animaux aperçus, sur la forme des nuages et les forêts qu'il traversait. Il gardait toujours serrés contre lui une petite besace en cuir et un grand sac en tissu épais. Marthe l'écoutait et ne disait rien, bien qu'elle eût tant de questions sur l'autre côté, cette Espagne si proche et si différente. Elle aimait aussi ses longs silences pleins de mystères. Ramon sentait la paille et le feu de bois des endroits secrets où il devait dormir. Ses gestes et son large béret apportaient à la jeune fille le grand vent de liberté de ses longues marches dans la montagne. Un soir, alors qu'il avait déjà commencé à neiger sur les sommets, il arriva par le gave, venant du nord. Marthe ne l'avait pas entendu venir, son pas souple couvert par le vacarme de l'eau.

La maison de Marthe, en contrebas de l'*ostau* Menvielle, était une ancienne grange à peine aménagée, juste au-dessus d'un étranglement du gave. A cet endroit, un éboulement d'énormes rochers dans le lit de la rivière obligeait l'eau impétueuse à rebondir de roc en roc. Il y faisait frais l'été mais une brume humide et glacée remontait l'hiver vers la bâtisse de Marthe, qui ne pouvait chauffer qu'une seule pièce. Elle préférait endurer ce froid mais être libre et tranquille. Personne ne venait la déranger, et ses chèvres réchauffaient bien assez la salle où elle dormait.

La nuit commençait à tomber et une bise glaciale remontait par le nord. Ramon accepta pour la première fois du pain trempé dans du lait chaud. Marthe ne savait que faire. Elle se sentait si bien avec cet étranger... mais, malgré sa confiance en lui, elle ne pouvait lui demander de rester. Il sentit sa gêne. Il coupa une dernière tranche, rangea son couteau et lui tendit le morceau de pain.

— Tiens ! Prends, c'est pour toi.

— Mais je sais, c'est mon pain, répondit Marthe interloquée.

— Avec ça !

Ramon venait de prendre dans son sac une sorte de bourse enveloppée dans du papier épais. Il défit la fine ficelle et lui présenta le paquet ouvert, dans la paume de la main.

— Tiens ! Avec le pain, c'est bon. Avec le lait aussi.

Marthe sentit et reconnut l'odeur douce et un peu âcre du chocolat. Un vendeur ambulant était venu un jour en vendre sur la place devant le pont. Il était très cher. Marthe n'en avait jamais goûté.

— Il vient de loin, tu sais. C'est du pur.

— D'Espagne ?

— Non.

— Dis-moi d'où.

— De plus loin. Des Amériques. Croque-le, tu vas voir.

Marthe aima le chocolat, le cadeau, l'explication. Ramon partit presque aussitôt après, s'enfonçant dans la nuit en direction du village, sans doute vers le port de Boucharo. Vers l'Espagne, pensa Marthe, sûre de ne pas se tromper. Malgré l'envie terrible qu'elle eut plusieurs fois de dévorer le chocolat, elle résista. Elle déballait parfois le petit bloc parfumé que Ramon lui avait offert. Elle le sentait, croyait voir surgir l'Espagnol à ses côtés. Puis elle le remettait dans une boîte en fer où elle gardait précieusement des éclats de sucre.

Quand le chocolat commença à se couvrir d'une fine mousse de moisissure verte, Marthe décida de le râper et de le mélanger à du lait chaud. Elle regretta ce soir-là d'être seule pour déguster son bol fumant, dont le parfum fut pour elle, pendant quelques minutes, celui de l'aventure, des voyages qu'elle ne connaîtrait jamais. Elle pensa à Ramon. Il n'était pas revenu depuis plus d'un mois. Les chemins s'étaient maintenant couverts de neige. Marthe n'avait parlé de lui à personne. Seules ses chèvres étaient témoins des visites de ce fantôme porteur de chocolat.

Fin novembre, elle alla à la fontaine en face du pont sur le gave. Il coulait encore une eau glacée que l'hiver allait figer pendant de longs mois. Serrant contre sa poitrine son *charrou* [1] rempli à ras bord, elle allait repartir quand elle vit au sol un fil de laine rouge. Elle hésita. Elle avait entendu sa grand-mère raconter ce qui se disait ailleurs dans les Pyrénées. « Mais pas chez nous, attention. On n'est pas des sauvages comme dans le Lavedan. »

Dans cette haute vallée du gave de Pau, on disait qu'une jeune fille qui trouvait un fil pouvait le ramasser, puis le rouler très vite en boule. De la pelote ainsi faite entre ses doigts sortait une fée, trop heureuse d'échapper à sa prison. Elle offrait alors un présent merveilleux à la fille ou exauçait son vœu le plus cher et, parfois, pouvait même lui prêter sa baguette magique. Marthe s'accroupit rapidement et ramassa le fil. En trois secondes, elle forma dans sa paume une petite boule laineuse rouge. Elle ferma les yeux. Son vœu prit ce matin-là l'allure d'un prince sarrasin.

---

1. Broc.

DEUXIÈME PARTIE

1919-1936
Un monde va disparaître

4

Chez Bégarie, cet hiver fut sans doute le plus long depuis bien longtemps. Les veillées, le soir au coin du feu, n'avaient plus la même animation qu'avant, comme si un ressort s'était cassé. Les enfants restaient quelques minutes pour se réchauffer, regardant brûler les bûches en mangeant des noix. Ils préféraient vite monter se coucher dans leur lit glacé, le bonnet sur les yeux et les oreilles pour échapper au froid et pour ne plus rien entendre de la maison. Paulin restait à aiguiser ses couteaux, sans aucune nécessité. Il tannait des pièces de cuir ou regardait lui aussi le feu sans bouger. Quand Magdeleine s'absentait de la pièce, il avalait vite un verre de vin. Il n'avait plus remis le gilet gris ni la veste qu'il portait le jour de la chasse tragique. Quelque temps après son expédition jusqu'à Tuquerouye, il voulut reparler des événements de l'automne avec sa femme. Magdeleine l'interrompit sèchement :

— Ne remue pas les vieilles histoires, pauvre homme. Cela ne peut que faire du mal à tous. Il faut penser à l'*ostau*, parce que ici, la vie continue.

Paulin se tut. Une ou deux autres fois, il chercha à comprendre les sentiments bien cachés de Magdeleine. Elle était muette sur le sujet et préférait parler des voisins, des brebis ou du fromage qu'il faudrait descendre vendre à Luz. Le soir dans le lit, elle se refusait à lui et lui tournait ostensiblement le dos. Quelque chose s'était cassé entre eux. Paulin se demandait si Magdeleine lui reprochait la mort d'Etienne. Il buvait un peu plus que d'habitude.

Jean-Marie et Clément attendirent le printemps avec impatience. Le redoux vint brutalement, comme souvent en montagne. Presque du jour au lendemain, le soleil apparut au-dessus des cimes du Piméné avec une ardeur qui fit tomber la veste aux hommes et le capulet aux femmes. Même si les nuits restaient froides, les journées de mars et d'avril furent très douces. La neige fondit à grande vitesse, transformant les chemins de terre et de cailloux entourant Gavarnie en petits torrents.

Pour la première fois, sans attendre juin, Clément commença des courses d'exploration autour du village. Il connaissait déjà bien le plateau de Bellevue et le plateau de Saugué. Il s'aventura cette fois plus loin dans la vallée d'Ossoue, grimpa les pentes vers la hourquette d'Allantz et fit plusieurs fois le trajet entre le pont du gave et l'Hôtellerie du Cirque. Le brave Canaou était le témoin de ces courses obstinées du garçon, repoussant sans cesse les limites de son monde connu. Jean-Marie accompagna plusieurs fois Clément mais il se lassa. Il devait surtout s'occuper de l'*ostau* avec son père. Clément étant le cadet, le soin du troupeau de brebis lui revenait. Il attendait avec impatience juin et le début de la transhumance.

Aussitôt après l'école, Clément fonçait vers l'hôtel des Voyageurs, au centre de Gavarnie. Il aimait cette solide bâtisse dont l'encadrement de la porte d'entrée en marbre gris des Pyrénées l'impressionnait. Il y retrouvait son copain, Alexis Darré, mais surtout les clients qui faisaient sa joie. Il était toujours sûr d'y retrouver un ou deux guides qui, dès le retour des beaux jours, venaient y attendre des pyrénéistes en quête d'exploits. Clément et Alexis se glissaient discrètement dans un coin et écoutaient les anciens raconter leurs aventures ou proposer des randonnées aux touristes, sous l'œil éteint d'un isard empaillé, posé au milieu de la salle.

Bernat-Salles, Castagné, Célestin et Henri Passet, Trescazes, Miramon et quelques autres, installés autour de petits verres de vin blanc, racontaient, faisant mine de se chamailler, agitant leur fidèle bâton. Parfois Paulin les rejoignait, silencieux. Ils lui faisaient une place avec une gentillesse un peu rude et protectrice qui agaçait Clément. Ces hommes aux traits forgés par les brûlures du soleil et du gel connaissaient tous les sentiers et les ravins de la vallée et du cirque. Les sources secrètes, les cascades et les passages les plus imprévus dans les éboulis n'avaient plus de secrets pour eux. Ils ne faisaient jamais étalage de leur science, mais racontaient à ceux qui voulaient bien les écouter des courses folles ou amusantes.

Toujours revenait dans ces souvenirs sans cesse brassés la figure du comte Russell. Le caractère original de cet aristocrate irlandais et l'amour exclusif qu'il avait voué aux Pyrénées centrales avaient fait de lui un fils de Gavarnie.

— Tu te souviens de sa première visite dans la vallée? lançait Bernat-Salles.

— Eh oui, il venait de faire le tour du monde et le voilà qui arrive ici un jour, dans notre cul-de-sac, poursuivait Trescazes.

— On l'a récupéré en train de mourir de froid, de fatigue et de faim sur les gradins du cirque, concluait Célestin Passet qui avait été recruté par Russell en juillet 1872.

C'est avec lui que Passet avait tenté et réussi la première du redoutable mont Perdu, dont la dernière arête culmine à 3 355 mètres.

— Pour moi, c'est toujours la plus belle ascension des Pyrénées, murmurait Henri, son cousin.

— Tu avais quel âge, Célestin?

— Oh, pas trente ans, je crois. Mais j'avais moins souffert que l'année de mes quarante-quatre ans, dans le couloir de Gaube.

— Ça oui, on s'en souviendra longtemps.

En août 1889, Célestin Passet avait réalisé la première ascension du couloir de Gaube, authentique exploit sans précédent dans les Pyrénées, en compagnie des Gascons Jean Bazillac et Henri Brulle, le banquier et le notaire, surnommés « les frères siamois du casse-cou », accompagnés du comte gersois Roger de Monts.

— Tu y étais, François ?

Bernat-Salles opinait, le sourire en coin. L'histoire de ces fils du Sud-Ouest était devenue légende quand on avait su que Passet avait réussi à tailler dans la paroi de glace un escalier de mille trois cent marches. Son piolet serait baptisé plus tard « fleur de Gaube ». C'est aussi avec Roger de Monts qu'il avait fait la première du mur de la Cascade, où tant de leurs successeurs abandonneraient ou périraient.

Trapu comme un ours et placide comme un bœuf, Bernat-Salles riait en tapant du plat de la main sur la table. Puis il faisait un petit somme, reprenait un verre et de nouveau racontait une histoire. Même pendant les montées, il avait l'habitude de s'endormir. Chaque arrêt lui permettait de s'adosser à un rocher et de s'assoupir. Mais dès qu'il repartait, François surpassait tout le monde.

— François, ça oui, tu nous avais étonnés pour Tuquerouye.

— Quoi, l'inauguration ?

Tout le village se souvenait de son exploit du 11 août 1890, quelques jours après l'ouverture du refuge, au fond du cirque d'Estaubé, à 2 666 mètres d'altitude.

— Bé oui, la statue de la Vierge que tu avais portée de Gavarnie à Tuquerouye !

— Sur le dos. Et attention : soixante-quinze kilos de poids à la balance !

La vallée avait presque autant parlé du déjeuner d'inauguration officielle, à la mesure du cirque. Soixante-treize invités avaient été conviés à baptiser au champagne le premier refuge-abri moderne des Pyrénées. Ils avaient tout monté à dos d'homme. Jamais le terrible couloir de Tuquerouye n'avait vu passer cohorte humaine aussi chargée de bonnes choses — miches de pain et cageots de légumes, bouteilles en abondance — ni aussi pressée d'arriver au but.

« Pour ces bons grimpeurs autant que solides fourchettes, j'avais prévu large et bon », racontait des années plus tard l'hôtelier Pierre Vergez-Bellou.

Le livre d'or du refuge en gardait le souvenir : « réconfort des montagnes » en apéritif, truites du lac glacé pour l'entrée et assortiment de viandes en plat principal — pâté de coq de bruyère du Ribana, filets d'isard du mont Perdu, selle de bouquetin de la vallée d'Arazas aux légumes du Piméné. Du fromage, évidemment : quelques roues de brebis des Espécières. Des desserts pour caler le tout : pudding flamboyant et biscuits de Bielsa, arrosés de champagne frappé, de moka et de « liqueurs spirituelles ».

Le soir, dans le minuscule espace enfumé, il restait vingt-quatre invités, treize guides et quelques bouteilles. Vergez-Bellou s'était surpassé. Le patron de l'Hôtellerie du Cirque avait récupéré les os du déjeuner et les restes de légumes.

« Je vous le dis, mes amis. Jamais jusqu'à ce jour on n'a goûté une aussi bonne garbure sous les étoiles des Pyrénées.

— Oui, et jamais on n'a descendu autant de bonnes bouteilles, aussi haut, aussi tard, aussi joyeusement. »

Les histoires se succédaient dans la grande salle de l'hôtel des Voyageurs, pour le plus grand bonheur des enfants, muets d'admiration, fascinés par la passion de ces hommes pour « leur » montagne et par cet étrange comte Russell.

— Le Vignemale était sa maîtresse, plus exigeante qu'une vraie garce, annonçait Henri Passet, de toute l'autorité de ses dizaines de courses sur les sommets de la région.

Jamais montagne n'avait suscité une telle ferveur chez un homme. Le choc esthétique et amoureux pour les Pyrénées avait été absolu. Russell leur avait voué sa vie, sa fortune et sa santé, jusqu'à la fin de ses jours, avec une préférence pour le massif du Vignemale, sa grande passion. Les habitants de la vallée avaient compris cet original qui voulait sans cesse repousser les limites de l'audace. Pourtant si près de leur terre, les paysans avaient adopté ce rêveur d'inaccessible qui leur avait permis en retour de conquérir leurs montagnes, ces sommets qu'ils n'avaient jamais osé affronter. Ils l'avaient suivi dans tous ses projets, entre 1881 et 1893, même quand Russell avait décidé d'aménager sept grottes de réception sur « son » Vignemale, à plus de trois mille mètres d'altitude.

— Il fallait quand même être un peu fou, non ? Vous vous souvenez de la plus grande ?

— Oui, la « Villa Russell ».

— Le comte y recevait ses invités sur des tapis persans.

— J'y ai bu du champagne, « bien frappé », comme disent les gens de la ville.

— Mes amis, sans Jean Souberbielle, le comte Russell, même avec son argent, n'aurait rien pu faire là-haut.

Clément et Alexis connaissaient l'histoire par cœur. Le chantier du forgeron de Gèdre avait pris des allures d'épopée. Il faut dire que l'audacieux Souberbielle avait convaincu Russell d'installer une forge de fortune au col de Cerbillonna, à 3 205 mètres d'altitude, pour éviter d'avoir à redescendre dans la vallée pour réparer les outils et de perdre trop de temps.

— A cette haute altitude, les outils s'usaient beaucoup plus vite que nos mollets.

— Dieu sait qu'on les réparait souvent, témoignait le curé, qui aimait bien venir boire une petite fine le soir avec les guides.

Les voix de montagnards faisaient progressivement taire le bavardage et les vantardises des touristes pressés de se goinfrer d'omelette aux champignons ou de côtelettes d'agneau. Ces récits permettaient aussi aux anciens de revivre ce qu'ils avaient vécu, les bons moments comme les plus tragiques, mais toujours évoqués dans le rire et la dérision de soi-même.

— Ah, la longue descente du glacier d'Ossoue sur les fesses, attachés avec le comte de Bouillé et sa fille, se souvenait en riant Célestin Passet. C'était comme un train lancé qui ne pouvait plus s'arrêter.

— Et ton grand saut au roc d'Estaubé ?

— Eh té, j'avais fait descendre tous les autres à la ficelle...

— Y avait qui déjà ?

— Brulle, Hyppolite et de Monts.

— Des rudes, ceux-là.

— Oh oui ! Je me suis retrouvé embarrassé sur la paroi, pendu comme un jambon au-dessus de l'à-pic. « Je vais sauter », ai-je dit aux autres qui attendaient sur une vire quelques mètres plus bas. « Rattrapez-moi ! »

— Et comment diable ont-ils fait ?

— *Saï pas*[1]. Mais ce que je sais, c'est qu'ils l'ont fait et que je suis là pour vous le raconter.

Clément riait, apprenait, retenait, tandis qu'Alexis, le fils de l'aubergiste, partait essuyer les verres derrière le comptoir ou allait porter les bagages.

1. « Je ne sais pas. »

Au presbytère le désordre s'était accumulé dans la cuisine. Avec le catéchisme, les confessions et les communions de Pâques, puis la cheville tordue de sa gouvernante, Joseph Fréchou n'avait pas eu le temps de faire le ménage ni la vaisselle. Il attendait de la visite et il était en retard. Il avait fallu aussi dire la « messe du bout de l'an » pour le repos de l'âme du jeune Pierre Passet, mort sur une hauteur de la Meuse, un coup dur pour cette grande famille de guides pyrénéens. L'abbé Fréchou avait aussi perdu un de ses neveux, parti en 1915, affecté au 59e bataillon de chasseurs. La nouvelle de sa mort quelque part du côté du bois des Caures, près de Verdun, était arrivée un bon mois après qu'il avait été fauché par une mitrailleuse allemande, le 22 février 1916.

La guerre, qui devait être rapide et repousser les Prussiens jusque chez eux, s'était enlisée dans des combats de tranchées épouvantables. Les gens de Gavarnie avaient appris, sans bien comprendre, que des aéronefs lançaient des bombes sur les troupes au sol, que des obus explosaient en répandant des nuages de gaz mortels sur les lignes, faisant mourir instantanément des milliers de soldats. On en parlait beaucoup dans le village, après l'insouciance des années 1914 et 1915. Le départ des jeunes gens et l'annonce des furieux combats dans l'Est et le Nord inquiétaient les familles. L'abbé essayait de répondre aux questions qu'on lui posait, surtout les femmes.

« Alors *moussu* l'abbé, elle s'arrête quand cette guerre ? »

Il disait qu'il fallait prier pour la patrie et pour toutes ces vies sacrifiées. Il fallait faire confiance à l'Eglise, au pape qui tentait d'arrêter les combats. Les femmes repartaient en serrant leur capulet, hochant la tête.

« Cette guerre n'est bonne pour rien. On dit que l'arsenal de Tarbes fait venir des femmes à la place des ouvriers pour fabriquer des obus. Et des jeunes filles distribuent le courrier à la ville. Ce ne sera plus comme avant. »

Les mères étaient inquiètes pour leur fils, pour l'avenir du village.

« Il y aura moins de bras dans les champs, disait l'une.

— Et moins d'hommes à marier, aussi. »

En attendant, il y avait plus de monde à la messe. Le dimanche, l'église Saint-Jean était pleine. L'abbé Fréchou en riait presque en rappelant le sobriquet donné aux habitants de Gavarnie par les gens de la vallée, « *eths Templiès* [1] », parce que la fondation de l'hôpital de Gavarnie, adossé à la petite église Saint-Jean où s'arrêtaient les pèlerins et les passeurs, remontait à un ordre de chevalerie que certains attribuaient aux Templiers et d'autres aux hospitaliers.

« *Eths Templiès,* disent-ils dans la vallée. Au moins, cette fois, c'est justifié, avec tout ce monde qui revient s'agenouiller devant la sainte communion. »

L'instituteur était moins sollicité parce qu'il était encore « étranger », originaire du nord du département, aux confins du Gers et des Hautes-Pyrénées. Il s'efforçait d'expliquer à ses élèves ce qu'il croyait utile qu'ils sachent : la nécessaire défense de la France contre l'empire germanique, la légitimité de la reconquête de la Lorraine et de l'Alsace, la mobilisation exemplaire de tout un peuple, travailleurs et bourgeois. Planté ne pouvait pas tout dire, soucieux de ne pas choquer les enfants avec ses idées contre la guerre. Il était même presque honteux d'avoir de telles pensées. Il n'en parlait qu'à Yvonne, dont l'humour un peu caustique et les questions brutales le contraignaient à mieux travailler ses arguments. Lucien Planté croyait sincèrement qu'on pouvait encore s'entendre avec les Allemands et mettre fin à la guerre, à condition d'abattre la famille impériale allemande.

---

1. Les Templiers.

« Les empires forgent des armées puissantes pour faire des guerres qui font le malheur de leur peuple. Voyez les deux Napoléon, comme cela s'est fini. »

Il espérait voir arriver un temps où chacun découvrirait l'absurdité de se battre sur le même continent, entre Européens. Il rêvait d'une sorte de compromis réussi entre la ferveur nationale de chaque peuple et la générosité internationaliste qu'il sentait monter à travers le monde ouvrier.

« Cette boucherie nous ruine tous, Yvonne, alors qu'il faudrait s'entendre.

— Mais il faut déjà défendre le pays.

— Pas en le détruisant.

— Ce sont les Allemands qui en sont responsables. Jamais on ne pourra s'entendre avec eux après les horreurs commises en Alsace et en Lorraine.

— Il y a de l'exagération dans ce que l'on dit. La vérité et la guerre n'ont jamais fait bon ménage. Mais moi, je crois que oui, on pourra s'entendre dans la paix. Oui, Yvonne, c'est même la seule solution pour prospérer en Europe. »

L'abbé Fréchou entrebâilla la porte. Deux hommes en manteau noir patientaient sur le perron du presbytère, dans la pénombre fraîche.

— Avez-vous fait bon voyage ?

— Le trajet n'est pas très long entre Lourdes et Gavarnie.

— C'est vrai, c'est vrai. La route empierrée nous apporte maintenant confort et rapidité.

Les deux hommes rirent de bon cœur.

— La rapidité, oui, monsieur l'abbé. Mais le confort, c'est autre chose. Depuis Luz, nos pauvres os dansent la sarabande.

Lorsqu'ils eurent enlevé leur manteau et le large

chapeau noir qui dissimulait leurs traits, Joseph Fréchou fut frappé par la jeunesse de ses deux visiteurs. Huit jours auparavant, une missive envoyée par monseigneur François-Xavier Schoepfer, l'évêque de Tarbes et Lourdes, l'avait prévenu de l'arrivée imminente chez lui de deux voyageurs, « des hommes d'Eglise », en route vers l'Espagne. L'évêque avait recommandé la plus grande discrétion sur leur passage, « pour le bien de notre sainte mère l'Eglise », précisait le billet épiscopal.

Les deux hommes portaient la soutane sous un gros gilet de laine. Ils se présentèrent sommairement : des prêtres venus du nord de la France, désireux de passer au plus vite en Espagne. Aucun n'avait l'accent du pays. Fréchou se demanda s'ils étaient encore séminaristes.

— On doit nous attendre, de l'autre côté de la frontière.

— Pour un pèlerinage, peut-être ?

A leur silence et à leur regard, l'abbé Fréchou comprit qu'il ne fallait pas poser de question. Il trouvait curieuse cette équipée un peu clandestine. On ne venait pas à Gavarnie par hasard quand on ne faisait pas de pyrénéisme. Il n'y avait pas de passage officiel vers l'Espagne. Un projet de route avait été imaginé dès la seconde moitié du XIXe siècle pour remplacer le périlleux chemin départemental 12, véritable coupe-gorge sur la rive droite du gave. La voie était si étroite que deux voitures ne pouvaient s'y croiser sans que l'une soit contrainte à reculer jusqu'à un endroit assez large.

— Cette route, messieurs, nous la devons à une décision personnelle de Napoléon III. Cela fait tout juste cinquante ans qu'elle relie notre pauvre vallée de Gavarnie à Luz.

Attirés par les bienfaits du thermalisme dans les Pyrénées, ces *aygues imprégnadèras*[1] dont la cure devait facili-

1. Eaux d'imprégnation.

ter la venue d'un deuxième héritier pour l'empire, Napoléon III et l'impératrice Eugénie avaient encouragé le financement des travaux de cette voie transfrontalière, dans le prolongement de la route nationale 21, entre Pierrefitte et Luz, achevée depuis 1844. Le souverain voulait une grande voie commerciale entre Luz et Huesca, notamment pour faciliter l'exportation des vins.

— La sollicitude impériale vous a donné au passage une merveille architecturale.

— Le pont Napoléon ?

— Oui, nous l'avons emprunté en amont de Saint-Sauveur. Une présence incongrue au fond de cette vallée. Ce gigantesque ouvrage en pierre de Lourdes lancé à soixante-cinq mètres au-dessus du petit gave, sur la route de Gavarnie, devait faciliter le transit routier vers l'Espagne. Napoléon était venu vérifier son projet fini lors d'une visite d'inspection, le 26 septembre 1863.

— Son mot est resté célèbre : « En vérité, l'art ici semble le disputer à la nature. » Mais notre belle nature ne fut pas généreuse avec le couple impérial.

— Pourquoi donc, monsieur le curé ? demanda l'un des deux prêtres, amusé par la fierté de son collègue bigourdan.

— Malgré les bienfaits des eaux de Luz, l'impératrice aux couches difficiles ne put jamais mettre au monde ce deuxième héritier tant attendu. Et, par-dessus le marché, la grande voie commerciale franco-espagnole qui avait été imaginée ne vit jamais le jour, faute d'argent, sans doute [1]. Gavarnie est resté l'un des plus grands culs-de-sac naturels du monde, gardé par seize pics de trois mille mètres.

---

1. De Gèdre à Gavarnie, les travaux de la route furent évalués à 580 000 francs, mais le tronçon de Gavarnie à la frontière espagnole fut chiffré à 1 176 000 francs, et le projet de grande voie centrale des chemins de fer qui devait relier Paris à Huesca en passant par les Pyrénées centrales, Tarbes et Gavarnie resta dans les cartons.

L'abbé Fréchou avait compris. Ses deux jeunes confrères devaient passer la frontière clandestinement. Une récente conversation avec les gendarmes qui montaient de plus en plus fréquemment à Gavarnie lui revint en mémoire :

« On nous signale un peu de passage par ici, monsieur l'abbé. Des gens qui veulent échapper à leur devoir de patriote. Nous devons être vigilants. »

La guerre durait depuis plus de trois ans déjà. Nul n'en voyait plus la fin. Les généraux se succédaient sans arriver à inverser le cours des événements. L'entrée en guerre des Américains après les Anglais semblait n'avoir produit aucun effet. Les pertes décimaient des fratries entières. Dès dix-huit ou dix-neuf ans, les jeunes gens étaient appelés au front. Les usines étaient vidées de leurs ouvriers, remplacés par des femmes. Un des amis de l'abbé en poste à la préfecture lui avait dit qu'il n'y avait plus que des mères et des jeunes filles pour fabriquer les canons et les obus à l'arsenal de Tarbes. L'enlisement usait les meilleures volontés. Dans chaque village, on signalait des désertions de permissionnaires ou des refus de répondre à l'appel de l'armée. Les gendarmes et les douaniers redoublaient de vigilance dans les villages frontaliers.

L'abbé Fréchou sentait lui aussi un changement d'ambiance à Gavarnie. Le village commençait à se replier autour de sa jeunesse, comme si les habitants voulaient garder leur sang et ne plus l'envoyer alimenter la fournaise du Nord. La présence sous son toit de ses deux jeunes collègues le gênait un peu. Ils étaient trop différents de lui. Leur Eglise était-elle vraiment la sienne ? Lui, curé de campagne d'une paroisse perdue, peut-être la plus reculée de France, qu'avait-il en commun avec ces deux jeunes abbés diplômés qu'un évêque prenait la peine de protéger ? Fréchou, fantassin de l'Eglise profonde, devait faire passer au sud ces deux brillants voltigeurs que

Rome voulait mettre à l'abri de cette guerre qui n'en finissait plus. C'était peut-être aussi cela sa mission dans cette vallée jusque-là oubliée des hommes, sinon de Dieu : épargner des vies, celles des pasteurs de demain, permettre un passage de flambeau. Fréchou comprenait qu'il s'inscrivait, à son tour, dans la longue chaîne historique des curés de Gavarnie, comme tous ceux des clochers frontaliers : pasteurs d'âmes et passeurs d'hommes. La « maison de Gavarnie » des hospitaliers de Saint-Jean devait assistance aux voyageurs. Ce soir de printemps, en servant à boire aux deux jeunes curés un peu inquiets pour leur journée à venir, il se rappelait la tradition du village :

— Je ne fais que ce que d'autres avant moi ont assuré, leur dit-il en souriant, alors qu'ils le remerciaient pour son aide. Les hospitaliers avaient devoir d'offrir aux gens de passage du vin, de l'eau chaude bouillie et salée et une paillasse. Et du pain bénit le dimanche.

— Essentiellement aux pèlerins de Saint-Jacques, n'est-ce pas, monsieur l'abbé ? demanda le plus petit des deux, qu'une barbe noire bien fournie vieillissait sans doute de quelques années.

— Oh oui, il y en avait beaucoup de ces porteurs de coquille, sûrement plus que de nos jours. Je me souviens encore de la chanson de ceux de Gascogne qui passaient par ici plutôt que d'aller vers le Béarn et le Pays basque : *Eran 20 ou 30 mon Dio/Voulem ana à Saint-Jacques/Per gagna lo paradis mon Dio*[1].

— Et par où franchissaient-ils donc la frontière ?

— Par le port de Boucharo, pardi ! Là où vous allez passer. Et après, direction Jaca, Pampelune et la Galice.

— Des semaines de marche, remarqua le deuxième abbé.

1. « Nous étions vingt ou trente, mon Dieu/Pour aller à Saint-Jacques/Et gagner le paradis, mon Dieu. »

— Ils trouvaient donc tout en route ?

— Mais oui, comme vous en ce moment. Ils avaient le strict nécessaire, comme le rappelle le poème bigourdan : « Des choses nécessaires/Il faut être garni/A l'exemple des pères/N'être pas défourni/De bourdon, de mallette/Aussi d'un grand chapeau/Et contre la tempête/Avoir un grand manteau. »

Ils applaudirent la mémoire du curé et l'un d'eux demanda :

— Un bourdon ? Est-ce un...

— Oui, c'est le bâton du pèlerin. Un solide manche de bois de deux mètres de long, avec une pointe en fer. Une « épée spirituelle », si vous voulez. Le bourdon servait peut-être à éloigner le malin, mais c'était plutôt le loup ou les chiens. Et aussi à frotter les côtes à quelques malfaisants.

— Risquons-nous quelque chose, monsieur l'abbé ? hasarda à nouveau le plus grand des deux.

— Bah, je ne crois pas. Mais, té, vous savez, en ces époques troublées... Je vous confierai à deux solides gaillards qui vous conduiront en lieu sûr. Allez vous coucher. On passera vous prendre bientôt, cette nuit.

Trois jours plus tôt, l'abbé Fréchou avait pris ses précautions. Il s'était rendu chez Louis Miramon, dont le calme et la force valaient toutes les prières à saint Jacques. Il l'avait entraîné dans la grange et lui avait expliqué la situation : deux messieurs à faire passer au sud. Le service serait gratuit mais vaudrait à Miramon et à sa famille quelques intentions de messe, qui resteraient tenues secrètes.

« Monsieur l'abbé... avait murmuré le grand Miramon, presque confus.

— Eh bien, parle, Louis, on n'est pas à confesse ! A moins que tu n'aies fait quelque péché mortel, ce qu'à Dieu ne plaise, ajouta-t-il en se signant rapidement sur son imposant abdomen.

— Non, mais j'ai une demande spéciale pour cette course.

— Allons, dis-moi donc et ne fais pas cette tête d'âne bâté.

— C'est au sujet de Bégarie…

— Eh bien, sa Magdeleine lui a encore fait des misères ?

— Non pas, *moussu* l'abbé. Mais je crois, je suis sûr, même, que ce serait bon pour lui. Vous savez, après l'histoire du petit, il est encore patraque. »

Fréchou connaissait la situation difficile chez Védère. Il voyait Magdeleine et les deux garçons à la messe. Il avait aussi remarqué la baisse du moral de Paulin. L'expédition au refuge de Tuquerouye, qu'il avait bénie au départ, au bord du gave, lui avait fait du bien, comme la présence de ses amis, mais le répit avait été de courte durée. Le confinement de l'hiver avait été dur à supporter. Il fallait que Paulin se rende utile. Miramon avait raison, il devait l'emmener là-haut pour l'aider à faire passer les jeunes curés en Espagne.

Les deux ombres glissèrent rapidement dans la nuit. L'homme et le jeune qui l'accompagnait ne craignaient pas de faire du bruit avec leurs souliers ou leur bâton, tant le gave grossi par la fonte des neiges couvrait tout de son vacarme sans cesse renouvelé. Paulin avait demandé la veille à ses fils de l'accompagner. La mort d'Etienne l'avait rapproché de Jean-Marie et de Clément, à qui il voulait en apprendre un peu plus sur la montagne. Jean-Marie avait une clôture à finir. Il l'avait dit de lui-même, en devançant l'objection de sa mère. Clément savait aussi que son frère n'aimait pas marcher de nuit car il n'y voyait pas grand-chose. Lui, au contraire, avait préparé sa petite musette, son bâton, un couteau, de la ficelle, une bougie.

C'était la deuxième fois que son père l'emmenait pour une course un peu lointaine. La première occasion, vers le cirque d'Estaubé, au-delà de la hourquette d'Allantz, avait été interrompue par un orage épouvantable. Paulin avait préféré rebrousser chemin. Cette fois, le temps s'annonçait beau. La carline clouée sur la porte de la grange ne s'était pas rétractée. Ce chardon de montagne servait de baromètre naturel aux paysans. La spirale parfaite de son cœur réagissait aux variations hygrométriques quelques heures avant que n'arrive la pluie. Chaque paysan en plaçait une à portée de vue. L'été, au moment des foins, on auscultait les carlines comme les pythies de la fenaison.

Les deux jeunes ecclésiastiques attendaient leurs accompagnateurs dans la cuisine de l'abbé Fréchou. Ils avaient bu un café et avalé une tranche de jambon. Sans un mot, encore ensommeillés, ils avaient suivi leurs guides, un colosse au sourire doux, un père et son jeune fils. La montée commença derrière l'église, au-dessus du cimetière. Les abbés durent ralentir, essoufflés, les jambes tétanisées par l'effort, peu habitués à un tel exercice physique, aussi intense et aussi long. Ils n'arrêtaient pas de trébucher dans l'obscurité, sur les cailloux et les têtes de rochers à demi enterrés dans le minuscule sentier. Leurs pieds et leurs mains tâtonnaient lors des passages les plus difficiles. Miramon avait vite compris qu'il ne pourrait tenir son rythme habituel. Ces « clients » n'étaient pas des montagnards, ni même des pyrénéistes amateurs. Il fallait s'adapter à leur niveau. Il décida de les attendre à un tournant du chemin, adossé à un rocher. Paulin et Clément le rejoignirent. Les abbés s'arrêtèrent à leur tour, le souffle court, incapables de parler.

— On ne peut pas allumer de lampe, leur annonça Miramon. Il vaut mieux pas. Pour finir la montée, on va ralentir. Après, arrivés sur l'herbe, c'est du plat pendant quelque temps.

— Tant mieux, souffla le barbu.

— Vous n'êtes pas de la campagne, vous autres, intervint Clément.

— Clément, fais silence, je te prie ! lui ordonna son père.

— Laissez, laissez, monsieur. Votre fils est observateur. C'est vrai, Clément, nous ne sommes pas de la campagne. Et à quoi l'as-tu remarqué ?

Clément ne voulut pas faire de peine à ces deux hommes en noir qui avaient encore une si longue marche à faire. Ces curés étrangers ressemblaient si peu à l'abbé Fréchou ! Par pudeur et par respect, il n'osa pas leur répondre en faisant remarquer leur difficulté dans la montée alors qu'elle lui avait semblé si facile. Il choisit une échappatoire.

— Je l'ai remarqué parce que vous n'avez pas de bâton pour marcher.

Ils rirent de bon cœur.

— Tu as raison, Clément. Pas de bâton, pas de souffle, mais de l'espérance plein le cœur. Et, nous le croyons, de bons guides pour arriver à bon port.

Le jour s'était levé, voilé par des nuages que le vent d'altitude semblait faire avancer à vitesse accélérée. Ils avaient passé la grande prairie du plateau de Bellevue et attaqué la montée vers le Boucharo, le long du petit gave alimenté par le glacier des Gabiétous. Les deux prêtres marchaient sans rien dire, attentifs à ne pas trébucher, à épargner leur souffle. Chacun portait un sac dans le dos. A la hauteur des Crampettes, face au refuge des Sarradets niché dans la brèche de Roland, Miramon ordonna une nouvelle halte.

— Ça va, on a bien marché. On peut se reposer quelques minutes.

— Ce n'est pas la peine, monsieur Miramon, intervint

le plus grand des deux. Continuons. J'ai hâte d'être de l'autre côté.

— Si, si, il faut boire un peu. Et manger aussi un quignon de pain. Ventre vide donne froid. On va continuer à monter un peu.

— De combien ?

— Oh, à peu près trois cents mètres. Hein, Paulin ?

Bégarie bredouilla quelque chose d'incompréhensible en faisant un geste large du bras.

— Vous voyez, traduisit Miramon avec malice. C'est bien cela : trois cents mètres.

Clément avait remarqué que le barbu ne buvait pas. Il avait vidé sa gourde. Sans rien dire, il s'approcha et lui tendit la sienne. Le prêtre hésita. Il en avait envie, mais ne voulait pas priver le petit de son eau. Clément lui fit un geste d'encouragement de la tête. Le barbu sourit et but.

— Merci, mon garçon. Elle est fraîche. Elle a le goût de la liberté. Je m'en souviendrai.

Clément sourit à son tour, heureux de ce bonheur qu'il venait de donner, de participer à cette aventure dans laquelle il devenait à son tour un passeur de liberté. Peu lui importait qui étaient ces soutanes, pourquoi elles voulaient échapper à la France, ce qu'elles allaient chercher de l'autre côté. Ce n'était pas à lui de juger. Avec Louis Miramon et son père, ils faisaient ce que tant d'autres Pyrénéens de la vallée avant eux avaient fait : aider des hommes à atteindre le port, à passer la montagne, à rejoindre l'ailleurs qui avait justifié leur grand voyage. Clément aurait aimé être avec son ami Michel, le fils Miramon. La prochaine fois, il demanderait à son père de l'emmener. Et, plus tard aussi, Clément savait qu'il prendrait son rang, à son tour, dans cette compagnie secrète et fraternelle des passeurs de nuit.

La dernière montée fut éprouvante. Les abbés n'avaient le choix qu'entre des éboulis de pierres qui roulaient sous leurs pas et une pente couverte de longues herbes humides sur lesquelles ils glissaient sans cesse. Ils s'arrêtaient tous les cinq mètres, reprenaient leur souffle et repartaient. Juste avant le plat qui ouvrait sur le col, Miramon tendit son bâton au plus mince, qui disait avoir les pieds en sang. L'autre, le barbu, refusa l'aide. Il finit la montée en trois enjambées rapides.

— Voilà, nous y sommes, annonça sobrement Miramon. Voyez cette pierre dressée. Ici, rien ne peut plus vous arriver.

— C'est la pierre Saint-Martin, précisa Clément, en se souvenant des explications de l'instituteur. La frontière d'Espagne. L'endroit le plus neutre de la terre sur le plus haut col des Pyrénées.

— *Deo gratias*, firent les deux abbés en se signant.

Et le barbu ajouta dans un clin d'œil à Clément :

— Si nous sommes si haut, c'est qu'on s'est un peu plus rapprochés du bon Dieu. Pas vrai, monsieur Clément ?

La vallée s'était figée dans une bulle d'air glacé. Ses habitants vivaient maintenant au ralenti. Chaque matin, des groupes d'hommes partaient vers Gèdre pour aider au déblaiement des routes et chemins, sous la houlette des Ponts et Chaussées. Sur place, on leur fournissait des pelles et de grands balais. D'autres restaient chez eux et remettaient en état tous les outils utilisés pendant l'été et l'automne, faux, serpettes, charrues. Les effectifs des gendarmes de Gèdre avaient été renforcés. Chaque matin, une patrouille de deux militaires à cheval montait vers Gavarnie où ils passaient une bonne partie de la journée. Ils voyaient le maire, l'instituteur, mais évitaient le curé. Depuis la loi de séparation de l'Eglise et de l'Etat, les relations n'étaient pas bonnes entre les forces de l'ordre et le clergé. Presque dix ans s'étaient écoulés, mais le souvenir des violences qui avaient accompagné cette décision politique était encore vif.

« Surveillance générale, avaient-ils dit à Ramounoulou, auprès de qui certains habitants s'étaient étonnés de cette présence de gendarmerie. Dans le cadre des mesures de protection du territoire.

— Contre qui ? » avait fait naïvement le maire, qui se demandait bien qui pouvait menacer Gavarnie, surtout en hiver.

Les gendarmes avaient pris l'air important en réajustant leur baudrier fixé sur la lourde capote de laine qu'ils ne quittaient pas.

« L'ennemi peut être partout sur nos arrières. Il peut aussi venir d'Espagne. »

Après les grosses chutes de neige de novembre, le soleil était revenu, mais sans chasser le froid qui empêchait la fonte. Tout restait uniformément blanc sous un ciel d'une pureté minérale. De l'Astazou au Talion, les sommets clairs du massif de Gavarnie découpaient leurs arêtes, leurs tours, leurs créneaux et leurs brèches comme des sculptures géantes.

« L'hiver sera terrible, disaient certains.

— Ce beau temps n'est pas normal, affirmaient d'autres.

— La guerre là-haut détraque tout, annonçaient ceux qui n'oubliaient pas qu'on se battait depuis plus de trois ans et que Berlin était encore hors d'atteinte des valeureuses troupes françaises.

— A force de tirer au canon, ils réchauffent les airs. »

Plusieurs jeunes gens du village avaient été convoqués par les gendarmes pour être envoyés vers le front. La plupart étaient des cadets. Pour la majorité des habitants, c'était même dans l'ordre des choses. Pour l'équilibre de la population et de cette économie agropastorale toujours fragile, il ne fallait pas que trop de cadets restent au pays. La superficie des exploitations était trop petite, leur rapport trop chiche. Quelques-uns restaient pourtant dans la maison familiale, au service du frère aîné ou de la sœur qui, bien souvent, étaient les seuls à pouvoir se marier. Le cadet servait alors de valet, à vie, et restait célibataire, doté parfois, pour les filles, d'un enfant naturel. Mais d'autres choisissaient le départ. Depuis la fin du Moyen Age, il était de tradition de voir partir les cadets surnuméraires vers le nord. Ils avaient le choix entre les armes et la soutane. Les plus hardis se mettaient au service du roi, dans ses compagnies de mousquetaires où on demandait aux Gascons de savoir se battre, boire et bien mourir. Les autres, sans culture ni fortune, entraient au séminaire et devenaient la piétaille du clergé.

Ceux qui avaient rejoint le front ne donnaient guère signe de vie, mais cela n'inquiétait personne. Après la mort de Perissère-Millet, il y avait eu trois autres mauvaises nouvelles : Dominique Gagou avait été fauché en mai 1915 sur les bords de la Meuse, et deux autres avaient été tués en mai puis en juin 1916, toujours dans la Meuse : François Sabatut-Labartet et Pierre Passet. On s'intéressait pourtant assez peu aux combats dans le Nord et en Champagne. Les informations arrivaient aux Pyrénées avec beaucoup de retard. La capitulation d'Anvers, la bataille sur l'Yser et les engagements d'Ypres de l'automne 1914 avaient moins compté que la mort du petit Etienne Bégarie et l'enneigement de la route vers Gèdre. Chaque dimanche, l'abbé Fréchou appelait pourtant à prier pour les pauvres soldats piégés dans leurs tranchées de boue et de glace et pour les morts et les blessés dont on ne connaissait pas le nombre exact, à cause de la censure. Lorsque le curé montait en chaire, les fidèles commençaient maintenant à craindre l'annonce d'une mauvaise nouvelle.

Décembre arriva, et soudain tout Gavarnie résonna de cris stridents, comme chaque année à la même époque.

Cris de terreur ou d'agonie des cochons sacrifiés pour nourrir les familles pendant tout l'hiver. Cris d'excitation des enfants, enivrés sans le savoir par les odeurs puissantes de sang et de graisse, par les couteaux luisants et les cheminées rougeoyantes. Les cochons achetés aux Espagnols ou à la foire de Lourdes avaient été nourris au chou et à la pomme de terre, avec des orties, des glands et du son. Depuis trois mois, ils étaient engraissés et « finis » au maïs. La saison de la *pélère*[1] durait une bonne semaine. C'étaient quelques jours de folie, dans la joie de banquets bruyants qui faisait communier tout le village, dans le même rituel d'un travail épuisant et de bombances entièrement dédiées à la charcutaille. Les valléens pouvaient alors s'installer dans l'hiver avec des provisions renouvelées, après avoir consolidé leurs liens coutumiers.

Louis Miramon vint aider les Bégarie pour la *pélère*. Ni Magdeleine, ni Paulin n'avaient eu besoin de le lui demander. De lui-même, celui qui passait pour le meilleur « tueur » du village, grâce à sa force et à sa vitesse d'exécution, avait proposé ses services. Mais c'est tout le village qui avait compris que, pour cette fois, il était convenable d'entourer l'*ostau* Védère, toujours dans la peine. Si rien n'avait changé en apparence pour Magdeleine, Paulin ne parlait plus. Il passait par de longs moments de mutisme, accomplissant tous les travaux de la ferme, mais comme poussé par la seule routine. On le voyait souvent immobile, un peu plus voûté que d'habitude, observant sans rien dire les sommets enneigés ou le vol d'un oiseau.

Miramon vint avec son fils Michel et quelques voisins. Magdeleine avait préparé sur la table le solide casse-croûte du matin. Dans chaque assiette creuse, de la pâte de farine de maïs torréfiée, recouverte d'un bouillon brûlant et de légumes, et la *portion*, un morceau de viande et de lard posé sur une grosse tranche de pain. Les deux

1. « Pèle-porc » ou « tue-cochon ».

premiers pots de café chaud furent bus en quelques minutes dans des bols où chacun versa un peu de lait.

— Je vais t'en moudre quelque plus, lança Marguerite Miramon à Magdeleine qui préparait les couteaux sur un grand torchon étalé au bout de la table.

Les hommes lampèrent un alcool au goût de prune, servi dans de petits verres épais, et sortirent, les enfants sur leurs talons. Juste avant de quitter la pièce, Michel, dont la taille et la corpulence promettaient d'être au moins égales à celles de son père, lapa un deuxième bol de lait et finit les gouttes d'alcool qui perlaient sur deux ou trois verres.

— C'est toujours ça que les Boches n'auront pas, lança-t-il d'un air bravache, en essayant de forcer sa voix d'adolescent.

Encore couché sur sa litière rafraîchie dans la matinée par Jean-Marie, le cochon se redressa brusquement, comme surpris dans un mauvais rêve, quand Louis Miramon souleva le loquet de sa bauge. L'animal pouvait à peine se tourner entre les trois murs de pierre et la porte de planches qui lui servaient de dernière demeure.

— C'est moi ou lui, les yeux dans les yeux ! tonna Miramon, dans l'éternelle plaisanterie qu'il faisait avant de passer à l'action.

Par habitude, il claqua du plat de la main la fesse du cochon, évaluant en un clin d'œil la qualité du jambon.

— Un bon client, lâcha-t-il, satisfait. Il vient de Lourdes ou d'Espagne ?

Ce porc avait été acheté à l'automne aux vendeurs espagnols, sans paiement de taxe. Avant de saisir l'animal pour l'emmener dehors, Miramon glissa ses doigts sur les deux oreilles dressées de la bête. Il se méfiait des plaisanteries que faisaient parfois certains jeunes du village. Pour se moquer des tueurs de cochons, toujours un peu hâbleurs et suffisants, les enfants s'amusaient, la veille ou tôt le matin, à enduire de graisse les oreilles de l'animal. Croyant les saisir avec force, le « tueur » perdait au contraire l'équilibre et chutait dans la fange, sous les rires de tous, famille, amis et invités rassemblés dans la cour pour observer la mise à mort. Louis Miramon le savait mieux que personne. Lui-même l'avait fait pendant toute son enfance. Cette fois, les oreilles étaient sèches. Il cracha dans ses mains, les frotta deux fois l'une contre l'autre et recula d'un pas.

La scène qui suivit ne dura pas une minute. Elle souleva un « Oh ! » général de surprise et d'admiration. La petite foule rassemblée dans la cour pour la *pélère* n'avait pas bougé, malgré le froid, fascinée par la rapidité et l'aisance avec laquelle Miramon avait saisi le porc par ses deux oreilles. Les muscles tendus de ses avant-bras épais comme des bûches soulevèrent la masse rose. Le colosse la retourna d'un coup de reins, comme il aurait chargé un sac de farine, avant de plaquer le cochon sur la maie renversée. Il l'immobilisa enfin avec le *ganchot*[1] et demanda à son fils de l'aider à maintenir l'animal qui couinait affreusement, en lançant de sèches ruades.

Michel connaissait le rituel. Sérieux, concentré pour que son père réussisse à coup sûr sa manœuvre, il avait préparé le grand couteau pour saigner rapidement l'animal, avant qu'il ne fasse du « mauvais sang ». Sa mère plaça une écuelle sous la maie. Affilée comme un rasoir, la lame s'enfonça dans la gorge et trancha net la carotide. Le sang gicla une seconde sur le côté, arrosant le tablier et les mains de Marguerite, puis le « tueur » réussit à canaliser l'hémorragie. En quelques secondes, la bassine remplie de l'épais liquide rougeâtre se mit à fumer. Marguerite commença à tourner le sang avec une grande fourchette en bois de noisetier qu'elle avait préparée la veille.

1. Crochet.

Son geste lent évitait la coagulation. Trois soubresauts secs marquèrent l'agonie du cochon. Miramon père et fils relâchèrent la pression qu'ils exerçaient sur le corps inerte. Louis essuya son visage constellé de gouttelettes roses. Il trempa deux doigts dans la bassine et les suça aussitôt, sous le regard attentif des autres. Il releva la tête et sourit, les dents encore maculées de rouge.

— Il l'a pissé vite, son sang. Le boudin sera bon.

Tout ensuite alla très vite. Les femmes, les manches relevées, avaient fait bouillir l'eau dans une grande lessiveuse. Elles s'attaquèrent à la dépouille du cochon. Raclée à l'eau bouillante, suspendue et vidée, elle ne fut bientôt plus qu'une sorte de grosse outre rosâtre d'où l'on sortait un à un chaque organe et des mètres d'intestins. L'odeur fade de la graisse et du sang se mêlait à celle des résidus organiques que les femmes enlevaient des boyaux, aussitôt nettoyés, ébouillantés et préparés pour le boudin et les saucissons. Les plaisanteries fusaient, salaces.

Les gestes répétés et vifs des femmes, leurs joues rougies par la chaleur et l'effort, leurs cheveux en désordre et surtout leurs rires entretenaient dans ce hangar une excitation et un joyeux désordre, traditionnels lors de la *pélère*. Magdeleine profitait elle aussi de cette ambiance de fête qui se prolongerait le soir, autour du repas. Et, le lendemain, tout le monde se retrouverait encore pour préparer les saucissons, les jambons et les pâtés. Chacun emporterait aussi une petite part du cochon.

— Et n'oubliez pas le présent du curé.

— Oh, celui-là, il n'est pas malheureux. Il est gras comme un moine. Si tous les curés étaient aussi ronds que notre Fréchou, les fabricants de soutanes feraient fortune.

— On lui donnera quelque boudin. L'autre jour, il m'a rappelé qu'il aimait aussi beaucoup l'ail.

— Ça, on le sent quand on s'approche !

— Et quand donc tu l'approches, menteuse ? Tu n'es plus allée à confesse depuis ton mariage.

— Parce que je n'ai plus péché depuis, sans doute.

— Plus péché ? Plus pêché dans le gave peut-être, mais pour le reste...

— Et est-ce ma faute si je n'aime pas les truites ?

— Pas les truites. Mais les brochets, tu sais bien les choper, hein, *couquine*[1] !

Elles riaient, malaxant la chair à saucisse et les ragots, repoussant leurs mèches en semant de petits bouts de viande et de gras dans leur chevelure. Le sel et le poivre les faisaient éternuer et elles riaient encore plus, les yeux en larmes, heureuses de parler, de se retrouver. Soudain, Suzanne Menvielle sembla redevenir sérieuse, au grand étonnement des autres.

— Et le *moussu* ?

— Et quoi, le *moussu* ? *Moussu* Planté ?

— Mais oui. L'instituteur aussi a droit au présent de la *pélère*.

La discussion s'engagea. Les femmes furent rejointes un moment par les hommes qui s'étaient éloignés pour vider une bouteille avec Louis Miramon, assoiffé après la mise à mort du cochon. Plusieurs n'étaient pas d'accord, mais la décision devait revenir au *cap d'ostau*, Magdeleine.

— Il est de la ville, il n'aime pas trop la pèle-porc.

— Oui, mais nos *tchitchous*[2], il sait ce que c'est. Il les aime, té. Les petits nous l'ont dit au retour de Héas. Il a mangé tout le pot dans la journée.

— Il a sans doute besoin de force en ce moment, insista Suzanne.

— Et pourquoi dis-tu cela ? Est-il malade, le pauvret, dans cette école si mal chauffée ?

— Non, c'est autre chose.

Suzanne fit semblant de faire des mystères, mais tout le monde avait compris. On voulait qu'elle le dise haut et

1. Coquine.
2. Graisserons.

fort, pour lancer la discussion sur ce sujet qui commençait à passionner la chronique villageoise. Par pudeur, personne ne voulait l'aborder mais tous brûlaient d'en parler. Il fallait que quelqu'un ose. Le dire, c'était donner une vie à la rumeur, pour s'en délecter ensuite. Suzanne Menvielle s'en chargea :

— *Moussu* est très attentif à mademoiselle...

Le barrage avait cédé. Toutes partirent aussitôt dans une série d'anecdotes plus ou moins vraies, rapportées par les enfants de l'école ou le facteur, observées au détour des ruelles du village, prises au vol dans la cour de récréation ou le soir, quand la lumière de la salle de l'école restait allumée et les volets ouverts.

— Mademoiselle doit s'ennuyer.

— Mais elle est bien jeune.

— *Moussu* doit se sentir seul, après sa journée de classe.

— Il n'est pas trop gaillard, à rester toujours dans ses livres.

— Ce serait un joli couple.

— Non !

Suzanne avait stoppé net la conversation. Le cri semblait lui avoir échappé. Elle sourit, baissa la tête pour s'appliquer un instant à lier une saucisse.

— Quoi donc, Suzanne ? Ce ne serait pas un joli couple ?

Elle ne répondit pas, visiblement gênée d'être à son tour questionnée. Les autres étaient intriguées. Elles avaient cessé leur activité et attendaient une réponse de leur voisine. Marguerite Miramon, la première, reprit la parole.

— Peut-être que tu préférerais voir *moussu* regarder une autre demoiselle ? Qui habiterait par exemple un peu seule, non ?

Tout le monde avait compris. Marguerite parlait de Marthe, la cadette des Menvielle, déjà bonne à marier depuis quelques années, à qui on ne connaissait pas d'amoureux. Suzanne se défendit mollement. Les plaisanteries reprirent.

— Il faudra que *moussu* Planté apprenne à traire les chèvres et à manier la fourche !

— Et que Marthe n'ait pas peur d'ouvrir un livre avec plein de pages.

Une nouvelle histoire de village avait commencé. Elle serait commentée tout au long des *pélères* qui se succéderaient dans les maisons de la vallée pendant ce mois de décembre. Elle s'enrichirait au gré des soirées de l'hiver, puis atteindrait assez vite Gèdre et Héas. Elle finirait sans doute avec le mariage de l'un ou de l'autre. Très vite, on sut dans la vallée que Suzanne Menvielle voulait caser sa jolie Marthe et qu'elle avait jeté son dévolu sur l'instituteur de Gavarnie, jeune homme sérieux car il portait des lunettes, intelligent car il lisait des livres, bien rangé car il recevait tous les mois son traitement de fonctionnaire de l'Instruction publique, et ce qui arrangeait le tout, presque du pays.

— Il vient du nord mais il n'est presque pas étranger, dit Suzanne pour rassurer les commères. Ses parents sont du Gers.

Personne n'osa avouer à Suzanne que sa jolie cadette recevait parfois chez elle un visiteur du soir, un de ces passeurs aragonais qui franchissaient la frontière de nuit, emportant sur leurs épaules des sacs remplis de mystères. Marguerite et Magdeleine se regardèrent quand Suzanne eut tourné le dos. La première murmura la vieille loi de la sagesse paysanne, sûre d'être entendue et comprise par sa voisine :

— *So qi nous cots enta tù, decha-ac brullà enta'ts àoutes* [1].

Le soir, après le souper, les hommes allèrent se désaltérer au café, en face de la maison Tossat. Paulin était

1. « Ce qui ne cuit pas pour toi, laisse-le brûler pour les autres. »

heureux de sortir de chez lui, de boire un peu pour oublier, loin du regard de Magdeleine. Ses amis l'entouraient, heureux de tous se retrouver.

— Il vaut mieux péter en société que mourir seul, annonçait invariablement Amédée Duffau.

Ils riaient en se racontant les histoires de touristes partis à l'assaut du Vignemale en petites bottines, et de ceux à qui on faisait croire que les troupeaux de chèvres aperçus au loin à l'estive étaient des familles d'isards. Tellement heureux d'avoir vu autant de ces lointains cousins des chamois alpins, les citadins amateurs de montagne offraient des pourboires royaux à leurs guides. C'étaient les « primes à la chèvre ».

Restées à la maison pour finir de nettoyer les bassines, les casseroles et tous les ustensiles ayant servi à la *pélère*, les femmes trouvaient elles aussi le temps de parler, de rire et de jouer sans les hommes. Après le travail, réunies en arc de cercle devant la cheminée, elles cassaient des noix que Magdeleine apportait dans un grand panier. Les coquilles volaient vers le feu. Suzanne Menvielle lança la première l'idée :

— Si on jouait à l'*escaliro* ?

— *Ah nou*[1], c'est toujours moi qui perds ! grogna Elisabeth Fontan.

Elle n'avait jamais de chance, mais son avis ne comptait pas. Elles décidèrent de commencer par la plus âgée, Marguerite Miramon. Première sur la rangée de chaises, elle saisit un tison dans l'âtre, souffla dessus pour le ranimer et prononça la phrase rituelle avant de passer le tison à sa voisine.

— *Escaliro, jo te venerè. Qu'an n'aurè ? Cent mila. Se't mores entre mas mans, cargada serè*[2] *!*

1. « Ah non ! »
2. « Escaliro, je te vendrai. Combien en aurai-je ? Cent mille. Si tu meurs entre mes mains, je serai chargée ! »

Le jeu était lancé. L'excitation monta. Chacune devait réciter la même phrase en surveillant le rougeoiement de la braise. Elles devaient le faire de plus en plus vite avant que le tison ne s'éteigne. Le jeu consistait à éviter de se retrouver avec le morceau de bois en main à ce moment-là. Une nouvelle fois, Marguerite perdit la partie. Elle avait buté sur la phrase en s'y reprenant à trois fois.

— Allez, pauvre Lisa, on va *cargar eth ase*[1].

Le plus difficile commença pour la malheureuse Elisabeth. Elle était l'« âne » du jeu. Elle se courba vers l'avant, les deux mains appuyées sur une chaise. On lui mit un grand torchon sur la tête pour l'empêcher de voir. Les autres commencèrent le « chargement ». A tour de rôle, les joueuses devaient placer quelque chose sur le dos de l'« âne » qui devait identifier l'objet. On pouvait la tromper, poser une aiguille à tricoter ou une épingle à linge en faisant croire, avec le plat de la main, que l'objet avait une forme différente. Dans les rires, le dos d'Elisabeth commença à porter un bric-à-brac incroyable. Plus les objets étaient petits, moins elle pouvait deviner.

— Et ceci, *praube saoumo*[2] ?

— Et ceci encore ?

Les grains de maïs ou les haricots, les morceaux de pain et les brindilles de bois étaient indétectables par la « pauvre ânesse ». Elisabeth comprit enfin quand on lui posa le lourd fer à repasser. Elle fut « libérée ». L'éclat de rire général réveilla le tranquille Canaou en pleine digestion, gavé de morceaux du cochon qu'on n'avait pas cessé de lui lancer pendant cette *pélère*. Il avait profité du jeu pour se rapprocher subrepticement de la cheminée.

---

1. Charger l'âne.
2. Pauvre ânesse.

5

Ramon se figea, genou à terre derrière un rocher. Il n'était pas tranquille, avec un tel chargement sur le dos. La nuit était claire, la lune trop brillante dans le ciel, comme un sou d'or posé sur une nappe de deuil. Sa clarté repoussait la nuit sur les pentes. La lueur bleutée donnait des formes étranges et inquiétantes à tout. A la place des rochers, Ramon croyait voir des éléphants en marche, les pins se transformaient en sentinelles hiératiques. Le vent le gênait. Il soufflait très fort de l'ouest, apportant d'Espagne un parfum qu'il reconnaissait toujours lorsqu'il approchait du col. Celui de la terre sèche et de la laine de mouton. Il inclina la tête sur le côté, cherchant à mieux capter les sons remontant de la vallée, sans que le vent le gêne. Il en profitait aussi pour souffler.

Parti tard du versant sud, il avait marché assez vite dans la montée vers le Boucharo qu'il avait atteint un peu avant trois heures du matin. Maintenant, il devait ralentir. La première partie de la descente vers Gavarnie serait plus difficile, dans la vallée des Pouey-Aspe, à cause des pentes caillouteuses qu'il fallait dévaler sur plusieurs dizaines de mètres. Ramon guettait une présence hostile, à cet endroit où finissait le territoire espagnol et où commençait la République française. Il savait les gendarmes et les douaniers français plus vigilants que ceux d'Espagne. Les contrôles et les patrouilles avaient même été renforcés depuis 1914. On lui avait dit que les Français craignaient des espions allemands, infiltrés sur les arrières. Il avait ri. Qui aurait bien pu s'aventurer sur ces hauteurs et, surtout, pour aller où ? Mais cette vigilance nouvelle de la gendarmerie ne facilitait pas ses affaires, d'autant qu'avec la guerre, les trafics redevenaient intéressants. Certains produits manquaient en France. Des gens prévoyants voulaient aussi prendre leurs précautions.

Ramon remonta la bretelle du gros sac qui lui sciait l'épaule. La commande était risquée mais bonne. Le Français rencontré à Luz lui avait parlé de beaucoup d'argent à condition de passer la marchandise régulièrement. Il y avait plusieurs voyages possibles et, à chaque fois, de grosses liasses de billets bien craquants. L'homme avait prétexté un rhume pour ne pas se dévoiler. Il avait gardé son cache-col et son chapeau. Le portefeuille qu'il avait sorti de sa poche pour en tirer deux billets avait impressionné Ramon. C'était l'amorce d'un commerce juteux. L'œil vif et habitué à noter les détails, il avait vu le portefeuille patiné dont le cuir rouge était bruni par les années. La pochette contenait sans doute plusieurs centaines de francs. L'homme avait un accent un peu chantant mais plus léger que celui des habitants de la Bigorre. Ramon n'avait pas su déterminer sa région d'origine. Il s'était interdit de poser toute question. Le ton impératif du client l'en avait dissuadé.

« Je veux des objets en argent ou en or. Je te donnerai des francs.

— C'est lourd et dangereux.

— C'est à prendre ou à laisser. Je ne négocie pas. »

L'homme avait fait mine de repartir. Il était pressé et, sans doute, mal à l'aise en compagnie de l'Espagnol, dont le béret était trop voyant à son goût.

« Je reviens dans une semaine. Au pont Napoléon...

— C'est quand même loin pour moi.

— Au pont Napoléon, rive gauche du gave. On est d'accord ? »

Ils avaient fait affaire, même si Ramon aurait préféré un deuxième rendez-vous plus haut dans la vallée. Il était reparti confiant, avec deux billets en poche en guise d'acompte. Ce curieux trafic le changeait des étoffes, du cuir, du café ou du chocolat. Son client avait sans doute trop de liquidités chez lui. Il ne voulait pas les confier à une banque ou il anticipait des difficultés à venir sur la monnaie, à cause de la guerre. Peut-être voulait-il tout convertir en objets de valeur ou les faire fondre et négocier ensuite le métal ainsi obtenu. Dans les périodes troublées, les billets de banque n'inspiraient guère confiance, alors que les lingots d'or ou d'argent gardaient une valeur reconnue dans le monde entier.

Le sac était lourd, mais la prime qui l'attendait devait l'être encore plus. Ramon se remit en marche, souplement, rassuré par le calme de cette nuit sépulcrale. Rien ne bougeait autour de lui. Il savait qu'aucun troupeau n'avait encore repris le chemin de l'estive. C'était une question de jours. Pour l'instant, dans cette nuit froide et venteuse, la montagne lui appartenait, comme de toute éternité. Il connaissait chaque passage, chaque rocher, à qui il donnait parfois des noms. C'était utile quand il faisait le chemin avec d'autres passeurs, pour se donner rendez-vous, ou pour signaler des incidents ou des pièges. Cette fois, il était seul. Il n'avait pas voulu emmener ses complices habituels avec lui, pour garder l'exclusivité de ce trafic qui s'annonçait si profitable.

Les plats, les assiettes, les couverts volés ou récupérés dans les régions de Torla et Broto, et jusqu'à Jaca, étaient enveloppés dans des chiffons et chacun était calé avec des vieux journaux. Il ne fallait pas qu'on les entende tinter à des kilomètres, surtout dans la descente vers Gavarnie et Gèdre. Dans les passages difficiles, Ramon lançait ses bras vers l'arrière, retenant le gros sac dans son dos pour l'empêcher de cogner sur les rochers. Glissant dans la nuit, sa curieuse silhouette d'escargot à deux pattes ressemblait à une gargouille échappée du fronton d'une cathédrale.

A son troisième passage, le mois suivant, il eut un mauvais pressentiment. L'habitude le poussait à aller toujours plus vite. Sec et souple, il avalait les dénivelés sans grande difficulté. Il se retenait même parfois de chantonner. Les airs qu'il fredonnait entre ses dents l'encourageaient à marcher plus longtemps sans faire de pause, à supporter le poids de la marchandise sur ses reins. L'habitude le conduisait aussi, pour gagner du temps, à prendre le même itinéraire, par le port de Boucharo, dont il connaissait tous les raccourcis et toutes les difficultés. C'est là qu'il faillit se faire surprendre, au bout de la montée qui l'avait mené de San Nicolas de Bujaruelo jusqu'à la pierre de Saint-Martin, au pied des Gabiétous. Il y arriva entre chien et loup, dans une lumière grisâtre qui n'encourageait pas à la promenade.

Malgré le froissement du vent dans les graminées sèches qui couvraient les pentes autour du col, il perçut d'abord le tintement léger d'un objet métallique sur un caillou. Il s'arrêta aussitôt, ses yeux balayant l'obscurité, fixant chaque ombre suspecte. Puis il s'accroupit lentement, accompagnant son sac au sol pour éviter tout bruit. Ramon se retrouva à plat ventre sur un lit de caillasses coupantes. Il attendit, aux aguets, la tête légèrement relevée, observant les alentours dans une lente rotation. Ramon était concentré sur chaque son et chaque mouvement qui pouvait troubler cette nuit de mai. C'est au moment où un murmure léger lui parvint qu'il entendit un cliquetis de gourmette de cheval et un sabot heurter un caillou. Puis, de nouveau, des voix étouffées, sans doute portées par une rafale de vent.

L'Espagnol se redressa très lentement au-dessus de la touffe de graminées qui lui cachait la vue sur le col. Deux hommes à cheval semblaient en attente. En distinguant la forme du képi et le grand manteau le long duquel brillait un sabre, il reconnut la silhouette caractéristique des gendarmes. Ils étaient en patrouille ce soir-là sur le col. Combien étaient-ils ? Au moins deux, comme toujours. Ramon patienta encore plusieurs dizaines de minutes. Il allait se résigner à redescendre vers San Nicolas et renoncer à sa livraison lorsque, de nouveau, il entendit une voix, plus forte, et le claquement des sabots. Le son décrut : les chevaux s'éloignaient. Les gendarmes reprenaient le chemin de crête. Ils s'arrêteraient sans doute à la cabane du col des Tentes, édifiée quelques années auparavant, pour y passer la journée, avant de redescendre vers Gavarnie par la vallée des Espécières.

Ramon attendit encore une heure. Sentant le froid l'engourdir, il alternait la position sur le ventre, sur le côté et sur le dos. Enfin il se décida à repartir. Il franchit le passage en quelques bonds légers et bascula dans la grande pente qui filait plein est. Il descendit aussi vite qu'il le put pour échapper à la vue des gendarmes. Ramon pensa qu'ils devaient, à ce moment-là, se réchauffer dans leur cabane. Il avait pris beaucoup de retard.

— Tu te feras prendre, Ramon. Un gendarme te tombera un jour dessus et t'attrapera.

— Va, va, ne t'inquiète pas. Il n'est pas né, celui-là.

Marthe n'aimait pas l'Espagnol quand il prenait cet air bravache qui ne lui ressemblait pas. Elle le savait courageux, fort et intrépide. Elle lui portait une confiance presque totale, mais l'idée de le voir un jour traverser le village menotté entre deux gendarmes lui faisait mal, et encore plus celle d'imaginer son cadavre criblé de plombs, inerte et ballotté sur le dos d'une mule, en descendant de la montagne.

Elle avait progressivement compris la nature des activités de Ramon. Ses courses nocturnes, les chargements qu'il portait dans son grand sac de toile, ses visites à l'improviste et ses départs aussi soudains qu'inattendus. Elle s'était attachée à lui au fil des semaines. Ramon était le premier étranger à la famille qui lui ait manifesté un peu d'attention, de la tendresse même. Chez elle, aucun homme n'avait jamais fait preuve d'une telle sollicitude à son égard. Ramon ne parlait jamais de lui, par pudeur ou par goût du secret, elle ne le savait pas encore. Mais il s'intéressait à sa vie de jeune paysanne, de cadette de Bigorre vouée jusqu'à la fin de ses jours à la garde des troupeaux, aux travaux des champs et au raccommodage des vêtements de la maison Menvielle.

Il y avait aussi les petits cadeaux qu'il sortait de son sac ou de la poche de sa grande veste de laine. Grave, il écartait les assiettes et la miche de pain qui encombraient la table et déposait son présent, sans rien dire. Il attendait que Marthe prenne l'objet, le regarde et fasse un commentaire. Très gênée au début, Marthe s'était habituée à cet hommage. Les premières fois, elle n'avait rien osé dire, allumant sans le vouloir une lueur d'inquiétude dans le regard de Ramon.

« Cela te plaît, au moins ? »

Elle avait attendu deux ou trois secondes avant de répondre, notant le léger trouble que son silence avait provoqué chez l'homme.

— Oui, mais je ne veux pas que...

— Alors, cela te plaît tout de même ? »

Depuis, ce silence et cette question étaient devenus rituels entre eux. Ensuite Marthe éclatait de rire et Ramon souriait. Un autre rituel les avait rapprochés. Cela s'était passé à la fin de l'hiver, quand la nature enfin libérée du poids de la neige semblait lavée et fraîche pour la grande saison de soleil qui s'annonçait. Ramon n'était pas revenu à Gavarnie depuis deux mois, c'est ce qu'il avait dit à Marthe. Il lui avait apporté un châle de laine rouge, orné de roses brodées ton sur ton.

« Je ne pourrai pas le porter », avait-elle dit en jouant avec les franges noires qu'elle faisait glisser entre ses mains.

Il avait été déçu mais avait compris.

« A cause de ta famille ? Du village ? »

En silence, elle avait fait oui de la tête puis, sans réfléchir, elle avait tendu son bras par-dessus la table. Sa main s'était posée sur la joue rugueuse de l'Espagnol, caresse légère, osée mais encore hésitante. Puis ses doigts avaient glissé sur son cou, effleurant l'oreille percée d'un mince anneau d'or, épousant le relief sec de la mâchoire. Marthe fermait les yeux, dans le grand silence de la cuisine, à peine troublé par les craquements du feu. Sans bouger, sans un mot, Ramon avait saisi le poignet de la jeune fille entre ses lèvres, un baiser doux assorti de légers coups de dent. D'un mouvement de menton, il avait soulevé la manche du chemisier de coton. Après, tout avait basculé dans la mémoire de Marthe. Tout s'était mélangé dans un souvenir à la fois doux et brûlant qui associait le feu de cheminée, les mains de Ramon sur son corps, un goût de chocolat, le matelas glissant au sol et la literie sens dessus dessous, un peu de sang sur le drap, et eux roulés dans la couverture, comme des naufragés ballottés par les vagues, puis ces mots de miel, murmurés dans l'oreille de Marthe, tout au long de cette longue nuit de printemps :

« *Mi corazón... Mi corazón.* »

A l'aube, Ramon s'était glissé hors du lit. Elle avait entendu le loquet métallique claquer sur le bois, une grande bouffée d'air froid et le silence. Elle s'était rendormie, en rêvant de chocolat, de ce passeur de la nuit qu'elle avait maintenant hâte de revoir.

L'instituteur ne put éviter un léger mouvement de recul en franchissant le portail de la grange où allait se dérouler le jeu. La réserve de foin et les outils qui y étaient entreposés avaient été remisés ailleurs. L'air chaud et confiné sentait la poussière d'herbe sèche et le tabac gris. Le brouhaha était assourdissant. Les grosses voix de montagnards ne cessaient de monter en puissance, à la mesure du bruit ambiant. De temps à autre, un trille plus aigu marquait un rire de femme. Lucien Planté ne s'attendait pas à voir autant de monde. Mais c'était dimanche après-midi, après les vêpres, et il y avait le jeu de quilles. Il aperçut l'abbé Fréchou en grande discussion, un peu congestionné par le lourd repas dominical englouti chez un de ses paroissiens. Le maître d'école s'approcha et serra quelques mains respectueuses.

— Bonjour, *moussu* Planté. Alors, vous venez vous mesurer aux champions ?

— Oh, monsieur Lajus, je manque de pratique, certainement.

— Et eux, de théorie, soyez-en sûr. C'est comme cela que le monde s'équilibre.

On lui fit place sur un long banc de bois, un peu bancal, fait de planches de pin rapidement ajustées. Il était assis au premier rang devant le *quiller*, l'aire de jeu des quilles à neuf. De sommaires *talenquères* [1] avaient été disposées autour de l'arène pour protéger les spectateurs. Les gens étaient joyeux, un peu excités. Depuis le début de la guerre, c'était une des premières vraies fêtes rassemblant tout le monde, comme au temps passé. Planté reconnut quelques élèves, des parents. Au centre du *quiller* en terre battue, l'ambiance était plus sérieuse. On finissait d'installer les neuf quilles de bois. L'organisateur donnait quelques consignes aux *quillous* [2], en désignant le

1. Petite palissade de bois.
2. Joueurs de quilles.

carré dessiné à la chaux sur le sol. Un voisin se pencha vers l'instituteur :

— Vous avez vu, Lacoste est là !

— Mais qui est-ce donc ?

— Le type d'Ayros-Arbouix. Un champion béarnais, paraît-il.

— Bah ! Ils se croient tous champions depuis qu'ils ont eu Henri IV.

Le silence se fit. L'arbitre demanda d'évacuer l'aire où les quilles avaient été alignées sur les *pitets* [1], au milieu du carré, comme pour une parade, espacées tous les deux mètres. Il vérifia leur stabilité. Lucien Planté avait déjà assisté à ce jeu, importé depuis quelques années du Béarn voisin. Il savait que les quilles passionnaient les habitants des vallées reculées, surtout depuis le début de la guerre. Les restrictions limitaient plus qu'autrefois les déplacements de camelots et de bonimenteurs dans les campagnes. Les gens avaient moins de distractions venues de l'extérieur.

« L'avantage, c'est que ça rassemble les villageois, lui avait dit le maire. Mais ils en profitent aussi pour se dire leurs quatre vérités. »

Planté avait souri et décidé d'aller faire un tour à cette après-midi récréative. Il en profiterait pour tirer l'oreille à quelques parents qui persistaient à faire manquer l'école à leur enfant. Yvonne lui avait promis de venir, mais demandé de ne pas l'attendre.

Au signal, dans un silence religieux, le premier concurrent s'avança. C'était Louis Miramon, dont la force n'avait d'égale que l'adresse. Il avait lancé un défi au champion béarnais. Miramon saisit le *toucoun* [2]. Entre ses mains, la grosse boule de bois tournée par le charron semblait légère comme un jouet. Il se plaça dans le coin

1. Petits plots de bois.
2. Grosse boule de bois des quilles à neuf.

gauche, derrière la « quille de main » qu'il devait faire tomber tout en l'envoyant heurter les autres quilles situées dans la diagonale. Toute la difficulté était de toucher, dans le même mouvement, la « quille de plomb », située sur un des côtés du carré, et les quilles de la diagonale, sans faire sortir la boule de l'aire de jeu.

Miramon tira. Le claquement du *toucoun* sur les lourdes quilles de hêtre fut aussitôt couvert par la clameur :

— Bravo ! C'est choix ! A la rebattue !

Il avait réussi sa première figure. Sa « quille de main » était allée percuter deux autres quilles tandis que la boule avait renversé la « quille de plomb » sur la droite, en restant dans l'aire. C'était gagné. Il venait de « faire choix » et gardait le droit de « rebattre ». L'arbitre ordonna aux *piteurs*[1] de redresser les quilles. Miramon se pencha, évalua la meilleure des douze combinaisons possibles pour en faire tomber le maximum. Un *quillous* habile pouvait en renverser six d'un coup. On lui criait des conseils. Des judicieux et des farfelus.

— Essaie la rue reverse !

— Non, surtout pas, *malerous*[2]. Fais-nous plutôt le « saute-rue droit » !

— Eclate-les, ces quilles de malheur !

— Crois-moi, *toca era deth mieth*[3], ça te fera un neuf !

— Et fous-lui la boule sur la tête, au Béarnais !

— Qu'il bouffe aussi *los pitets* avec...

Les gens s'esclaffaient en se tapant les cuisses. Miramon restait de marbre, conscient de l'enjeu. Il représentait Gavarnie et peut-être même la Bigorre face à ce fils du Béarn, région où l'on avait toujours eu tendance à mépriser les Bigourdans, assimilés aux *toys* dont la mauvaise réputation était pourtant injustifiée. Lacoste n'avait

1. Assistants chargés de remettre les quilles sur pied.
2. Malheureux.
3. « Tape celle du milieu. »

pas fait bonne impression. Ce petit homme sec, sans âge, ne payait pas de mine à côté du grand Miramon. Mais il se dressait comme un coq sur ses pattes et semblait toiser tout le monde, alors que son regard partait de si bas. Il avait l'esprit d'un champion sans en avoir l'allure, et cela dérangeait.

Curieusement, cette attitude plutôt prétentieuse faisait ravaler les rires trop appuyés. Les gens de Gavarnie semblaient plus impressionnés qu'ils ne voulaient le reconnaître. L'assurance du petit Béarnais en imposait. Cela apparut comme un mauvais présage, au risque de gâcher la fête. Miramon lança de nouveau la boule de bois clair. Première touchée, la « quille de main » partit correctement en vrille, percuta la deuxième bobine en diagonale mais fut malheureusement déviée un peu trop loin pour atteindre la dernière quille. Le résultat n'était pas à la hauteur de l'espoir. Trois bois seulement abattus ! La foule se lamenta, accablée. Chacun se mit à commenter le mauvais coup joué par Louis Miramon. La partie commençait mal pour le héros de Gavarnie.

— Oh, Louis, *va plan*[1] ?

— Qu'est-ce qu'elle t'a mis dans la soupe, ta Marguerite ? *Es adromit*[2] ou quoi ?

— Miramon, je crois que tu es meilleur sur la montagne que dans l'arène.

— Avec des coups comme celui-ci, mon pauvre, les Prussiens seraient déjà sur la Garonne.

— Oh, *pégot* ! Sur l'Adour, oui !

Lucien Planté riait. Lui aussi commentait. Pris à témoin, sollicité pour ses connaissances arithmétiques que tous imaginaient considérables, l'instituteur était devenu, à cet instant, l'expert en balistique de la vallée défiée par le Béarn. Il fallait sauver l'honneur de Gavarnie et du pays

1. « Ça va ? »
2. « Es-tu endormi ? »

toy. Il bredouilla quelque chose sur la trajectoire, sur le rapport entre le poids et la puissance. On ne l'écoutait pas. Un malin cria par-dessus les voix, aussitôt approuvé par des acclamations et des rires éclatants :

— Allez, *moussu* Planté, à vous, cette fois !

Lacoste allait pourtant entrer en jeu. Il s'arrêta net au seuil du *quiller*, visiblement offusqué. L'assistance ne le regardait même plus. Le Béarnais avait besoin de silence et d'admiration. Ces sauvages ne s'intéressaient pas à son jeu. Il comprit qu'il allait lui falloir attendre quelques minutes avant que l'intérêt de ces *toys* excités ne revienne. Il laissa retomber la boule, tira sur son gilet et se mit en retrait de l'arène, en toisant la foule. Plusieurs bras avaient déjà poussé Lucien sur l'aire de jeu. On lui prit son chapeau qu'il avait gardé à la main. Quelqu'un lui retira sa veste claire. Il était en gilet et cravate.

L'arbitre lui tendit le *toucoun* à bout de bras. Il voulut le saisir dans la paume, mais il le laissa retomber lourdement au sol, surpris par son poids, manquant de peu d'écraser son pied. L'assistance fut soulevée par une houle de rires et d'exclamations encore plus bruyantes que lors de l'échec de Miramon. A son corps défendant, l'élégant Lucien Planté que tout le monde aimait bien faisait le spectacle. Il se baissa pour reprendre la boule, qui faisait trente bons centimètres de diamètre. Cette fois, il ne la lâcha pas et glissa ses doigts dans l'encoche.

— Elle est lourde, tout de même.

— Quelque six kilos, *moussu*. Du bon noyer de nos Pyrénées.

Planté pensa avec désolation qu'il ne parviendrait jamais à lancer cette masse. C'est tout juste s'il arrivait à l'attraper. Sans vraiment viser, il lança le bras vers l'avant pour finir l'exercice au plus vite. La boule heurta la « quille de main » comme il le fallait mais, trop faiblement envoyée, elle atteignit à peine celle du milieu. Le « neuf » vacilla sur son *pitet*, sans tomber. La foule gronda, un peu déçue. On lui rapporta la boule. Il ne fallait pas non plus que l'instituteur de Gavarnie soit ridicule devant le Béarnais goguenard qui attendait de l'autre côté du carré, une jambe posée sur la *talenquère*.

— Visez le *cor*, lui conseilla Miramon à voix basse, en l'aidant à placer la main dans la boule.

— Le *cor*?

— Oui, le coin, à l'opposé, au bout là-bas. Et envoyez toute la force que vous pouvez de votre épaule. Vous verrez, c'est plus facile.

Planté ajusta ses lunettes. Concentré sur ce geste qu'il ne voulait plus manquer, il balança deux fois son bras. Il ne s'en était pas rendu compte, mais plus personne ne bougeait. On ne parlait plus. A la buvette, au fond de la grange, Darrouy avait cessé de servir les petits verres de blanc. Tout le village était derrière le maître, les poings serrés, à la fois inquiet et confiant. Au troisième balancement de bras, Lucien ouvrit enfin les doigts. Il eut l'impression que le départ de la boule lui arrachait l'épaule. Il perdit l'équilibre sur le côté et ne la vit pas partir, un peu trop fort, trop haut, trop loin. Un hurlement de douleur ramena son regard vers le *quiller*. La boule était allée percuter directement la troisième quille, tout au fond de l'alignement. Ejectée du carré, la barre de bois, partie à l'horizontale, avait fauché le premier spectateur sur sa trajectoire. C'était Lacoste, le Béarnais. Plié en deux, il tenait sa jambe en criant sa douleur et sa colère.

— *Ilh de pute! Aqueste coun*[1]!

Lacoste releva le bas de son pantalon, découvrant son mollet déplumé de petit coq. Blanche comme neige, la peau tendue sur l'os du tibia enflait à vue d'œil, prenant toutes les teintes du bleu au violacé. Un hématome gros comme un œuf d'oie commençait à apparaître. La

1. «Fils de pute! Ah, ce con!»

stupeur passée, la salle laissa éclater sa satisfaction. Ce fut un délire. Cris, rires, trépignements et hurlements saluèrent le lancer mémorable de Lucien Planté, instituteur de Gavarnie. Un peu confus, mais entouré et félicité, celui-ci ne put aller réconforter Lacoste qui continuait à couiner derrière la *talenquère*.

— Miracle ! cria l'un. Le *quéqué*[1] béarnais nous a fait un œuf !

— Le champion est castré aux pattes.

— La Bigorre terrasse le Béarn.

— Il repart avec une de ces *bourgnioles*[2]...

— Souvenir du pays *toy* !

Le match n'eut finalement pas lieu. Personne n'en voulait plus, après la mauvaise prestation de Miramon. Et tout le monde avait hâte de boire à la santé de Lucien et de voir repartir le Béarnais. On lui donna un linge glacé trempé dans le gave pour entourer sa jambe meurtrie. Comme convenu avant le jeu, Lacoste eut droit à un demi-jambon et un pot de miel. La mairie lui offrit en prime un petit cageot, avec onze œufs frais posés dans la paille.

— Pourquoi onze ? demanda le Béarnais avant de partir, encore sous le choc.

— Eh té, parce qu'avec l'œuf que tu t'emportes sur le tibia, ça fera la douzaine. *Adiou !*

La fête fut grandiose. C'est tout juste si Lucien Planté ne fut pas porté en triomphe. Arrivée entre-temps, Yvonne assista sans comprendre aux congratulations. Elle ne parvenait pas à s'approcher de son ami tant il était entouré. Elle ne l'avait jamais vu ainsi, en chemise, les manches retroussées. Planté parlait à tous, riait, levait un

1. Petit coq.
2. Hématomes.

verre à ceux qui le félicitaient. Quelqu'un le tira par la petite sangle de son gilet.

— *Moussu* Planté, je peux vous parler ?

— Mais tout le monde me parle ! fit Planté en se retournant.

Il fit deux pas en arrière et reconnut Suzanne Menvielle, la mère d'un des enfants qu'il avait eus dans sa première classe, en arrivant à Gavarnie.

— Tiens, madame Menvielle ! Quelle histoire...

— Tenez, monsieur Planté, j'avais mis de côté votre veste.

— Ah, merci, il faut que me rhabille, après toutes ces émotions.

— Eloignons-nous un peu. Ces ânes braillards vous empêchent de respirer.

Ils firent quelques pas devant la grange. Le soleil allait se coucher. Un voile de brume rose orangé recouvrait la grande falaise du cirque. La montagne semblait irradier une paix immense avant la nuit froide qui allait s'installer. Lucien se sentait bien, comme à sa place de toute éternité, dans ce décor vivant de montagnes. Il aurait aimé que cette heure dure. Il chercha Yvonne du regard dans les groupes qui discutaient.

— Vous vouliez me parler, madame Menvielle ?

— Voilà, monsieur Planté, je... Je me disais, avec mon mari, que peut-être, vous auriez besoin d'un peu d'aide, par chez vous. Votre maison est grande et l'école, n'en parlons pas. Les enfants vous prennent du temps.

— Ça, c'est vrai. On n'en fait jamais assez.

— Oh, je sais. Mais c'est bien, c'est bien. Mais je pensais, enfin on pensait, avec mon mari, au ménage, à la vaisselle, à tout ce qu'un homme très occupé ne peut pas faire.

— Ne vous inquiétez pas, madame Menvielle. J'ai Rosalie, madame Pérès, la boiteuse.

— La pauvre. Elle se fait vieille, par ces temps, avec ses rhumatismes. Et elle n'y voit plus guère.

— Assez pour mettre de l'ordre. Et pour que je ne m'y retrouve plus dans mes affaires.

— Je crois que vous avez besoin de quelqu'un de plus jeune.

Lucien Planté répondait sans vraiment marquer d'intérêt pour la conversation qui l'avait écarté du groupe. Il venait d'apercevoir Yvonne, en robe beige avec un ruban rose. Elle lui fit un petit signe. A ses côtés, Suzanne Menvielle insistait :

— Quelqu'un de jeune et qui ne prendrait pas cher.

— Ah oui ? Parce que, évidemment, je ne pourrais pas payer davantage que pour Rosalie.

— Elle ne prendra pas plus, mais elle vous fera plus de travail.

Suzanne Menvielle se troubla légèrement, sans que Planté s'en aperçût, amusé par la remarque.

— Oui, une fille vaillante et propre.

— Moins cher et plus de travail… Est-ce possible ?

— J'en porte assurance. Je vous l'envoie dès lundi ; c'est demain.

— Oui, oui, dès demain, fit Lucien, insouciant, en s'éloignant vers Yvonne.

Elle venait à lui en rajustant son petit chapeau, acheté lors de son précédent voyage à Tarbes. Il lui trouva la mine sombre, mais il s'arrêta, revint de deux ou trois pas en arrière et, dans un grand sourire confiant, demanda à Suzanne Menvielle le nom de cette fée du logis qu'on lui proposait.

— C'est ma fille, *moussu* Planté. Marthe, ma cadette.

— Alors, si vous m'envoyez la petite-fille du garde champêtre, je suis entre de bonnes mains.

Chez Védère, avant la guerre, on parlait peu, on riait beaucoup, on travaillait encore plus. Depuis la mort d'Etienne, on ne riait plus. Et on parlait encore moins.

Chacun restait perdu dans ses pensées, faisant semblant de se concentrer sur son travail ou sur sa soupe. Quand Magdeleine préparait le *milhas*, le parfum du maïs et du lait tiède ne répandait plus la même joie gourmande qu'autrefois. Un incident, un soir, aggrava la tension. Le froid était devenu plus mordant et chacun restait le plus longtemps possible au chaud, autour de la grande cheminée sombre dans laquelle le chaudron d'eau chauffait en permanence. Magdeleine s'était mise à la préparation du plat, cérémonie qui avait toujours fasciné ses enfants.

Ces soirs-là, les trois garçons observaient tout, ne perdant rien du spectacle gourmand. Etienne, le plus petit, avait le privilège d'être aux toutes premières loges. Debout entre les genoux de sa mère, il pouvait goûter de temps à autre l'avancement de la cuisson de cette grosse crêpe. Chaque enfant avait connu, à tour de rôle, ces heures joyeuses et parfumées, qui avaient été précédées du concassage des épis dans l'entonnoir à grande manivelle que faisait tourner leur père. Ils connaissaient la phrase rituelle de Magdeleine, dans l'après-midi : « Paulin, j'ai besoin d'un peu de farine pour le *milhas*... »

Assise devant le feu avec ses ustensiles à portée de main, Magdeleine puisait la poudre jaune dans un grand pot de terre cuite, avant de jeter la poignée dans l'eau frémissante, tout en remuant le mélange. Les enfants regardaient le petit tas de farine, rugueuse au toucher, se dissoudre lentement dans l'eau. La récompense pour chacun était de pouvoir à son tour puiser la farine et la laisser retomber en pluie dans le chaudron. Jean-Marie, le plus grand, avait l'autorisation de mélanger lui-même, pendant de longues minutes, la pâte en train d'épaissir. Il défendait ce privilège, malgré les demandes pressantes de ses frères. Ensuite, à tour de rôle, quand le *milhas* était prêt à être servi sur la table, chacun pouvait donner un ou deux coups de langue sur la large spatule de bois, encore brûlante. Les enfants se disputaient :

« A moi, à moi, maintenant !

— Clément, tu as tout pris !

— Allez ouste, à table ! Assez goûté comme ça ! »

Et chacun regagnait sa place, tendant vite l'assiette. Paulin leur partageait le *milhas* et Magdeleine ajoutait une ou deux cuillerées de lait tiède.

« C'est bon, maman... »

Et le petit Etienne, soudain inquiet, ajoutait, sous les rires de tous, rejoints par les aboiements de Canaou :

« Dis, tu en referas, un jour ? »

Ravivé par Paulin, le feu crépitait, lançant des étincelles effervescentes sur le ciel de suie de la hotte. Jean-Marie et Clément observaient la cheminée, un peu pensifs. Depuis le début de la préparation du *milhas*, ils n'avaient pas osé se rapprocher de Magdeleine, dont les gestes, cent fois répétés, étaient ceux de toujours, ceux de sa mère et de sa grand-mère et de très loin en arrière. Les garçons lui jetaient des coups d'œil à la dérobée. Cette fois, quelque chose manquait ; une absence, un vide leur faisait mal. La pâte jaune avait pris la consistance qu'il fallait. Magdeleine arrêta soudain de l'agiter et demanda, la spatule en l'air, sans quitter des yeux le chaudron :

— Quelqu'un veut tourner ?

Aucun des deux garçons ne répondit, comme s'ils n'avaient pas entendu. Elle continua le geste machinal, le buste légèrement penché en avant.

— Personne ne veut *melanja* [1] ? Je vais mettre le couvert.

Ni Jean-Marie ni Clément n'avaient bougé. L'un et l'autre étaient restés figés. Aucun n'avait répondu à la première question. La deuxième les cloua un peu plus sur place. Il leur semblait impossible de refaire les gestes d'autrefois sans Etienne. Sa place était là, ils voulaient la

1. Mélanger.

lui garder, se sentant incapables de reprendre la cérémonie familiale du *milhas* là où il l'avait laissée. Le silence se fit plus pesant, ponctué par les craquements du feu et le tic-tac monotone du gros réveil posé sur le buffet.

Magdeleine acheva le mélange sans rien dire. Après un dernier tour de spatule, elle la retira du *milhas* et la tapa sur le rebord du chaudron pour enlever l'excès de pâte. Un voile jaune pâle s'étira le long du bois et glissa dans la bouillie, suivi d'un ruissellement de gouttes. Contrairement à leur habitude, les enfants ne se précipitèrent pas pour nettoyer la spatule et grappiller les restes de pâte chaude. Aucun ne bougea. Pas de dispute, pas de commentaires, pas de murmures gourmands ni de félicitations.

Sans un mot, Magdeleine commença à glisser son index sur la spatule pour lever les lambeaux de pâte. Elle termina en deux ou trois coups de langue. Les enfants n'avaient pas quitté le feu des yeux. Paulin s'était levé du banc et rapproché de la cheminée. Quand Magdeleine eut fini de nettoyer la spatule, elle se leva pour porter le chaudron sur la table. Paulin s'approcha pour l'aider.

— Laisse, je vais le prendre. Il pèse...

— Laisse-moi. Ça ira.

Elle l'avait écarté, sèchement. Mais Paulin eut le temps de voir deux grosses larmes couler sur les joues de sa femme et tomber, l'une après l'autre, dans le *milhas*. C'était la première fois qu'il voyait cette détresse sur le visage de l'*ereitera* Védère. Il en eut peur.

Le trafic entre Ramon et le mystérieux intermédiaire rencontré la première fois à Luz dura jusqu'à l'automne 1918. Les deux hommes s'étaient ensuite rencontrés à Gèdre, ce qui permettait à l'Espagnol de ne pas trop s'enfoncer sur le territoire français et de passer par les hauteurs de Saugué, à l'ouest du gave. Ramon devinait que la fin de la guerre changerait les habitudes. Le Français avait déjà baissé la prime offerte pour les objets apportés d'Espagne. D'autres passeurs travaillaient dans l'ombre pour profiter des difficultés des Français. Au nord, on demandait du chocolat et du tabac. Jusqu'à l'été 1918, les prix étaient hauts. Mais avec les échecs successifs des armées allemandes, la demande commençait à baisser. Pour Ramon aussi, il fallait prévoir le retour à une activité moins profitable.

La dernière entrevue avec son commanditaire ne se passa pas très bien. Une nouvelle fois, d'instinct, Ramon sentit que le Français ne jouait pas franc jeu. Au début, lors de ses expéditions, il restait sur ses gardes, craignant d'être attendu et délesté de sa cargaison d'objets précieux avant d'arriver à bon port pour la livraison. Cela ne s'était jamais produit. Il redoutait aussi la dénonciation. Pas de la part de Marthe, qu'il passait très souvent voir à l'aller ou au retour. La jeune fille s'était attachée à lui, il le savait. Il n'avait pas pu tout lui dire, ne serait-ce que pour la protéger. Mais elle avait deviné beaucoup de choses. Sauf peut-être ce secret qu'il n'avait jamais osé lui révéler et qui lui pesait, chaque fois qu'il la rejoignait. Ces heures volées aux gendarmes, aux Français, à tous ceux qui pouvaient le guetter sur sa route de contrebandier, suffisaient à lui faire oublier sa décision, mûrie en route, de tout dire à Marthe. Une fois dans ses bras, sous sa bouche et ses doigts, il oubliait tout et restait muet.

— Voilà, le compte y est !

Ramon recompta, en humectant l'index pour mieux palper les grands billets estampillés « République française ». Il savait que le Français avait racheté à vil prix tous les objets livrés. Ce profiteur de guerre était certainement largement gagnant. Qu'importe. En trois saisons, grâce à ce trafic d'objets d'argent ou de vermeil, Ramon avait gagné plus qu'en dix ans de courses clandestines. Le risque en valait la peine.

— C'est bon, dit Ramon à voix basse.

Le Français ne se découvrait jamais. Il gardait son chapeau et un cache-col noué comme une lavallière, à la mode ancienne. La première fois, quand le trafiquant avait compté la liasse avant de la lui donner, l'Espagnol l'avait observé à la dérobée, sans lever la tête, le regard caché sous son large béret. L'autre crut que le contrebandier surveillait attentivement le décompte des billets. Ramon avait en fait détaillé la physionomie du trafiquant. Il nota les poils roux sur le dessus de la main dégantée et la légère cicatrice au coin du sourcil droit, juste au-dessous de la tempe. Cette marque dessinait un accent circonflexe pâle, venant entailler nettement la rangée de poils.

Ramon replia les billets qu'il glissa dans une bourse de cuir. Il attendait que l'autre parte pour la déposer dans son grand sac. Le Français remit ses gants. Au moment où il allait partir, sans serrer la main du contrebandier, il hésita et, presque négligemment, se tourna vers Ramon.

— Alors, tu repars pour là-haut dès ce soir ?

— Oui, lâcha Ramon, un peu surpris.

— Tu es sans doute pressé...

Ramon opina et ajouta, sans réfléchir :

— Et par le chemin le plus court. Je ne vais pas traîner en route.

L'autre tourna les talons. Ramon redescendit au plus vite vers le sud, en suivant le gave, pour éviter la grande épingle à cheveux que faisait la route carrossable. Il voulait arriver à Gavarnie avant la tombée du jour. Marthe n'aimait pas ouvrir sa porte en pleine nuit, moment que choisissaient tous les chiens du village pour se mettre à hurler dès qu'ils entendaient des pas sur un chemin. Il marchait vite, à grands pas, libéré du poids du gros sac qui avait contenu des chandeliers, des plats, des gobelets rapportés d'Espagne. Il sentait cogner le portefeuille dans lequel il avait glissé le prix de sa course. Au moment où il avait quitté Gèdre, il avait vu au loin une calèche prendre la route du sud. Il savait qu'à cette heure il ne risquait plus de rencontrer âme qui vive. Plus personne ne travaillait dans les champs ni n'emprunterait la route avant le lendemain matin.

Un dernier rayon rouge embrasa la crête rocheuse de la montagne de Coumély. Le gave était devenu un long ruban de nuit. Les ombres qui remontaient les flancs de la montagne effaçaient progressivement les formes et les couleurs. Ramon s'engagea sans ralentir dans le dédale du chaos de Coumély. Il n'était plus qu'à quatre kilomètres de l'entrée de Gavarnie et se mit à chantonner, son bâton sur l'épaule.

Les énormes rochers brisés dans leur chute, mille trois cents ans plus tôt, avaient été cassés à l'explosif et à coups de pioche lors de l'ouverture de la route nationale. Ils lui semblèrent encore plus sinistres que d'habitude. Deux blocs en forme de gros diamants mal taillés marquaient les derniers mètres du chaos. C'était sans doute l'endroit le plus sombre.

Ramon sentit la menace avant même de la voir. Il venait de passer l'avant-dernier rocher lorsqu'il perçut une sorte de froissement d'aile derrière lui. Il crut à l'envol d'un gros oiseau de nuit et, au même moment, il comprit son erreur. Dressé au sommet du bloc qui bordait la route, un homme en manteau noir venait de projeter sur lui une énorme pierre. Vif comme un chat mais avec un léger temps de retard, Ramon esquiva. L'agresseur avait visé la tête. La pierre l'atteignit à l'épaule puis lui laboura la jambe. Ramon chuta lourdement.

Surgi de derrière le dernier rocher, un deuxième homme fondit sur lui, une barre de bois à la main. Il l'abattit sur Ramon, qui tentait de se relever. Son bond de côté et le cri de colère et de douleur mêlées qu'il poussa surprirent l'homme au bâton, lui aussi vêtu d'un long manteau sombre et d'un foulard qui dissimulait ses traits. Le bandit réussit à saisir la cape de Ramon.

D'un coup de reins, malgré sa jambe blessée, l'Espagnol réussit à se dégager et à saisir le couteau qu'il portait à la ceinture. L'effort lui arracha un nouveau cri de douleur. L'agresseur avait la poigne solide. Une lanière claqua dans le dos de Ramon, l'autre lui avait arraché le sac. Ramon se retourna pour le reprendre mais l'agresseur levait de nouveau son arme pour asséner un coup à toute volée. Il était gaucher. Avant de basculer dans le précipice qui plongeait à droite vers le gave, Ramon eut le temps de détendre son bras de toutes ses forces. La longue lame effilée plongea profondément dans le côté gauche, sous l'aisselle. L'homme exhala un profond soupir de surprise et de douleur. Deux bonds suffirent à Ramon pour se retrouver au-dessus du gave. Il boula dans la pente, de plus en plus vite.

— Merde ! Le con ! entendit Ramon derrière lui avant de plonger dans le vide.

La chute fut terrible. Déséquilibré, il roula sur le dos et la tête, étourdi par l'entrelacs de racines et de rochers. Il disparut dans le gouffre sombre, désarticulé comme un pantin de son.

Ramon arriva très tard dans la nuit devant la maisonnette de Marthe. Il s'était traîné en suivant les rives du gave, dans l'obscurité totale, de rochers en racines, certain que les hommes en manteau noir ne l'y poursuivraient pas. Dès Ribère-Debat puis à Bareilles, jusqu'aux premières maisons de Gavarnie, les chiens hurlèrent, comme d'habitude. L'Espagnol gémissait à chaque pas. Alertée par le vacarme des aboiements, Marthe lui ouvrit. Elle comprit et ne posa aucune question. Elle pansa ses blessures et le mit au lit. Ramon raconta l'incident, sauf le coup de couteau. Il se souvint des questions que le Français lui avait posées avant de reprendre la route. Il promit à Marthe de se venger et plongea dans un sommeil heurté. Recroquevillée dans le fauteuil de paille, son chat sur les genoux, Marthe veilla les cauchemars et le désir de vengeance de son amant.

Ramon se reposa toute la journée suivante et partit le deuxième soir, encore contusionné, une large estafilade sur la joue. Marthe voulut le retenir. Il lui fit l'amour avec une rage qu'elle ne lui connaissait pas, comme pour une dernière fois. Avant de s'enfoncer dans la nuit, il glissa deux billets sous la boîte en fer où Marthe rangeait ses petits trésors, pelotes de fils de différentes couleurs, boutons, jolis cailloux ramassés au fil des promenades, chocolat.

— Je dois m'éloigner. Ce fils de pute a voulu me voler et me tuer.

— Ramon... Il faut que je te dise...

— Je sais qu'il ne me lâchera pas. Je serai à l'abri de l'autre côté.

Trois jours plus tard, deux gendarmes se présentèrent devant la petite maison de Marthe. La voisine leur indiqua qu'elle travaillait à l'école depuis quelques semaines. Ils s'excusèrent auprès de Lucien Planté et demandèrent à voir « la jeune demoiselle Marthe Menvielle ». Lucien s'éloigna et referma la porte de la cuisine tandis que les deux militaires s'entretenaient avec la jeune femme. Ils lui posèrent des questions sur un Espagnol qui aurait été vu entrant chez elle, sur ses habitudes, la fréquence de ses passages. Marthe mentit tant bien que mal, embarrassée devant ces deux gros moustachus qui sentaient le cuir et le tabac.

— N'aie pas peur, Marthe Menvielle, si tu n'as rien à te reprocher. Mais d'honnêtes gens nous ont signalé le comportement délictueux de l'Espagnol. C'est un trafiquant et un voleur. Il a porté des coups fatals à un voyageur sur la route de Gèdre. Il ne faudrait pas que tu te rendes coupable de complicité. Il ne nous échappera pas.

Marthe pria pour que Ramon ne revienne pas trop tôt du côté français. Elle devina que le «gros roux» dont lui avait parlé son ami l'avait dénoncé à la gendarmerie après avoir essayé de lui voler l'argent remis à Gèdre. Dès le départ des gendarmes, elle s'effondra sur une chaise, épuisée, écœurée par cette histoire qui commençait à transformer son rêve en cauchemar. On frappa à la porte. C'était Lucien, inquiet, étonné. Elle essaya de lui mentir. Il ne fut pas dupe, posa d'autres questions, apprit les passages réguliers de l'Espagnol chez elle, devina leur liaison, les trafics organisés de part et d'autre de la frontière, l'agression de Ramon. Elle n'osa pas donner le nom de son amant.

— Je ne veux pas te gêner, Marthe, je veux juste t'aider... si je le peux.

Silencieuse, prostrée, Marthe fit oui de la tête. De grosses larmes roulaient depuis un moment sur ses joues. Les mains sur les genoux, elle froissait son petit mouchoir et n'osait plus regarder *moussu* Planté en face. Il lui parla doucement, lui offrit un verre de porto, essuya ses yeux.

— Marthe, ce n'est pas si grave, tu sais.

— Si, *moussu*, c'est grave.

Penché sur elle, il respira son odeur, un mélange de savon et de transpiration salée. L'émotion de l'interrogatoire avec les gendarmes puis de la confession avec Lucien lui avait donné chaud. Cette odeur de fille de la campagne, ses cheveux défaits, ses joues veloutées mouillées par les larmes le troublèrent avec une intensité nouvelle. Il n'avait pas ressenti une telle émotion physique depuis longtemps, soudaine, brutale. Il la prit par les épaules et la releva.

— Allons, allons, tu vas te remettre.

Elle sanglotait. Il l'attira à lui, contre son épaule, referma ses bras. Ses sanglots la faisaient tressauter, les bras ballants, comme une poupée abandonnée. Lucien sentit ses seins lourds bouger contre sa poitrine. Le désir physique était là, intense. Il ne pouvait plus parler ni avaler sa salive, gêné par sa réaction mais incapable de rompre ce contact qui l'enivrait.

— C'est grave, *moussu*, parce que... je crois que j'attends un petit.

Magdeleine pressentait que plus rien ne serait comme avant. La mort d'Etienne avait rompu un pacte d'habitudes que son mari et elle avaient signé de façon tacite lors de leur mariage. Il fallait des enfants, ils les avaient eus. Il fallait travailler, ils l'avaient fait. Il fallait consolider l'*ostau* avant de le transmettre, ils le faisaient, jour après jour, même si elle avait parfois l'impression de donner beaucoup plus à la maison que son mari, plus intéressé par les courses en montagne et le jeu de quilles que par la production de beurre et de fromage. Elle devinait que cela était normal. Elle était l'héritière et lui était « venu gendre » chez Védère. Il ne fallait pas en attendre beaucoup plus, ses parents le lui avaient dit avant de disparaître.

Magdeleine avait la satisfaction d'avoir eu trois garçons, six bras de plus pour la maison. La mort du petit Etienne était peut-être aussi dans l'ordre des choses. Elle rétablissait un équilibre avec les maisons où il n'y avait pas de garçons, comme chez les Fontan, ou un seul, comme chez Miramon. Jean-Marie était costaud. Il reprendrait la ferme. Et Clément, son cadet, l'aiderait, même s'il avait le caractère un peu vagabond de son père. Magdeleine était allée prier devant Notre-Dame à l'église pour que cet ordre tranquille des choses ne change pas, malgré la guerre. La froideur de ses deux fils et leur grande différence de caractère l'inquiétaient. L'abbé Fréchou l'avait rassurée.

« *Frays è nou igals* [1], c'est normal. Mais ce n'est pas grave. Après chaque guerre, on revient toujours à l'ordre ancien, car les gens ont besoin de se retrouver. »

Magdeleine n'en était pas sûre. La guerre avait duré plus longtemps que ne l'avaient dit le facteur et les gendarmes en août 1914. Après Louis Perissère-Millet en 1914 et Dominique Gagou en mai 1915 sur la Meuse, trois autres jeunes du pays étaient « morts au champ d'honneur », dont deux en 1916, François Sabatut-Labartet et Pierre Passet. Le dernier, Joseph Jarre, était tombé moins de quinze jours avant l'armistice [2]. Beaucoup de jeunes gens appelés sous l'uniforme et envoyés dans le Nord ne revenaient pas. Des jeunes filles embauchées à Tarbes pour travailler à l'arsenal étaient restées sur place, ouvrières, bonnes ou nourrices appréciées, disait-on, dans les maisons bourgeoises. Celles qui revenaient dans la vallée paraissaient transformées. Elles ne voulaient plus porter le capulet rouge ni les lourdes jupes de laine fabriquées au pays. Elles mettaient un petit chapeau de paille pour le dimanche, comme on en portait à la ville. Les plus dégourdies s'étaient fait tailler des jupes plutôt étroites, serrées sur les hanches et les cuisses. Quelques maisons étaient vides. Des foyers ne brûlaient plus.

« Il nous manque une cinquantaine d'habitants par rapport à l'avant-guerre, avait confirmé le maire lors d'une séance du conseil municipal à l'automne 1918. Notre municipalité compte environ deux cent cinquante habitants, mais certains jeunes tardent à revenir du Nord. »

Magdeleine et les autres devinaient que cette jeunesse n'allait sans doute pas se réinstaller à Gavarnie. Le vil-

1. « Frères et pas pareils. »
2. En réalité, Gavarnie enregistra un sixième mort avec le décès de Jean Lartigue, le 12 avril 1919, à Montmédy-Sedan.

lage avait perdu un peu de vie, des jeunes hommes et, sans doute aussi, pensait-elle, un peu de cet ordre ancien dont lui avait parlé l'abbé Fréchou.

Il lui restait Jean-Marie. Son aîné serait bientôt majeur et le temps viendrait pour lui de prendre un peu plus de responsabilités à ses côtés. Jean-Marie devrait aussi vite prendre femme. Il n'avait que vingt ans mais il fallait déjà y penser, malgré son jeune âge, malgré les changements qui risquaient de modifier l'ordre des choses. Il ne fallait pas se tromper. Magdeleine en avait déjà parlé à quelques-unes de ses voisines, elles aussi inquiètes pour l'avenir. Parmi elles, Elisabeth Fontan, son amie de l'école et du catéchisme. Avec ses trois enfants et un mari charretier, elle avait fort à faire dans la maison. Son aînée, Dominique, l'aidait beaucoup et s'occupait plutôt bien de sa sœur et de ses deux frères plus jeunes.

« Ma grande est bien vaillante, lui disait parfois Elisabeth. Dure au travail et mauvais caractère, comme tous les Fontan. Elle sait qu'elle est l'héritière. Ça, personne ne pourra le lui retirer. »

Magdeleine avait elle aussi remarqué le caractère de l'aînée Fontan, cette brune qu'on pouvait déjà prendre pour une femme. Elle plaignait son futur mari, mais enviait l'*ostau* Fontan de pouvoir assurer ainsi une belle continuité. C'est la cadette qui intéressait davantage Magdeleine.

« Et ta Catherine, elle pousse aussi ?

— Bah, comme les autres. Elle a eu douze ans à la Noël. Tu sais, elle a aussi son caractère, mais côté Longagnère, comme ma pauvre mère. Mais c'est une bonne petite. On peut compter sur elle. Et ton Jean-Marie, il devient bien costaud, dis-moi...

— Mon grand va sur ses vingt ans. »

Les deux femmes savaient ce que ces échanges de nouvelles, faits à intervalles réguliers, signifiaient. C'était le dialogue codé de deux mères préparant l'avenir de leurs enfants, à travers le rapprochement des familles. L'aîné des Bégarie prenant la cadette des Fontan pour femme, c'était dans l'ordre des choses. La sécurité de l'une et la stabilité de l'autre. L'*ostau* Védère allié à l'*ostau* Fontan. Il n'y avait là rien d'anormal. Cela se passait ainsi depuis des générations. C'est ainsi que Gavarnie, fondée naguère par des bergers sans terre remontant toujours plus haut dans la vallée pour assurer leur liberté, avait pu se protéger et se développer. Leurs ancêtres avaient su garder les terres dont ils s'étaient emparés, grâce au flou des frontières coutumières et à l'éloignement des seigneuries. Consolider les liens, pour ces mères de famille, c'était préparer l'avenir, prendre une assurance sur les vieux jours à venir. Magdeleine et Elisabeth étaient convenues d'attendre le retour véritable de la paix pour reparler de ce projet.

« Quand tout sera revenu comme avant, avaient-elles dit.

— Et rappelle-toi : moi, je me suis mariée à dix-huit ans, disait Elisabeth.

— Oui, et tu étais bien contente de te mettre dans le lit de l'aîné Fontan. Chez les Longagnère, ce n'était pas tous les jours fête pour la petite que tu étais. »

6

Ce fut un soir de novembre, un peu après le 11, que Lucien Planté et Yvonne Saenz échangèrent leur premier baiser. Lucien avait appris la nouvelle de l'armistice avec un jour de retard. Les combats s'arrêtaient, l'Allemagne était vaincue, les soldats allaient rentrer chez eux. La paix revenait. Il alla chercher Yvonne chez elle, dans sa « glacière ».

— Venez chez moi, le poêle est brûlant et j'ai une surprise, lui dit-il, mystérieux.

— Votre jolie bonne est-elle partie ?

— Marthe ? Oh oui. Je ne veux pas qu'elle reste à la nuit tombée. Et j'ai l'impression d'ailleurs qu'elle n'y tient pas.

— D'autres peut-être y tiennent pour elle.

Lucien et Yvonne ne s'étaient jamais chamaillés, en dehors des sujets politiques. Mais après une discussion un peu acide avec Yvonne, Lucien avait ouvert les yeux. Il avait compris que la présence de cette jolie Marthe à son logis pouvait être un piège. Des allusions de plus en plus ouvertes de Suzanne Menvielle sur sa solitude et sur la nécessité de fonder une famille l'avaient alerté. La cadette des Menvielle n'avait pas de fiancé officiel ni aucun bien, en dehors de son capulet, d'un peu de linge personnel, de quelques draps et d'un chapelet de buis.

Mais elle attendait un bébé, sans père. Marthe avait refusé d'en parler à sa famille. Une fois la surprise passée, sa mère n'avait en rien changé ses plans.

« Ce n'est pas la première fois dans notre vallée qu'une cadette nous fait un beau petit toute seule », lançait-elle à ses voisines, qui l'approuvaient.

Cette naissance attendue pour le début de 1919 avait renforcé la détermination du clan Menvielle de faire épouser la fille par l'instituteur. On savait au village que Lucien Planté s'entendait bien avec Marthe. Il avait accepté sa présence en veillant à ne pas être pris dans les filets de la familiarité. Toujours discrète et efficace, la jeune femme savait rester distante malgré la gentillesse de Lucien à son égard.

L'instituteur avait pourtant remarqué ses jolies rondeurs, ses yeux en amande que ses beaux sourires étiraient un peu plus, ses mèches lourdes qu'aucun bonnet n'arrivait à contenir. Le ventre arrondi et les formes généreuses de la future mère l'avaient ému. Il l'avait surprise plusieurs fois en chemise quand elle repassait ou qu'elle tournait son linge dans la grande lessiveuse mise à bouillir sur le feu. Sans être impudiques, ces gestes et cette plénitude féminine dans l'intimité de son foyer sans femme le bouleversaient, autant que le rire simple et la peau ambrée de la paysanne. Il regardait Marthe comme un peintre regarde un modèle. Mais sans cesse, dans ces instants, l'image et le parfum léger d'Yvonne lui revenaient et le faisaient rêver d'autre chose.

— Alors, Lucien, cette surprise ?

Ravi d'être le messager d'une telle nouvelle, il lui apprit l'armistice tout en essuyant deux verres qu'il avait récupérés sur une étagère.

— Je suis heureux pour votre père. Il va rentrer très vite.

Le régiment de l'adjudant Saenz avait fait mouvement en 1917 vers le nord. La famille était restée dans la garnison de Tarbes et attendait le retour de l'artilleur. Une de ses dernières lettres parlait d'une blessure sans gravité. Une autre, tout aussi courte, disait qu'il avait obtenu la médaille militaire, à la suite d'un terrible combat qui l'avait envoyé dans un hôpital de campagne pendant dix-sept jours. Personne chez les Saenz ne connaissait la gravité de son état. Mais il écrivait de temps en temps, d'une écriture assez ferme pour rassurer tout le monde.

— Nous avons hâte de le voir revenir. Il y aura un défilé dans Tarbes. Ils auront tous leur médaille sur la poitrine.

— Oui, Yvonne, les survivants...

— Quel rabat-joie vous êtes, alors !

— Rabat-joie ? Et ça ?

Il brandissait une bouteille de champagne, tout juste sortie du garde-manger.

— Achetée à Tarbes. Toute fraîche ! Frappée, comme on dit au restaurant.

Yvonne le suivit de nouveau dans la cuisine, amusée de le voir vaquer à des tâches ménagères. Elle était debout, l'écoutant avec attention. Il lui expliqua la situation nouvelle, la récupération de l'Alsace et de la Lorraine, l'agonie du Reich allemand, la nouvelle Europe qui pouvait enfin naître, la fin des guerres après cette grande boucherie qui avait fait réfléchir tout le monde et l'espoir socialiste qui s'était levé à l'est. Tout en parlant, il posa les deux verres sur le guéridon et déboucha la bouteille.

— J'aurais aimé la boire deux ou trois ans plus tôt, à la santé de la paix. Je l'avais gardée pour une grande occasion.

— Et c'en est une ?

— Et comment ! dit-il en se retournant vers elle en souriant. Tellement grande que...

Si près de la jeune fille, il n'acheva pas sa phrase. Ses

lèvres se posèrent sur la bouche d'Yvonne. Surprise, elle lâcha le verre qu'elle avait à la main.

— Du verre brisé, promesse de bonheur, dit-il dans un souffle à quelques centimètres de son visage.

Il revint vers elle, l'embrassa longuement. Un parfum fleuri montait de son corsage. Il hésitait toujours : jasmin ou œillet ? Ce n'était pas le moment de relancer le jeu des devinettes. Elle n'avait pas reculé, toujours pressée contre lui. Ses lèvres s'ouvrirent, hésitantes. Il picora son souffle de baisers légers et tendres. Lucien ferma les yeux. Il ne l'avait toujours pas prise dans ses bras. Leurs bouches s'effleurèrent de nouveau. Leurs baisers délicats se firent de plus en plus appuyés, plus humides, brûlants. Lucien sentit Yvonne se dégager légèrement sur le côté. Il allait la rattraper pour la serrer contre lui, de toute la force de son désir, quand il entendit un nouvel éclat de verre brisé.

— Cette fois-ci, c'est volontaire. Pour consolider la promesse de bonheur.

Yvonne souriait. Soudain si mûre, pensa Lucien. Il l'enlaça enfin, sa bouche dans ses cheveux, la tête d'Yvonne sur son épaule, ses lèvres dans son cou puis sur les siennes. Ils dansèrent presque immobiles, serrés, une valse lente, muette, échangeant leur chaleur. L'ivresse douce de leur attente les portait. Seul le crissement du verre brisé sous leurs pieds venait troubler le silence de cette nuit de novembre.

Elle légèrement grisée par le champagne et lui par le parfum et le goût de ses lèvres, ils évoquèrent l'avenir, par petites touches. Leur histoire se mettait en place. Ils comprenaient qu'il ne fallait pas en dire trop, tout de suite. Leur sensibilité identique les rapprochait, comme leur pudeur et cette découverte tranquille de passions communes qui les firent veiller tard dans la nuit, en grignotant des biscuits. La nuit était froide et claire, dessinant des ombres bleutées sur les ardoises des toits et sous les arbres déplumés du chemin. Lorsqu'il la raccompagna, les chiens du voisinage hurlèrent.

— Nos témoins, murmura Yvonne, enveloppée dans son châle, les deux bras croisés sur sa poitrine.

— Un peu bruyants, ces quadrupèdes. Je préfère le silence tranquille du Mourgat et du Piméné qui nous regardent.

— Un peu oppressants, quand même, ces « colosseum de la nature », commenta-t-elle, narquoise, citant la formule de Victor Hugo, en imitant le ton professoral de Lucien.

Ils s'esclaffèrent et commencèrent à clamer à deux voix alternées les mots emphatiques du poète qui avait décrit le cirque de Gavarnie, soixante ans plus tôt. Ils connaissaient bien ce texte parce qu'ils le donnaient parfois en dictée aux plus grands de l'école. Yvonne commença :

— « Un cirque ! Un hippodrome, un théâtre où Stamboul, Tyr... » Euh...

— « ... Memphis, Londres, Rome, avec leurs millions d'hommes, pourraient s'asseoir... »

— Oui, oui, Lucien, laissez-moi continuer : « Où Paris flotterait comme un essaim du soir ! Gavarnie ! Un miracle ! Un rêve !... »

— « Morceau d'Olympe, reste étrange d'une ville de l'infini, qu'un inconnu démembra... »

— Bla, bla, bla... « Une construction que nie et que voit la raison. »

Ils rirent de nouveau, redoublant le vacarme des chiens déchaînés, et conclurent en criant de tout cœur, sur l'air des lampions :

— VIC-TOR-HU-GO !

Elle frissonna. Lucien l'aida à remonter son châle et la prit par les épaules. Il retira son bras presque aussitôt.

— Il y a toujours un paysan derrière une haie.

— A minuit passé, *moussu* Planté ? Vous plaisantez.

— Je ne veux pas vous compromettre !

— C'est moi qui vous compromets. Avec toutes ces héritières qui vous ont remarqué et toutes leurs mères qui vous offrent leurs œufs et leurs gâteaux bien gras pour vous séduire.

Quand ils virent la première colonne d'éclopés et de blessés graves rescapés de la Grande Guerre entrer dans le village, les habitants ne purent cacher leur stupéfaction et leur horreur. Les femmes hochaient la tête sur leur passage, la main devant la bouche, sur un cri d'horreur muet. Les « gueules cassées », ces hommes au visage hâtivement recousu ou remodelé par les chirurgiens de guerre, impressionnaient tout le monde. Les services s'occupant des anciens combattants organisaient depuis le printemps des voyages à la montagne pour les blessés. Ils étaient répartis dans les villes thermales, mis au repos dans les sanatoriums de montagne ou envoyés à Lourdes. Les pèlerinages militaires drainaient chaque année ceux que la mort avait en partie détruits mais pas emportés définitivement et qui espéraient sans doute un miracle de Dieu, après la folie des hommes. Beaucoup venaient en excursion à Gavarnie.

Aveugles, borgnes, culs-de-jatte, unijambistes, manchots, gazés, choqués, les gueules cassées montrèrent à ces gens de l'arrière le pire visage de ce qui s'était passé pendant quatre ans dans le Nord et l'Est, ce que les bombes et la mitraille avaient laissé après le reflux de la vague de fer et de feu. Les gens du village apprirent à connaître ces *baouassousès*[1]. Ce sobriquet vite donné aux gueules cassées ne traduisait aucun mépris ni moquerie. C'était la façon qu'avaient les gens de la vallée de les adopter, de les intégrer à leur vie quotidienne. Cet humour un peu rude, où chacun s'étrillait avec bonhomie, faisait partie de la tradition populaire de la Bigorre.

1. Baveux.

Pour tous, le sobriquet résumait un état de fait, un esprit. Il cachait sans doute les vrais sentiments du montagnard bigourdan, peu enclin à se révéler, et son goût de la critique imagée.

Pour ceux de Gavarnie, le sobriquet *eths bentès de grauhles* («les ventres de grenouilles») désignait les habitants de Gèdre. Situé au confluent de deux gaves capricieux, Gèdre avait parfois à subir des crues qui mettaient de l'eau «au ventre des habitants». Ceux de Gèdre et de Gavarnie s'entendaient sur le dos des Luziens, et plus généralement de ceux de la plaine lourdaise. Ceux-là étaient *eths burrariès*, «les beurriers», car ils achetaient du beurre aux montagnards. Et comme ils s'en mettaient plein les poches de leur vaste pantalon, on ajoutait parfois «*burrariès, grano culotto e petit cu*»[1], histoire de se venger d'avoir été si souvent roulé.

Gavarnie apprenait à vivre avec les blessés, à rire aussi avec eux, à leur faire découvrir la montagne, le lait au goût fort de fleurs d'alpage et le saucisson à l'ail. Ce spectacle de l'impotence parfois totale d'hommes encore jeunes, de monstruosités physiques à faire fuir faisait désormais partie du quotidien, autant que les pyrénéistes et les randonneurs qui revenaient nombreux. Dans ces regards éteints ou ces corps brisés, les gens de la vallée comprirent enfin ce qu'avait pu être cette guerre menée aussi pour eux.

Clément et d'autres jeunes relancèrent une activité que la guerre avait interrompue : les promenades accompagnées jusqu'au cirque. Le service social des armées donnait de l'argent à la mairie qui organisait ces norias, à partir du carrefour Tossat. Tous les jours, à la belle saison, Clément et ses compagnons âniers faisaient des allers et retours. Au début, Clément était impressionné. Il n'osait pas parler à ces étranges clients. Par respect pour

1. «Grande culotte et petit cul.»

leur tranquillité et aussi par pudeur, tant ses mots lui paraissaient dérisoires face à ce que ces aînés avaient pu subir, il se taisait, menant Martou avec délicatesse sur le chemin rocailleux.

Clément demanda conseil à Lucien Planté. Il prit ensuite l'habitude d'expliquer aux aveugles ce qu'il voyait en montant vers le cirque. Il parlait du bord du chemin couvert de nappes d'hélianthèmes dorés, du chant du gave, des truites et des écrevisses.

« Pour les attirer, on a une technique. Une tête de mouton mort. On la met dans le gave. En quelques heures, elles sont toutes là. Mais il faut caler la tête. Elles sont tellement voraces qu'elles arrivent à l'emporter très loin. »

Après le pont Brioule, arrivés à la forêt dans laquelle le chemin s'enfonçait avec les premières pentes à monter, Clément citait à ses clients d'un jour les pins et les hêtres, les écureuils et les papillons, les gris à taches bleues et les jaune orangé rencontrés dans les sous-bois, ceux qui semblaient lancer des éclairs quand leur vol saccadé coupait des rayons de soleil. Jamais il ne parlait des ours. Clément aimait au contraire raconter le jeu des marmottes, dont les coups de sifflet stridents intriguaient tant ceux qui ne pouvaient plus voir. Même aux blessés qui avaient perdu l'ouïe, il disait ce qu'il savait. Par respect pour ces hommes blessés à vie.

« Le sifflement long, c'est pour signaler l'arrivée des hommes. Les courts et espacés, c'est un danger animal, comme un chien ou un vautour. »

Sûr de son effet après de nombreux essais faits en solitaire, en gardant les brebis, il jouait à imiter les marmottes. Un jour, un soldat devenu sourd à la guerre le tira par la manche. Clément se retourna et vit l'affreuse grimace que la mâchoire mal remboîtée faisait en essayant de sourire. Criblé par la mitraille, le visage du blessé semblait avoir perdu toute forme. Mais l'homme à la bouche pendante riait, un immense rire muet de stupéfaction et de joie mélangées. Avec ses index tendus en direction de ses tempes, le blessé montrait à Clément ses oreilles, pourtant inutiles depuis l'explosion d'un obus dans sa tranchée, un soir de décembre 1917.

— J'ai entendu, oui j'ai entendu, répétait-il bouleversé en bavant sur son col de manteau. Le sifflement, j'ai entendu. Merci, merci petit.

Bouleversé, Clément ne sut jamais si c'était le cri de la marmotte ou son propre sifflet que le soldat avait entendu, ou peut-être simplement le lointain écho de l'horrible sifflement qui avait précédé l'explosion de ses tympans et d'une partie de sa mâchoire. L'homme était sûr de ne plus entendre les voix humaines, mais il percevait les cris d'animaux. Il dit au jeune ânier qu'il resterait dans les Pyrénées à observer les marmottes.

Clément décrivait aussi certains rochers dont la forme l'amusait. Il parlait de la fluidité silencieuse des lézards glissant sous les pierres à leur approche. Il décrivait les massifs de genévriers tordus par le vent et le gel, où se dissimulait parfois une couleuvre couleur d'herbe. Il énumérait la rangée des pics qui plantaient le décor du cirque de Gavarnie, encadrant « la plus haute cascade d'Europe », comme le lui avait assuré l'instituteur : le pic rouge de Pailla, au-dessus du refuge des Espuguettes, l'arrogant Astazou, le Marboré, imposant comme un château fort, le pic de la Tour à côté du Casque et le géant Tallion, avec son flanc gauche ouvert sur la brèche de Roland.

A un détour du chemin qu'il avait repéré depuis longtemps, Clément faisait toujours une halte pour observer longuement une *jasse*, sorte de replat herbeux situé sur le contrefort nord de l'Astazou. Il savait y trouver une harde d'isards, petites taches fauves occupées à tondre une prairie de haute altitude ou feux follets bondissant sur les rochers pour échapper à un danger. Il expliquait leur nombre, la mère et les petits, le cœur surpuissant de ces voltigeurs d'altitude qui leur permettait ces longues courses agiles sur des dénivelés fous. Il disait ce qu'il savait de leurs sens aiguisés pour échapper à la griffe de l'ours, à la dent du loup ou à la balle du chasseur. Il arrivait à faire rire ses malheureux clients en racontant la folie douce qui s'emparait des isards, à la fin de l'hiver, quand ils s'enivraient des bourgeons de sorbiers après avoir jeûné des semaines entières.

En se retournant pour vérifier si tout allait bien, Clément surprenait souvent des larmes sur les joues de ces grands blessés. Ils pleuraient doucement en entendant le récit de ces merveilles qui leur étaient maintenant interdites. Cela ne faisait que renforcer l'attachement du jeune homme pour ses montagnes. Ces jours-là, malgré la tristesse de ces minutes d'émotion, Clément devinait qu'il faisait du bien à ces hommes brisés, une sorte de supplément de nature. A côté de son âne placide, le jeune Bigourdan enlevait ces grands blessés à leur nuit, pour quelques minutes. Il devenait à son tour un passeur de vie et de beauté, comme d'autres avant lui avaient été, pour d'autres raisons, passeurs de rêves, en guidant des intrépides sur les sommets du Vignemale ou du mont Perdu.

Ce 14 Juillet de l'après-guerre fut particulièrement réussi, à la mesure du soulagement de tous. Malgré le passage des convalescents et des gueules cassées dans le village, le cauchemar des tranchées s'éloignait déjà un peu. Les voitures étaient plus nombreuses sur la route. Les toilettes des femmes semblaient plus légères et colorées. On voyait revenir des pyrénéistes sur les sommets, et les cours du beurre et de la laine restaient soutenus. On annonçait plusieurs naissances pour l'été.

— Les petits de l'armistice, constataient les commères, très attentives à tout.

Dans ces vallées où on aimait les enfants, cette perspective entretenait un climat de légère euphorie. S'il y avait moins d'adultes dans le village, on entendrait bientôt davantage de cris d'enfants et de jeux de petits.

Dans la chaleur de cette journée de juillet et dans la joie de la paix retrouvée, l'excitation était montée dans le village. Attiré par la réputation de la station et la perspective du grand beau temps, un photographe était venu de Lourdes avec son lourd boîtier monté sur un trépied. Il avait pris des photos dans la rue principale, entouré d'une nuée d'enfants qui voulaient leur portrait.

Ce tout jeune homme un peu gringalet « sentait » la ville. Les filles l'observaient à la dérobée, attirées par ses traits fins et son teint pâle de citadin autant que par sa coiffure étudiée, une raie entre deux crans parfaitement gominés. Sa large casquette écossaise et son pantalon de golf au pli impeccable ajoutaient au charme exotique du photographe. Il avait suivi la population et la fête jusqu'aux granges de Holle. Ecrasé de chaleur et à moitié assommé par le vin trop tannique servi en apéritif, il chercha un peu d'ombre. Il n'y en avait pas beaucoup.

De l'autre côté du champ, un groupe aux habits colorés lui faisait signe. C'était Dominique Fontan et sa bande de filles. Le photographe se rengorgea. Les filles l'invitèrent un peu plus loin à faire des photos du petit pont sur le gave d'Ossoue. Elles n'étaient pas toutes jolies. Le jeune Lourdais le remarqua aussitôt. Surtout une fille grande et massive, plus vieille de dix ans au moins que le reste du groupe. Son sourire béat et sa mâchoire un peu pendante indiquaient sans doute la *pégote* du village, que les filles devaient traîner partout où elles allaient.

— L'endroit est plus frais là-bas, monsieur. Et le bois de Saint-Savin sera très joli sur les photos. Vous ne connaissez pas ?

— Je ne demande qu'à connaître, mesdemoiselles.

Le godelureau suivit les jupons rouges et les bonnets blancs. Il trouva en effet de la fraîcheur sur les bords du petit cours d'eau. Il n'avait qu'une envie : s'allonger sous les bouleaux pour un somme réparateur, dans cette clairière entourée de rochers.

— La lumière est trop forte à cette heure, expliqua-t-il aux filles, un peu déçues. Je vais d'abord me reposer, nous ferons des plaques après. Mais je tiens à vous remercier de m'avoir amené ici. L'endroit est fort plaisant.

Il ne dormait pas depuis cinq minutes qu'il sentit une vive démangeaison sur le cou. Des fourmis ? Il se gratta dans son demi-sommeil, bien décidé à ne pas se réveiller. La démangeaison continua. Nouveau geste de balayage de la main. Il sentit les petites pattes sur ses bras, sur son front. La troisième fois, il tapa sèchement son cou pour anéantir la fourmi. Il entendit pouffer et ouvrit les yeux. Au lieu d'une fourmi, les six ou sept filles étaient penchées au-dessus de lui et jouaient avec de longues tiges d'herbes sèches qu'elles promenaient sur son cou, sur ses mains.

— Ça par exemple, j'ai cru que c'étaient des fourmis.

Elles rirent. La plus grande, à la mâchoire de jument, bavait légèrement.

— C'était nous, *eths aromigas* [1] de Gavarnie...

— Je vois, je vois. Laissez-moi encore cinq minutes. D'accord ?

— Et les photos ?

— Je peux soulever la boîte ?

— Vous habitez près de la grotte de Massabielle ?

Le flot de questions ne lui laissait aucun répit. Il fut obligé de s'asseoir. Conciliant, il essaya de répondre. Celle qui s'appelait Domenge le regarda bien en face et, l'air grave, lui demanda :

---

1. Les fourmis.

— Voulez-vous voir mon *pitchou*[1], *moussu* le photographieur ?

— Si cela vous semble intéressant, mademoiselle...

Le hurlement de rire des filles le fit sursauter. Il comprit aussitôt qu'il s'était fait piéger. Domenge venait de se retourner brusquement, soulevant sa jupe aussi haut qu'elle le pouvait. Elle ne portait pas de culotte. Le photographe vit en plan rapproché le *pitchou* de Dominique Fontan. Ce n'était pas fini. Une des filles effleura ses cheveux plaqués.

— Non, s'il vous plaît, vous allez me décoiffer.

— On vous recoiffera, *moussu* le photographe.

Une autre voulut dénouer le petit nœud papillon écossais assorti à ses chaussettes. Il tenta de se dégager. Les « fourmis de Gavarnie » ne le lâchèrent plus. Il était trop léger, elles étaient trop nombreuses, trop déterminées, déchaînées. Son directeur du studio de Lourdes ne l'avait pas prévenu de la hardiesse des filles des hautes vallées bigourdanes, ni de l'étonnante liberté dont elles jouissaient avec les hommes depuis la nuit des temps, avant le mariage. Il ignorait sans doute l'étrange coutume qui permettait aux filles de « détourner » un jeune étranger célibataire de passage. Comme leurs aînées dans bien d'autres vallées, elles avaient décidé, sans vrai plan préconçu, de « goûter » à ce photographe.

Son nœud papillon s'envola sous les bouleaux. Ses bretelles claquèrent et le pantalon glissa en un tournemain sur ses chevilles. Quelques boutons arrachés roulèrent dans l'herbe. Les « fourmis » avaient de la poigne. Elles riaient et ne l'entendaient même plus menacer, puis prier, enfin pleurnicher. Plaqué au sol par deux filles dont les cheveux l'aveuglaient, il entraperçut la géante aux cheveux gris se dresser au-dessus de lui. Il se crut en plein cauchemar. Les autres l'encourageaient.

1. Mot familier pour désigner le sexe féminin.

— Vas-y, Marie-Jeanne ! Prends-le, le type ! Il n'est pas trop gaillard, le Lourdais.

Elles étaient en train d'offrir leur proie à la « vieille » célibataire de leur groupe, Marie-Jeanne, celle qui n'aurait jamais d'homme à elle, parce qu'elle leur faisait peur et qu'elle était *pégote*. Le malheureux photographe en culotte de golf était devenu leur jouet.

Personne n'avait rien entendu aux granges de Holle, situées trop loin du petit pont de Saint-Savin. Les villageois virent arriver de loin le photographe, défait, cramoisi, griffé au visage. Une de ses bretelles pendait sur le côté et il semblait porter la boîte à photos et le trépied avec difficulté.

— Ouh, il est fatigué, notre artiste !

— La chaleur et le rouge de midi, sans doute.

Le Lourdais se dirigea droit sur le maire qui discutait avec un groupe, d'où émergeait Louis Miramon de la tête et des épaules.

— Alors, jeune ami, vous...

— Monsieur le maire, je...

A cet instant, le photographe se troubla, incapable d'articuler la moindre parole. Il venait de voir Miramon dans le groupe, qui le fixait. Une nouvelle vision de cauchemar : c'était la même tête, les cheveux longs et gris en moins, qui venait de le chevaucher sous les bouleaux. Il ne sut que dire, soudain honteux, incapable de raconter la scène devant ces hommes dont les fières moustaches soulignaient les sourires bienveillants.

— Les fourmis...

— Ah oui, elles sont terribles en cette saison.

C'est à ce moment que le groupe autour du maire vit surgir du fond du champ la bande des filles, virevoltant autour de Domenge, avec la grande Marie-Jeanne qui suivait. Les joues en feu, riant comme des folles, elles s'éloignaient vers le village. Miramon, le maire et les autres devinèrent presque tous en même temps ce qui avait dû se passer. Le maire se gratta la tête sous le béret. Lui non plus ne savait plus que dire.

— Ah ! Nos fourmis... C'est vrai que l'été...

— On va raccompagner notre photographe, suggéra André Menvielle, toujours très accommodant.

— Oui, bien sûr.

Les hommes aux yeux plissés par la réverbération hésitaient maintenant à sourire, pleins de sympathie pour le petit jeune homme qui venait d'être secoué par la vitalité bigourdane. Deux ou trois frisèrent leurs moustaches, se souvenant sans doute de l'histoire d'un vendeur de montres, avant-guerre, reparti sans sa camelote mais avec plein de souvenirs de sa rencontre brusquée avec la jeunesse féminine du village.

— Allez, Michel, tu accompagnes monsieur à la calèche, après cette journée de labeur.

Louis Miramon s'avança pour aider le photographe à porter son matériel.

— Oh non, pas lui ! gémit le Lourdais en s'accrochant à son trépied comme à une bouée. Ça ira bien. Oui, oui, tout ira bien.

L'été 1919 et les saisons qui suivirent furent pour Clément et les enfants du village les plus belles années de leur vie, de très longues vacances. L'école était finie pour eux, car on ne restait pas en classe une fois qu'on avait appris à lire, à écrire et à compter, malgré les demandes du maître qui voulait en « pousser » certains, comme il disait, à aller plus loin.

Les voies étaient en train de se tracer pour tous. Jean-Marie reprenait progressivement à sa charge la direction de la ferme, apprenant de son père tout ce qu'il avait à faire, les mille travaux qu'un paysan doit accomplir lui-même, sans l'aide des gens du métier. Le plaisir partagé avec Dominique Fontan le calmait et l'inquiétait en même temps. Cela ne lui suffisait plus. Il avait décidé d'attendre sa majorité pour la libérer de l'emprise de ses parents, qu'il croyait totale, et l'aider à prendre une décision. A Clément, le cadet, revenaient les soins au troupeau, dans l'ombre de son frère, de l'héritier.

La fin de la guerre avait soulagé les parents : les fils ne partiraient plus se faire tuer dans la boue de la Somme ou de la Meuse et les filles resteraient au pays. Les jeunes connurent à cette époque une paix royale, comme si une parenthèse se refermait et que la vie et les jours d'autrefois, d'avant la guerre, reprenaient leurs droits. Le pays avait faim de beurre et de fromage, soif de lait. On demandait partout du cuir et de la laine. Les objets en bois fabriqués par les quelques artisans du village se vendaient bien. Paulin et la compagnie des guides voyaient aussi revenir avec satisfaction les chasseurs d'isards et de bouquetins.

Clément mettait à profit les trois à quatre mois d'été pour ne plus quitter la montagne. Dès le début du mois de mai, jusqu'en octobre, à l'arrivée des premières neiges, il partait « là-haut », livré à lui-même, maître de choisir les estives. Il aimait ces départs bruyants, accompagnés par les sonnailles, ces cloches de différentes sortes qui faisaient la fierté de chaque paysan. Tout le village était là, avec des visiteurs chaque année plus nombreux, pour regarder partir les troupeaux. On entendait longtemps les cloches, dont l'écho allait en diminuant dans la montagne, accompagnant l'appel des bergers et les aboiements des chiens, eux aussi à la fête de la grande transhumance.

Avec son ami Michel Miramon et d'autres, mais le plus souvent seul, il partait le plus loin possible sur des pacages jamais explorés auparavant. Le troupeau le guidait aussi. Il le suivait avec Canaou sur des sentiers insoupçonnés, passait dans des combes qu'il croyait inaccessibles. Il découvrit des *coueylas*[1] accrochés sur des pentes presque à pic, des toboggans de pierrailles qui roulaient sous ses pas, d'énormes sapins foudroyés par l'orage, des fourmilières géantes. La montagne s'ouvrit à lui. Elle lui appartiendrait jusqu'à sa mort, avec ses odeurs et ses bruits familiers, le tintement des cloches de ses bêtes et le halètement empressé de Canaou.

Le seul compagnon qu'il supportait vraiment pour ses longues randonnées dans la montagne était le placide Michel. Il avait hérité de son père, Louis Miramon, une taille de colosse, connue et admirée dans tout le village, et une âme d'enfant qui le rendait disponible pour tout et tous. La famille Miramon n'avait pas eu de chance. Simone, leur dernière, venait d'être emportée par une mauvaise grippe, à treize ans à peine. Mais le malheur avait déjà frappé, trente ans plus tôt, avec la naissance de l'aînée, Marie-Jeanne. La nature ne l'avait pas gâtée, lui offrant en abondance d'évidents gènes de virilité et une légère déficience mentale. Taillée sur le même modèle que les mâles Miramon, ce qui était gênant pour une fille dans un pays où les hommes n'étaient pas réputés pour leur haute stature, la pauvre Marie-Jeanne était « gentille », un peu *pégote*. Voir naître une aînée dans cet état avait été une catastrophe pour Louis et Marguerite Miramon. Ces solides montagnards avaient fait face. Marguerite était allée à Lourdes, faisant le pèlerinage, deux chemins de croix et le bain aux piscines. Il n'y eut pas de miracle pour Marie-Jeanne, mais le deuxième enfant Miramon fut un fils. Michel était normal, c'est-à-dire costaud comme son père et gentil comme sa mère.

« Vous voyez, hein, l'eau de Lourdes ! Ça y fait tout de même », disait Marguerite.

A presque trente ans au lendemain de la guerre, Marie-

1. Abris de bergers.

Jeanne resterait probablement célibataire. Cette fille dotée d'une mâchoire de cheval, qui bavait un peu quand elle n'y prenait pas garde, n'avait toujours pas trouvé homme à sa mesure, ce qui désolait son frère. Ses cheveux avaient viré au gris vers vingt ans et ses mains en forme de battoirs étaient loin de rassurer ceux qui ne la connaissaient pas. La fille Miramon pouvait pourtant être très douce. Sa famille lui avait trouvé un sobriquet en découvrant sa fascination pour les oiseaux, surtout les palombes : Palouma. A l'automne, seule ou accompagnée par Michel, Marie-Jeanne montait vers les cols pour observer le passage de ces grands nuages gris-bleu de pigeons ramiers qui signalaient l'arrivée de l'hiver. Elle marchait vers les hauteurs, la tête en l'air, guettant les palombes. Elle savait même leur parler, imitant leur roucoulement. Les oiseaux semblaient la comprendre car Marie-Jeanne pouvait les approcher sans les effrayer. Plusieurs fois, Michel avait essayé de l'imiter, en vain. Marie-Jeanne au contraire n'éprouvait pas la moindre difficulté. Elle avançait, dans les bosquets couverts de palombes au repos, avec un léger chuintement mouillé de bave : « Palouma, palouma... »

Clément redescendait parfois au village pour compléter ses vivres. Il avait aussi pris l'habitude de retourner voir le maître d'école, après la classe. Il lui posait des questions sur la géologie, sur les plantes. Lucien Planté avait quelques ouvrages de botanique. Clément sortait de sa musette des champignons qu'il ramassait au hasard de ses marches. Ils en cherchaient ensemble les caractéristiques dans le livre orné de belles planches en couleurs. Beaucoup de ces végétaux étaient comestibles, malgré leur aspect souvent repoussant, et Clément l'ignorait.

Il passa ces belles saisons et ces années au milieu de ses brebis, en compagnie de Canaou et du brave Martou, l'âne à tout faire de l'*ostau* Védère. Le temps ne semblait avoir aucune prise sur l'animal, toujours vaillant à la tâche. Canaou semblait avoir reporté sur Clément l'affection qu'il avait témoignée à son petit frère. Clément en était un peu gêné en pensant à Etienne. Plus attentif encore qu'auparavant, d'une vivacité jamais prise en défaut, Canaou le suivait partout, l'observant longuement avec confiance, attendant ses ordres.

Les champs d'altitude et les *coueylas*, invisibles d'en bas, devinrent son territoire. Clément passait le plus clair de son temps à observer le ciel, les montagnes. Il commençait à comprendre l'immense compagnie des êtres vivants qui peuplaient la montagne et que l'on voyait si rarement de la vallée. Les marmottes offraient toujours à son approche un concert de sifflets, auxquels il répondait, suivi de galopades effrénées entre les rochers. Il se savait observé par les rapaces qui planaient en majesté au-dessus des crêtes rocheuses. Clément cherchait à deviner le moment précis où leurs ailes frémissantes dans le vent capteraient la meilleure ascendance. Autour de lui, dans l'herbe et sur les rochers où des lézards aux yeux bridés guettaient leurs proies, les papillons dansaient une sarabande avec les bourdons, se poursuivant de campanules en gentianes. Des détails infimes attiraient son attention : la tige d'un chardon bleu oscillant sans aucune raison signalait la présence d'un bourdon glouton sur la fleur, ou encore une brise annonçant un changement de temps.

La quête de l'eau pour ses brebis était un souci permanent. Clément apprit le secret des *oulettes*, ces petites zones marécageuses qui se transformeraient au fil des siècles en tourbières. Il détectait les mares secrètes en guettant les rideaux de plumets blancs que formaient les épis des linaigrettes, alignées en bordure des zones humides. La masse verte et jaune des sphaignes lui indiquait l'épaisseur du tapis végétal qui envahissait les plans d'eau. Il savait où passer pour ne pas s'enfoncer jusqu'aux genoux. Ces terrains spongieux l'avaient piégé plusieurs fois. Il avait appris à contourner ceux où l'eau était trop abondante. Aidé par Miramon, il découvrait progressivement la présence rassurante de multiples sources, les différences de goût de l'eau de ces petits ruisseaux vifs qui tous, par des chemins souvent détournés, allaient rejoindre le gave tout en bas, dans la cuvette de Gavarnie. Tout ce qu'il aurait aimé apprendre de son père était là, à sa portée. Mais Paulin Bégarie n'avait formé que son aîné, Jean-Marie, celui qui, après son mariage, pourrait à son tour couper le pain et manger la soupe le premier.

Pendant la saison de l'estive, Clément retrouvait régulièrement une joyeuse bande, des garçons et des filles de grand air, comme lui. Ils se rassemblaient dans des cabanes où personne d'autre qu'eux ne faisait la loi. Cadets ou cadettes, il pouvaient couper leur pain et manger leur soupe d'orties ou d'épinards quand bon leur semblait. Ils conservaient le lait dans des bidons immergés dans des ruisseaux glacés. Ensemble, ils préparaient le feu et faisaient le fromage qu'un volontaire descendait au village, à dos d'âne. Les plus imaginatifs racontaient des histoires. Les garçons jouaient avec leur *cotelo* [1] après l'avoir aiguisé comme un rasoir sur les pierres plates. Les filles chantaient et se moquaient des garçons. Tous se donnaient rendez-vous au village pour la Saint-Jean, leur fête préférée.

Il y eut plus de monde que prévu autour des grands feux de la Saint-Jean qui suivirent la fin de la guerre. L'abbé Fréchou vint bénir le bûcher installé sur le grand talus plat en face de chez Cazaux. Il l'aspergea à grands coups d'eau bénite, comme le voulait l'usage.

— Il y fout de l'eau bénite pour chasser le diable, disaient les anciens le sourire en coin.

Ils savaient d'expérience que la nuit de la Saint-Jean

1. Couteau.

était toujours plus propice aux *poutous* [1] qu'aux prières. Le grand feu où craquaient des planches et de grosses bûches attirait les enfants comme des papillons de nuit. Les plus dégourdis coupaient des branches de pin ou de sapin dans la forêt toute proche. Ils les enflammaient et partaient en courant dans les champs, brandissant ces torches orangées qui semaient des poussières de feu dans la nuit de juillet. Les cris et les flammèches animaient la montagne de petits feux d'artifice éphémères. Les chiens affolés s'appelaient de ferme en ferme, réveillant les vaches et les ânes. Les hommes souriaient, se rappelant leurs propres courses de la Saint-Jean, les mains et les culottes piquetées de brûlures, blessures glorieuses qu'on exhibait avec fierté le lendemain de la fête. Les mères s'inquiétaient pour les vêtements, les yeux, les cheveux et aussi pour les filles que les garçons pourchassaient avec leurs brandons. Après la bénédiction du feu, l'abbé Fréchou remontait très vite vers sa cure. Il savait que tout le monde allait se coucher tard et que des choses pas très catholiques occuperaient ses paroissiens, surtout les plus jeunes.

Domenge, la première, lança le cri de ralliement que tout le monde attendait.

— Et si on jouait aux *cuate cantons* [2] ?

Des rires étouffés, des cris de joie. Toute la bande approuva, les garçons comme les filles. L'air était doux, les bergers étaient redescendus de la montagne pour assister au bûcher du village. La rue et les berges du gave résonnaient de rires et de cris joyeux.

— Et où ? Comme la dernière fois ?

— Eh té, au *cloth deths malhots* [3].

Les jeunes aimaient cet endroit isolé, à portée de

1. Baisers.
2. Quatre cantons.
3. Clos des petits rochers.

caillou du gave. La petite dépression herbeuse avait dû être autrefois un étang. Aujourd'hui asséchée, c'était une aire de jeux en forme d'arène, cachée du village par des rochers gris disposés de façon presque régulière et des buissons de buis. Les plus gros rocs servaient de repères pour le jeu des quatre coins. Plusieurs parties pouvaient se jouer en même temps. Les équipes étaient réparties en fonction de l'âge. Le jeu était prétexte à fous rires, à chamailleries sans fin, à des rapprochements furtifs entre garçons et filles. Quand les plus petits commençaient à se lasser des courses entre les rochers, leurs aînés les encourageaient à revenir vers le village, inventant tous les mensonges possibles.

« Le curé va distribuer des bonbons devant l'église. »

L'argument ne marchait pas toujours mais la nuit avançait, de plus en plus sombre. Les plus petits s'inquiétaient. Il suffisait alors du début d'une histoire fantastique racontée d'une voix caverneuse pour les faire refluer vers la lueur du bûcher que l'on apercevait au loin.

« Il était une fois Milharis, ce géant qui emportait dans un grand sac les enfants perdus dans la montagne... »

Commençait alors une autre partie, *darrer eths malhots* [1]. Garçons et filles répartis en couples, chacun allait à la découverte de l'autre, à l'abri des rochers et du rempart des buis. Les éclats bruyants du jeu précédent laissaient la place à des rires étouffés, des soupirs, des « attends », « arrête », « pas ça ». Les filles s'interpellaient de rocher en rocher, pour ne pas rester seules ou dernières. Arrivées en bande, elles voulaient repartir bras dessus, bras dessous. Plus gênés, les garçons se faisaient plus discrets, pour éviter de faire savoir aux autres avec qui ils échangeaient des *poutous*.

Chaque génération avait accompli ce rite d'initiation. Chaque année, et plusieurs fois, même, en juin, après la

1. Derrière les rochers.

Saint-Jean, Domenge et ses amies du village découvraient le mystère des garçons en même temps que leur timidité, y compris les plus forts en gueule. Jean-Marie, Clément et leurs copains s'agaçaient sur les caracos trop étroits et s'emmêlaient toujours un peu entre la jupe et le jupon, fendus chacun d'un côté différent, l'une à droite, l'autre à gauche. Celles qui voulaient aller vite faisaient coïncider les deux ouvertures, mais elles étaient rares.

Quand il écoutait les sources ou regardait le ciel, Clément rêvait d'ailleurs. Célibataire, sans enfants, il ne savait pas s'il se marierait jamais. Il n'en voyait pas l'intérêt, n'ayant ni ferme ni terres. Il ne se voyait pas « aller gendre » dans une autre maison. Il se disait aussi que c'était sans doute trop tard. Rien ne pouvait le retenir dans la vallée, sinon sa montagne, ses courses et sa liberté de berger pyrénéen.

La fin de la guerre avait pourtant relancé les stratégies matrimoniales, comme un réflexe de défense du village. Beaucoup de jeunes étaient partis de la vallée, pour la guerre ou pour s'embaucher dans les usines qui réclamaient des bras. Les moins aventureux s'étaient arrêtés dans le bassin industriel bigourdan, entre Pierrefitte et Tarbes. D'autres étaient allés jusqu'à Bordeaux et dans les Landes, où l'industrie du bois et de la pâte à papier réclamait des ouvriers. Au sortir de la guerre, Gavarnie avait déjà perdu une cinquantaine d'habitants, repassant sous la barre des deux cent cinquante. Les vieux restaient mais les jeunes s'envolaient, profitant des moyens de transport plus fréquents sur la route 21 et du chemin de fer qui avait atteint la gare de Pierrefitte.

Magdeleine Bégarie n'avait guère de souci. Son aîné Jean-Marie avait échappé à la guerre, à quelques mois près. Il se donnait à fond à l'*ostau* Védère, secondant du mieux possible son père. Paulin avait repris ses courses en montagne au service des touristes et des chasseurs qui revenaient. Il rapportait ainsi quelques sous. Clément semblait animé de la même passion, et c'était dans l'ordre des choses. Il n'était pas dans les pattes de son frère et chacun avait ses activités bien réparties dans la maison. Il fallait maintenant penser à trouver une épouse à l'aîné.

Magdeleine en avait discuté avec Elisabeth Fontan. Les familles étaient voisines. Les enfants avaient joué ensemble toute leur jeunesse, ils s'étaient retrouvés à l'école. Les bois, les granges et le gave avaient été leurs terrains de jeux. Jean-Marie et Dominique, les deux aînés, étaient réputés inséparables. Une question d'âge sans doute, et de caractère. Moins de deux ans les séparaient. Magdeleine n'y avait vu que des avantages. Il fallait que les voisins s'entendent et que les aînés s'entraident. Le village avait fonctionné ainsi, depuis toujours, avec des services réciproques, rendus par cercles d'intérêt, entre familles, entre alliés, entre maisons du même quartier et au sein du village, face aux autres clochers de la vallée. C'est Elisabeth qui l'alerta.

— Sais-tu, Magdeleine, quelque chose de drôle ?

— Dis toujours.

— Ma fille...

— Oui.

— Ton fils...

— Eh bé quoi ?

— Ils se voient.

— Pardi ! Je le sais bien.

Prudente et pudique, Elisabeth ne savait pas trop comment aborder la question. Elle se méfiait des réactions de l'*ereitera* Védère, connue pour sa dureté et parfois ses colères. Son père, Antonin, avait un jour assommé un voisin à coups de maillet parce qu'ils n'étaient pas d'accord. Les gendarmes n'avaient pas trop poussé l'enquête. La victime avait la tête dure et n'avait pas porté plainte.

« Je voulais lui faire entrer dans le crâne que j'avais raison, avait reconnu Antonin devant les deux gendarmes stupéfaits.

— A coups de maillet, tout de même, monsieur Védère !

— Et alors ? Cette tête de mule ne voulait rien entendre.

— Certes !

— Maintenant, il a sans doute compris.

— Sans doute. »

Accoudée à la fenêtre qui donnait sur la ruelle, devant la maison Védère, Elisabeth ne savait plus comment faire pour dire la chose à sa voisine. Assise dans sa cuisine, Magdeleine continuait à éplucher les *poumès*[1] du soir. C'est tout juste si elle levait la tête de temps en temps. Il fallait pourtant l'informer. Son diable de fils n'avait rien dû lui dire. Les Védère étaient réputés très secrets. La mort du petit Etienne, en août 1914, n'avait rien arrangé. Malgré les années, la blessure était restée vive. Elle le comprenait.

— Je crois qu'ils se fréquentent, commença-t-elle en cherchant à anticiper la réaction de Magdeleine.

— Et tant mieux alors. Laissons faire, et on les marie avant l'été.

— Mais Mag...

— Dis-moi, Elisabeth, tu me cacherais quelque chose, pareil ? Un petit en route, déjà, peut-être ?

Magdeleine l'avait interrompue sèchement, en levant la tête, tournée vers la fenêtre. Elle se trouvait soudain inquiète, sans en comprendre la raison. Les précautions et la gêne d'Elisabeth sur des événements somme toute naturels et réjouissants l'avaient mise en alerte. Que cherchait-elle à lui dire ? Elle la fit entrer. Elles discutèrent longtemps, jusqu'au crépuscule, dans l'odeur de la soupe qui cuisait doucement. Magdeleine n'avait pas imaginé pareille chose. Son fils Jean-Marie et Dominique

1. Pommes de terre.

Fontan ! L'aîné de l'*ostau* Védère et l'aînée de l'*ostau* Fontan. C'était impossible.

Elle qui croyait que la pauvre Elisabeth voulait lui parler de son Clément et de la petite Catherine ! Trois ans à peine les séparaient. A vingt ans pour lui et dix-sept ans pour elle, ils pouvaient être mari et femme. Elle avait cru un instant aussi que son Clément et Catherine avaient fabriqué un petit sans rien dire à personne. Nul n'y aurait trouvé à redire, sauf, peut-être, monsieur le curé. Après tout, ce qui comptait était le mariage des aînés et tant de cadettes avaient des enfants de père inconnu, comme l'exemple de Marthe Menvielle le prouvait. Les enfants naturels étaient une habitude déjà ancienne dans la vallée, une liberté que l'Eglise et la mairie cherchaient à restreindre, mais les autorités n'y avaient pas encore réussi. Les habitants ne s'en plaignaient pas. Pour une fois, se dit Magdeleine, un petit de cadette aurait eu un papa. Ç'aurait été mieux ainsi.

Entre Jean-Marie et Dominique, elle crut à une amourette d'adolescents. A force de jouer ensemble, l'hiver dans les granges à foin, l'été dans les champs et les bois, il devait bien se passer des choses. Domenge Fontan était assez gaillarde et son Jean-Marie assez costaud pour commencer les travaux pratiques avant le mariage. Mais entre eux, il ne fallait pas que les jeux aillent plus loin. C'était impossible. Pas deux aînés ensemble, sinon le malheur allait toucher les deux familles. L'une au moins perdrait au change.

Magdeleine se méfiait des Fontan. Ils étaient nombreux et ils allaient évidemment tout faire pour garder Jean-Marie et dépecer progressivement l'*ostau* Védère. Avant même la fin de la discussion avec sa voisine, elle décida de tout arrêter entre Domenge et Jean-Marie. Elle fit promettre à Elisabeth d'éloigner son aînée, mais elles prirent ensemble la résolution de tout faire pour rapprocher la cadette des Fontan, Catherine, de l'aîné Bégarie.

— Et Clément ? demanda Elisabeth, qui avait toujours bien aimé le dernier de l'*ostau* Védère.

— Oh, lui, le cadet ? Ce n'est pas le plus pressé. Il passera après son frère. Et il n'aime que ses courses en montagne, comme son père. Ce n'est pas un Védère mais un Bégarie.

Suzanne Menvielle aussi préparait l'avenir. Elle avait réussi la première phase de son plan. Marthe était en place chez l'instituteur. Elle savait que Lucien Planté s'entendait bien avec l'institutrice, la jeune Yvonne Saenz, mais Suzanne misait sur la force de l'habitude, cette présence continuelle de sa fille au côté de Planté, et sur la loi de la nature : un homme jeune et seul ne pourra que s'intéresser à une belle plante généreuse comme ma Marthe, se disait-elle parfois. La demoiselle Saenz lui semblait trop mijaurée, hésitante. Elle semblait mal supporter la rigueur du climat de la montagne et descendait souvent à Tarbes pour s'occuper de son père, gazé à la guerre. Son état réclamait des soins.

Moussu Planté, au contraire, avait pris de belles couleurs. Aux beaux jours, on le voyait souvent marcher sur les hauteurs de la vallée. Suzanne misait aussi beaucoup sur l'éloignement entre Planté et Yvonne : *Hora dera bista, hora deth cô* [1], pensait-elle. Ce Gascon venu du nord du département rassurait car il était bien du pays et tout le monde l'appréciait. Ce n'était pas le cas de l'institutrice, qui parlait trop *pontshut* [2] et qui intimidait davantage. Peut-être même avait-elle déjà un promis qui l'attendait ou que ses parents lui avaient prévu à Tarbes ? Suzanne savait que le père d'Yvonne était militaire. La garnison

1. « Loin des yeux, loin du cœur. »
2. Pointu.

ne devait pas manquer de fringants artilleurs célibataires pour s'intéresser à mademoiselle Saenz, quand elle retournait voir ses parents à la préfecture. Chacun chez soi, chacun à sa place, se disait Suzanne. C'était le meilleur moyen d'éviter les ennuis. Elle était confiante. Elle devait en parler à Marthe pour ne plus retarder le projet d'union entre sa fille et l'instituteur. Mais, auparavant, il fallait tenir le conseil de l'*ostau* Menvielle. Son mari, André, et surtout son fils, Jean-Pierre, l'héritier, avaient eux aussi leur mot à dire.

André Menvielle expédia la formalité, convaincu que dans une affaire de ce type, Suzanne avait déjà pris sa décision et que personne ne la ferait changer d'avis. Il n'était pas contrariant. Il avait la terre pour seule passion et, depuis quelques années, le petit atelier de chaudronnerie qu'il avait commencé à monter avec Jules, son père, devenu garde champêtre. Le reste l'intéressait peu, surtout depuis la naissance de son premier fils. Suzanne lui avait donné un héritier, un mâle. L'*ostau* Menvielle continuerait. Affecté dans un dépôt de l'intendance loin à l'arrière, Jean-Pierre Menvielle avait passé une grande partie de la guerre à veiller sur des montagnes d'effets militaires de toutes sortes. Il en était revenu grossi et sans une égratignure pour se marier au pays. Il avait déjà un enfant. André était un *papoun*[1] heureux.

Les problèmes de Marthe étaient du domaine de sa femme. C'était bien le diable si on ne lui trouvait pas un bon mari. Surtout que tout le monde au village trouvait sa cadette jolie comme une caille. Et quand bien même resterait-elle célibataire avec son petit, elle saurait ne pas s'ennuyer. André calculait aussi que, dans ce cas, au moment de leurs vieux jours, cette fille célibataire veillerait ainsi mieux sur eux.

— Quand même, objecta Jean-Pierre, Marthe n'ouvre

1. Grand-père.

jamais un livre, elle n'a jamais aimé l'école. Avec *moussu* Planté, je doute que cela convienne bien.

Sa mère s'attendait à cette remarque. Elle sourit, faussement gênée.

— On ne lui demande pas d'aimer l'école mais le maître d'école. Tu sais bien que *moussu* Planté a d'autres choses à faire que de lire toujours des livres. Il faudra bien que quelqu'un s'occupe de ses affaires. Il est encore jeune aussi.

— Et si elle ne l'aime pas ?

— Bah, qu'est-ce que cela fait? Si tout le monde ici était marié par amour, on entendrait roucouler la vallée.

La discussion ne s'était pas poursuivie bien longtemps. Le cas de Marthe était réglé. Il était dans la nature des choses qu'elle épousât un jour Lucien Planté, après s'être tant occupée de son logis et de ses affaires. Le gentil instituteur se montrait d'ailleurs presque comme un père adoptif pour le bébé de Marthe. Peut-être même qu'il pourrait un jour à son tour lui faire un petit. Cela réglerait bien des soucis, se dit Suzanne, satisfaite de sa bonne idée.

Elisabeth Fontan et sa fille étendaient le linge derrière la maison. La mère avait attendu le moment propice, sans les hommes autour, pour parler à Dominique de ce qui la préoccupait. Le préambule fut court. On ne s'embarrassait pas de précautions dans les discussions familiales.

— Domenge, tu dois arrêter de fréquenter l'aîné Bégarie !

La surprise vite passée, Domenge fut prise d'une crise de fou rire. Puis elle dit à sa mère que tout cela ne comptait pas. Au premier réflexe, Elisabeth ne comprit pas l'attitude de sa fille. Puis elle devina. Domenge affirmait de jour en jour ce tempérament Fontan qui l'avait séduite, elle, Elisabeth, chez son père. Dominique possédait en plus cette insouciance impérieuse des héritières de la vallée.

— Mais tu ne comprends pas, Domenge ? Jean-Marie ne sera jamais un gendre, insista Elisabeth. Il est l'aîné chez Védère. C'est une cadette qu'il doit épouser.

Accommodante et l'esprit pratique, Elisabeth suggéra à Domenge de reporter son choix sur d'autres beaux jeunes hommes du village. Il en restait assez pour s'intéresser à l'*ereitera* Fontan.

— Et qui donc ?

— Il y a le choix.

— Mais dis, alors !

— Vois le cadet Darrouy. Il a fait une belle guerre, tout le monde le dit.

Dominique partit d'un nouvel éclat de rire. Elle en avait les larmes aux yeux. Sa mère lui parlait de ce gentil garçon *toy*, poilu comme un ours et court sur pattes ! On se moquait déjà de lui à l'école.

— Celui-là ? Petit comme il l'est ? Quand il va aux cabinets, il n'a qu'à courir dans l'herbe et il s'essuie tout seul.

— Tu peux rire, oui. Il est petit mais il a tout ce qu'il faut. Et Antoine, le fils Menvielle ? Il a juste un an de plus que toi.

Domenge riait encore. Elle se souvenait d'un jeu de cache-cache innocent, commencé dans le foin d'une grange Menvielle, vers Saugué. Antoine et elle s'étaient retrouvés isolés, tandis que les autres les cherchaient beaucoup plus loin. Ils avaient joué au « bras tombé », variante du traditionnel et ancien jeu du *cotelo* qui consistait à chercher un petit couteau dans les habits d'une fille et à demander des gages, prétexte à chatouilles quand on était gamin et, plus tard, à palpations appuyées. Allongés côte à côte dans la même botte de foin, les yeux fermés, ils lançaient à tour de rôle leur bras. Le jeu consistait à embrasser l'endroit où le bras retombait, sans autre limite que la portée du bras. Ce jour-là, sans rien dire, Domenge avait déboutonné son chemisier et l'avait ouvert largement au moment où Antoine abaissait son bras. Il avait soudain senti la peau tiède là où il pensait trouver la chemise épaisse. Surpris, il avait poussé un petit cri et s'était arrêté net. Dominique l'avait défié :

« Tu as peur ou quoi ?

— Non. Je ne m'y attendais pas, c'est tout. »

Antoine avait hésité puis déposé un baiser furtif sur le ventre nu de Domenge. Elle s'en souvenait, à cet instant, en écoutant sa mère. Et elle riait. Après, Antoine avait recommencé, posant son bras puis sa bouche sur le sternum, les bras, les côtes et enfin les seins.

« A moi », avait-elle dit.

Lui aussi avait enlevé sa chemise, le dos piqué par le foin sec. Elle avait abattu son bras au hasard. Il faisait chaud dans cette grange mal aérée. Son bras et sa bouche descendaient de plus en plus bas. Elle lui avait lancé un nouveau défi.

« Eh bé ! enlève le reste, c'est le jeu. »

Brave et bien décidé à ne pas passer pour un idiot devant cette Domenge qui les impressionnait tous, Antoine avait entrepris de déboutonner sa culotte. Il n'y arrivait pas. Elle s'était redressée.

« Je vais t'aider. »

Antoine avait vu se dresser au-dessus de lui cette fille aux seins nus, les joues rouges de chaleur et d'excitation, à la fois hilare et concentrée sur son objectif. Ses cheveux emmêlés, pleins d'herbes et de toiles d'araignée tombées du toit, lui donnaient l'allure d'une de ces « dames blanches » des contes pyrénéens d'autrefois qui impressionnaient tant les enfants. L'inquiétude était montée en lui, irrépressible. Antoine avait compris que quelque chose lui échappait totalement.

« Arrête, je vais le faire », avait-il dit à Domenge un peu

brutalement, en repoussant la main de la fille qui allait arracher les deux boutons de sa culotte.

C'est à ce moment qu'il s'était mis à trembler, sans pouvoir s'arrêter. Ses doigts lui échappaient, pris d'un épouvantable tressaillement qu'il ne comprenait pas et qu'il ne pouvait plus maîtriser. Il s'était recroquevillé et avait fermé les yeux, serrant les poings de plus en plus fort sur sa ceinture de pantalon. Quand il avait rouvert les yeux, trempé de sueur de la tête aux pieds, il était seul. Domenge était partie. Il avait cru entendre son rire s'évanouir dans la pente du champ.

Sensuelle et libre comme l'air, l'aînée des Fontan avait décidé de savourer ces années de liberté totale que la guerre avait offertes à tous les jeunes de sa génération. Dominique travaillait beaucoup avec sa mère. Les deux femmes fabriquaient un excellent beurre qu'elles aimaient aller vendre à Luz chaque lundi. Domenge en profitait pour regarder les magasins, les hôtels et les citadins en villégiature. Elle goûtait la vie sous toutes ses formes : les fruits et le lait chaud tiré du pis, les gigots et les truites du gave, parfois le tabac qu'elle volait à son père, et la peau des garçons, celle de Jean-Marie le plus souvent, mais pas toujours. Bégarie ne savait pas que sa généreuse camarade de jeux d'enfants et d'école avait déjà montré ses petits seins pointus à d'autres benêts. Certains n'avaient fait que regarder et s'étaient enfuis, trop intimidés par la Domenge. D'autres avaient touché, caressé, mais sans jamais pouvoir aller plus loin.

Pour elle, ce temps passé avec les garçons n'était pas très important. De bons moments, c'est tout. Ce qui comptait était pour l'instant la vie de la campagne, au rythme de la nature. Dans cet ordre naturel des choses, il y avait la fenaison et la saillie des brebis, la *pélère* et le barattage du beurre, la coupe du bois, les manteaux de neige et la mort des vieux, l'arrivée des touristes et la chasse à l'isard. Pour elle, à la fois dure et insouciante comme beaucoup de filles de la vallée, la vie voyait se succéder naturellement les travaux de la ferme, les veillées en famille, les joutes amoureuses, ses cadets qu'il fallait faire marcher droit. A vingt ans à peine, elle voulait encore profiter de ce formidable terrain de liberté et de jeux qu'était la vallée de son enfance. Elle pressentait qu'elle n'y ferait pas sa vie et qu'elle n'y finirait pas ses jours. Mais tout cela était encore confus. Elle ne pouvait encore en parler à personne.

Le mariage viendrait mais à l'heure voulue par elle, avec l'homme qu'elle choisirait. Les histoires et les mises en garde de sa mère la faisaient donc rire. La vie continuait à l'*ostau* Fontan, plus belle que jamais.

TROISIÈME PARTIE

1936-1944

Les orages grondent

7

Définitivement adopté, l'instituteur était de toutes les fêtes. Il avait aidé beaucoup de jeunes revenus de la guerre à remplir les papiers demandés par l'Administration. Cette activité lui donnait aussi l'occasion, de temps en temps, de prendre la route de Tarbes où il avait une raison autre qu'administrative de se rendre. Yvonne Saenz avait dû quitter Gèdre, de façon temporaire, pour rejoindre ses parents. Gazé devant Amiens en mars 1918, puis réformé du service de l'artillerie, son père s'était affaibli. Il réclamait des soins.

Yvonne avait demandé et obtenu son transfert. L'académie lui avait trouvé un poste dans une petite école communale avenue Bertrand-Barère, près de la gare. Lucien Planté avait éprouvé une grande déception car il était prêt à demander Yvonne en mariage, dès la fin de la guerre. Ils en avaient parlé. Yvonne était prête et lui impatient. Leur discussion sur cette séparation avait pourtant laissé à Lucien une impression de malaise. Yvonne lui avait paru légère, insouciante, presque superficielle.

« Je vais enfin pouvoir m'acheter des chapeaux, et surtout les porter.

— On ne se verra plus guère.

— Cela n'en sera que meilleur.

— Vous viendrez me voir ?

— Ce sera plutôt à vous, *moussu* l'instituteur. »

Elle riait, acceptait quelques baisers qu'elle rendait avec un évident bonheur et faisait déjà des projets, toute à l'avenir qu'elle voyait plus radieux que Lucien. Elle lui parlait du jardin Massey et des haras nationaux. Il insistait :

« Reviendrez-vous là-haut ou faudra-t-il que je demande ma mutation ?

— Avez-vous entendu parler du "tarbais", le cheval préféré des hussards ? Les haras de Tarbes en sont le berceau. Foch en avait choisi un, je crois, pour le défilé de la victoire. »

Elle semblait se dérober. Lucien lui en avait fait la remarque. Elle avait souri.

« Lucien, vous devez comprendre que je ne suis pas complètement libre avec la maladie de mon père. Je dois aussi m'occuper de lui. Soyez patient. Mais cela ne doit rien changer à ce que nous nous sommes dit. »

Planté prenait la calèche pour Pierrefitte, puis le train pour Tarbes. Le trajet lui paraissait toujours incroyablement long. A l'aller, il voyait s'écouler sans elle ses précieuses minutes de liberté. La remontée vers Gavarnie était interminable, la tête pleine de sombres réflexions car il ne savait pas exactement quand il pourrait la revoir. Il lui restait, pour une semaine ou un mois, le parfum d'Yvonne déposé sur son col et ses mains. Cette note de violette et de bourgeon de cassis suffisait à adoucir ses pensées.

« C'est "1905" de Detaille », lui avait-elle confié, heureuse de lui apprendre quelque chose qu'il ne connaissait pas.

Yvonne l'avait présenté à ses parents qui lui avaient fait bon accueil. Amaigri, livide, le père de son amie ne quittait pas son fauteuil. Lucien comprit que ses jours étaient comptés. Cela le renforça dans l'idée de l'absurdité de cette guerre qui avait fauché tant de vies. Ce formidable gâchis européen avait été annoncé par Jaurès avant son assassinat, se souvenait-il. Il était bien décidé, avec d'autres, à ne plus jamais revoir l'hécatombe. Il espérait que la génération de ceux qui avaient connu l'enfer des tranchées et la nouvelle Société des Nations saurait empêcher le retour de la guerre.

La longue maladie de l'adjudant Saenz ne faisait que retarder un peu plus la date de leur mariage. Lucien étouffait avec politesse dans le petit appartement des Saenz, place Brauhauban, toujours bruyante et encombrée. Yvonne avait deviné le malaise de son ami de Gavarnie. Elle l'emmenait pour de longues promenades au jardin Massey. Il avait vu la maison natale du maréchal Foch. Lucien ne pouvait s'empêcher de penser à tous les morts et blessés que chacune de ses décisions et décorations dissimulait. Il préférait de loin marcher au bras d'Yvonne, dans les allées du parc du haras, sous les magnifiques cèdres et magnolias. Son amie n'était remontée qu'une ou deux fois à Gavarnie, car la santé de son père et l'inquiétude de sa mère l'empêchaient de trop s'absenter.

Les hivers espacèrent un peu les visites de Lucien. Ils s'écrivaient parfois. Deux ans passèrent ainsi. Au début du printemps 1921, Lucien reçut une lettre ornée d'une délicate écriture à l'encre violette qu'il reconnut aussitôt. Le courrier n'avait pas été distribué depuis plusieurs jours. Les pluies diluviennes de ce mois de mars avaient trop dégradé la route. Le petit mot soigneusement calligraphié apportait du soleil dans son appartement trop humide. Lucien le parcourut avec avidité, le cœur gonflé. Puis il le relut, deux fois, submergé par un terrible sentiment de solitude. « Bien-aimé Lucien... » Yvonne donnait des nouvelles de son père, pas fameuses, « ... mais il a mieux passé l'hiver que l'an dernier, car la vilaine saison dans la plaine de l'Adour a été plus clémente... ». Lucien aurait préféré qu'elle le soit moins. Des banalités sur

Tarbes et ses élèves, « gentilles mais pas très vaillantes pour apprendre leurs leçons ». Son regard avait buté sur le début du deuxième paragraphe : « Par une curieuse coïncidence, j'ai rencontré place de Verdun... » Lucienne parlait d'un concert sous le kiosque de la place, de sa rencontre fortuite avec les parents d'une de ses élèves, de la sortie avec un de leurs amis, un jeune médecin militaire affecté à l'arsenal de Tarbes. « Ce béotien n'avait jamais mis les pieds au sud de la Loire. Il s'est montré bien incapable de citer un sommet pyrénéen... »

Trois semaines plus tard, une nouvelle lettre produisit le même effet. La joie d'Yvonne lui fit mal. Il faisait beau à Tarbes, son père allait mieux, elle avait été invitée au concert et elle viendrait sans doute passer une journée « là-haut », à la fin des vacances de Pâques. Quelque chose lui échappait. Lucien eut la désagréable impression de perdre un peu le fil de leur histoire. Elle coulait entre ses doigts sans qu'il puisse la rattraper, comme le sable dans le sablier. Cette sensation ne le quitta plus jusqu'à l'arrivée d'Yvonne, un matin d'avril. Il vit un petit soleil descendre de la calèche, un sourire radieux sous un chapeau cloche, incliné vers l'avant par ce chignon clair qu'il aimait tant. Yvonne était rayonnante, si menue dans son étroite robe bleu marine, boutonnée de nacre sur toute la longueur. Son teint adouci par la plaine contrastait tellement avec les visages durs et sombres des filles de la vallée !

— Yvonne, vous êtes ravissante. Le printemps arrive enfin à Gavarnie.

Il s'en voulut aussitôt de ce compliment, sans doute trop appuyé. Il pensa qu'il avait été d'une familiarité un peu brutale avec son amie, après toutes ces semaines d'éloignement. Elle le remercia pourtant avec chaleur et lui déposa deux joyeux baisers sur les joues. Cet entrain renforça son malaise, que l'effluve de violette et de cassis ne parvint pas à dissiper. Plus tard, dans l'appartement où il avait rallumé le poêle pour qu'elle n'ait pas froid, ils s'embrassèrent un peu mieux. Elle avec entrain, lui toujours gêné. Ils parlèrent beaucoup, entamèrent une bouteille de graves. Elle alla revoir son ancienne école où une nouvelle institutrice chevronnée lui avait succédé.

— Madame Larrieu, veuve de guerre et mère d'un mutilé soigné à Capbreton, dit sobrement Lucien.

Elle demanda des nouvelles de tous, de ceux qui étaient partis, de ceux qui s'étaient mariés et des enfants nés pendant l'hiver. Lucien était troublé. Elle s'intéressait encore tant à Gavarnie, alors qu'il croyait qu'elle avait tourné la page !

— Et la jolie Marthe ?

Sans remarquer son sourire confiant, Lucien balaya la question, pressé d'évoquer plutôt Tarbes et les nouveaux amis d'Yvonne.

— Sans importance, parlons plutôt de...

— Chut, *moussu* Planté ! D'abord à vous.

— Bon, Marthe est une personne dévouée et propre. Son petit Raymond est mignon comme tout. Marthe est une fille réservée, mais j'ai eu droit à quelques confidences. Elle est souvent triste.

— Ah, ah...

— Oh, ne plaisantez pas avec la tristesse des gens, Yvonne !

— Pardon, alors.

— Son ami est un Espagnol occupé à faire de la petite contrebande. Mais elle ne le voit plus depuis la fin de la guerre. Elle m'en a parlé. Elle se demande même s'il n'est pas mort.

— Pauvre petit Raymond. Il n'aurait donc plus de père.

— Non, c'est pour cela que je m'en occupe du mieux que je peux, lâcha Lucien avec un petit sourire triste.

— Il n'y a pas que les frontières qui empêchent les gens

de se voir, dit Yvonne en posant sa main sur le bras de Lucien. Regardez, nous deux !

Le temps avait passé très vite. Avant de revenir vers l'hôtel des Voyageurs d'où partirait la calèche du soir, Yvonne raconta son école de la rue Bertrand-Barère, les fleurs du jardin Massey surgies en une seule journée de soleil, le kiosque de la place de Verdun, son goût pour la musique.

— Connaissez-vous les mélodies d'un certain Erik Satie ? Non ? Je m'en doutais. Moi non plus, je ne le connaissais pas, enfin jusqu'à cet hiver. Vous savez, c'est ce docteur militaire qui m'a appris son existence. Il est scientifique mais il a le goût de la musique. Il vient de Paris, c'est normal. Là-bas, ils savent tout avant nous. J'aimerais tant y aller un jour.

Elle parlait, il n'écoutait plus vraiment. Lucien essayait d'imaginer les dimanches après-midi près du kiosque à musique, la fanfare des hussards, le médecin mélomane, les massifs de fleurs du jardin Massey, Yvonne au bras de l'uniforme rutilant de boutons dorés.

— Yvonne !

Elle sursauta, ramassa son chapeau, son foulard, sourit.

— Oui, oui, je sais. J'y vais, lança-t-elle. La calèche ne m'attendra pas. Mais je suis si bien ici.

— Yvonne. Peut-être faut-il parler.

— Mais, Lucien, j'ai l'impression d'avoir été un moulin à paroles depuis ce matin et pardon si...

— Yvonne, je veux dire : parler de nous.

Il s'était penché vers elle, tendu, le visage grave, saisi d'une sourde inquiétude. Elle le fixa, soudain attentive, un sourire un peu triste aux lèvres. Elle lui caressa la joue.

— Lucien, vous savez ma situation. Mais je vous comprends. Je ne veux pas que... Enfin, ne soyez pas prisonnier de quoi que ce soit. Vous êtes libre, Lucien. Vous méritez cette liberté et c'est vous seul qui savez ce que vous pouvez en faire. Mais pour moi, rien n'a changé.

Planté écoutait, cherchant à interpréter chaque hésitation d'Yvonne, chaque mot. Il crut comprendre qu'elle se dérobait et que quelque chose de nouveau la retenait à Tarbes. Il aurait aimé poursuivre la conversation, mais l'heure était venue. Elle devait partir. Il la raccompagna à pas lents vers la place. Des enfants passèrent en courant et les saluèrent joyeusement. Abandonné dans la ruelle, un âne gris aux oreilles ourlées de longs poils marron broutait le bas-côté. Il ne releva même pas la tête à leur passage et continua tranquillement à tondre le talus.

— Celui-ci n'est pas un « pur tarbais », mais je l'aime bien quand même, murmura Yvonne en serrant le bras de Lucien. Il y a beaucoup d'ânes à Gavarnie, n'est-ce pas ?

Il ne réussit pas à sourire, agacé par ce départ si précipité, cette discussion qui n'était pas allée à son terme, ce malentendu insidieux qui poissait maintenant son amour pour Yvonne. Devant la voiture sur laquelle le cocher attachait les derniers bagages, Lucien affecta un certain détachement, le cœur broyé par ces non-dits et cette nouvelle séparation. Il l'embrassa trop froidement. Par la portière, elle le fixa avec intensité. Il ne vit pas ses doigts crispés sur son sac posé sur ses genoux, à l'intérieur de la cabine. Juste avant le virage du pont, Yvonne lui fit un dernier signe de la main. Elle cria quelque chose qu'il entendit mal :

— Je vous attendrai...

Lucien lui rendit son salut. Il ne comprit pas ce qu'elle avait voulu dire. Allait-elle l'attendre à la gare, la prochaine fois qu'il descendrait la voir à Tarbes ? Il crut que ce geste d'Yvonne n'était que la façon élégante qu'elle avait trouvé pour arriver à s'éloigner de lui, pour de bon. Il avait déjà trente-deux ans et toujours pas de famille. Cette main ouverte et déjà distante n'avait-elle pas cherché à effacer cette histoire avec un petit instituteur de la montagne, sans fortune et loin de tout ?

La fin de l'été 1924 marqua Jean-Marie et Clément. Il y eut une messe pour le dixième anniversaire de la mort d'Etienne. L'*ostau* Védère s'était rassemblé, entouré des familles du quartier. Dix ans, c'était si loin ! Mais les deux frères pensaient parfois à l'homme qu'Etienne serait devenu. Clément surtout essayait d'imaginer son frère avec dix ans de plus. Il lui aurait montré les sentiers et les secrets des ports pyrénéens, et appris ce métier de passeur qu'il avait choisi. Cette pensée lui déchirait la mémoire, le renvoyant au « petit », ce corps pantelant porté par son père.

Le village s'était nettement dépeuplé dans les années suivant l'armistice. Quelques familles en deuil de leur garçon perdu à la guerre vendirent leur terre pour s'établir plus au nord, sur Bagnères, où la société Soulé recrutait des ouvriers pour fabriquer des wagons, à Lourdes ou à Tarbes où, entre 1914 et 1919, l'arsenal militaire avait multiplié ses effectifs par sept. La « houille blanche » (l'eau) et les grands barrages hydrauliques, le développement de la Compagnie des chemins de fer du Midi et les usines électromécaniques installées dans la plaine de Tarbes attiraient les jeunes paysans vers les villes. Dans ces années vingt, des dizaines de montagnards passèrent en quelques mois de la fourche et de l'âne à la fabrication de turbines, de chaudrons, de canons. Pour eux, les sirènes d'usines remplacèrent les sonnailles de la transhumance et l'angélus au clocher du village.

Jean-Marie, Clément et leurs amis les regardaient partir, plus étonnés qu'envieux. La « vraie vie » pour eux était là-haut, sous le soleil et la neige de la Bigorre, au pied du mont Perdu et du Vignemale. Pour Jean-Marie, « l'étranger » commençait au-delà de Gèdre. Clément, au contraire, brûlait de partir voir le monde, mais sans imaginer un seul instant ne pas revenir sur les bords du gave.

Il y avait eu le retour des hôpitaux des quelques grands blessés originaires de la vallée. Bien qu'ils fussent entourés d'admiration à défaut d'affection, leurs infirmités les rendaient malheureux et, progressivement, très exigeants. Tout leur semblait dû. Ils regardaient parfois de travers leurs cadets de quelques années, ceux qui avaient eu la chance d'échapper à l'enfer. Il y avait désormais la « génération du feu » et les autres.

Les cérémonies pour ceux qui ne reviendraient jamais, mis en terre quelque part en Artois, en Argonne ou en Champagne, étaient devenues un nouveau rituel dans ce village qui n'avait jamais connu cela. Le maire apportait le drapeau tricolore qui était dans la salle du conseil municipal et il confiait le vieux clairon cabossé à Jules Menvielle. Le garde champêtre soufflait dedans comme il pouvait. Les enfants riaient sous le regard courroucé des anciens combattants. Ils avaient pourtant dix ou quinze ans à peine de plus qu'eux, mais de la boue et du sang dans leurs yeux. Et leur regard se voilait toujours quand le maire annonçait, de sa voix rocailleuse : « Aux morts ! » Les six noms du monument aux morts, de Louis Périssère-Millet à Jean Lartigue, revivaient alors, pendant quelques minutes, dans le souvenir de ceux qui les avaient connus ou croisés dans cette vallée et qui les avait vus partir si confiants.

Ces cérémonies furent fidèlement suivies pendant une petite dizaine d'années, puis de moins en moins. On y venait maintenant plus par obligation que par conviction, ou pour faire plaisir à André Pujo, le nouveau maire, comme si les gens étaient saturés de rendez-vous ou de proclamations patriotiques. Certains anciens des tranchées ne quittaient plus leurs médailles et ne manquaient aucun banquet. D'autres, moins nombreux, se repliaient sur eux-mêmes, agacés par tout et tous, s'en voulant peut-être d'être encore vivants. Pacifistes, ils commençaient à trouver toutes les qualités à leurs anciens adversaires allemands.

« On aurait pu s'entendre. Les Boches ont eux aussi souffert. En France, comme en Allemagne, il y avait des pourris. Mais c'était la der des ders. Ils ne nous auront plus. »

Ces objecteurs décorés au feu restaient chez eux, en bougonnant dans leur moustache, le béret sur les yeux.

« Pourquoi tout ce spectacle ? Ça ne ramènera pas nos copains morts. On est en paix maintenant. »

Ceux des tranchées avaient aussi rapporté au village des expressions qui faisaient le bonheur des jeunes, heureux de s'approprier un vocabulaire que leurs parents ne comprenaient pas. « Dégueulasse », « barbaque », « pétoire », « fourbi », « perlot [1] », « riflette » et « zigouillade » firent leur apparition dans les discussions de gamins, au bord du gave. Venu de Paris, du Nord ou de Marseille, passé par les tranchées, cet argot d'une France qu'ils ne connaissaient pas avait été répandu et adopté par les poilus. On le retrouvait maintenant dans toutes les cours d'école du canton de Luz-Saint-Sauveur, Hautes-Pyrénées.

Lors des cérémonies, les écoliers étaient toujours au premier rang, bien alignés, les garçons en béret, les filles avec leur petit foulard. Ils ne manquaient rien du spectacle : les drapeaux, les médailles, les discours, les manchots et les béquilles, et quelques anciens déjà bien imbibés, en avance pour arroser la mémoire de leurs camarades absents. En novembre, genoux nus et chaussettes sur les chevilles, les petits tremblaient de froid, attendant avec impatience le chocolat chaud offert aux « vieux de la guerre » et aux enfants des écoles. Le 14 juillet, ils ruisselaient de transpiration après avoir couru de peur d'être en retard. Les garçons ôtaient leur

1. Tabac.

béret quand il fallait chanter *La Marseillaise*, apprise par cœur sous la direction de monsieur Planté à partir de la rentrée des classes. L'école devait pouvoir l'entonner lors de la cérémonie du 11 Novembre.

— Cette année, on chantera plus fort que les filles de mademoiselle Larrieu, annonçait Lucien Planté à ses garçons pour les mettre au défi.

Le résultat était une joyeuse cacophonie. Chacun acceptait de bon cœur ces petites imperfections qui ressoudaient le village dans le rire, après le chagrin. Tout se passait en famille car il n'y avait plus de touristes. A cette période de l'année, la neige rendait déjà difficile la route de Gèdre et la plupart des pyrénéistes de beau temps restaient au chaud dans les villes.

Il y eut aussi des mariages, parenthèses de joie et de retrouvailles qui rassemblaient des quartiers entiers pour deux jours de bombance. Les soirs d'été s'étiraient très tard dans le parfum des foins coupés lorsque les *festayres*[1] répondaient à l'appel de la maîtresse de maison pour revenir finir « les restes du midi ». Jean-Marie Bégarie avait finalement épousé Bernadette, une fille de Gèdre-Dessus. Son père, Pierre Abadie, faisait tourner un des nombreux petits moulins de Gèdre alimentés par les canaux qui prenaient l'eau au gave. Il allait chaque semaine au marché de Luz où il vendait de la farine et les bonnes *poumès* de la montagne que la famille Bégarie lui livrait.

Magdeleine avait repéré la jeune Bernadette, fille travailleuse. Elle estimait son large bassin favorable aux grossesses et sa dot importante. Au printemps, elle décida d'envoyer Jean-Marie livrer à son tour les *poumès*. Il accepta, trop heureux de sortir un peu de l'enclos de Gavarnie. Pierre Abadie trouva Jean-Marie vaillant et

1. Fêtards.

poli. Un soir de 14 Juillet, il l'invita à rester pour la fête au village. Il lui offrit le gîte et le couvert. Jean-Marie fit la promenade vers le gave avec Bernadette. Il continua les livraisons de pommes de terre. Ils se fréquentèrent pendant un an. Elle lui offrit un jour sa bouche et ses seins.

L'habitude se transforma en tendresse qu'ils prirent pour de l'amour. Il fit sa demande. Paulin et Magdeleine descendirent à Gèdre pour mieux connaître les futurs beaux-parents de leur aîné. Pendant que les hommes parlaient de la chasse et de l'eau qui commençait à manquer, en regardant tourner la roue du moulin, Magdeleine put voir la grande armoire où attendait le trousseau de sa *nora* [1]. L'importante pile de draps et de linges brodés était de bon augure. Avant de refermer l'armoire, Magdeleine se rapprocha et effleura le tissu. Elle souleva les pièces pour s'assurer qu'on n'y avait pas placé de la paille ou du bois pour faire volume, comme cela se pratiquait parfois. Elle n'avait aucune confiance dans les gens de la basse vallée.

On les maria à Gèdre, dans la petite église décorée de bouquets de lis des Pyrénées. Les grandes brassées de fleurs jaunes égayèrent la table du banquet et, plus tard, dans l'après-midi, les cheveux des petites filles et certains corsages de mamans. Le repas eut lieu dans le grand pré, derrière le moulin, où les peupliers frémissants avaient été les témoins un peu hautains des premières étreintes de Jean-Marie et Bernadette. Le soir, Paulin et Magdeleine reçurent à souper la belle-famille, autour d'un tourin fumant. Quand les amis des mariés arrivèrent en joyeuse bande pour leur faire boire le traditionnel *bolhon deths novis* [2], ils ne les trouvèrent pas. Le couple s'était déjà réfugié au loin, dans une grange

1. Belle-fille.
2. Bouillon des jeunes mariés.

accueillante. Jean-Marie et Bernadette connaissaient l'usage et avaient pris leurs précautions. Eux-mêmes avaient participé dans d'autres mariages à la préparation de ce bouillon, mélange de poivre, de moutarde, de piments et de toutes sortes d'herbes, une mixture diabolique censée donner de l'ardeur aux jeunes mariés pendant leur nuit de noces.

Le coffre contenant la dot de Bernadette fut remonté dans l'après-midi à l'*ostau* Védère, sur le dos du brave Martou. Magdeleine veilla elle-même à en faire l'inventaire, dans la chambre de Jean-Marie. Elle rangea les draps, les taies d'oreillers, les torchons et tout le linge de sa bru. Elle pouvait ainsi vérifier les broderies et la qualité de la dentelle. Lorsqu'elle referma la grande armoire de son fils aîné, elle hésita une seconde, puis elle enfouit la grande clé brillante dans son tablier. Celle qui était « venue belle-fille » chez Védère saurait à qui demander la clé : « *Qu'i jo que comandi, que so a casa moi* [1]... »

Dès ce soir-là, Jean-Marie eut le privilège de couper le pain. Magdeleine lui tendit la miche et le grand couteau-scie. Elle lui servit aussi la soupe en premier. C'était le signe de la passation de responsabilités entre Paulin et son fils, l'héritier de l'*ostau* Védère. Jamais depuis quelques années Clément n'avait autant pensé à Etienne au cours d'un repas.

Un an plus tard, Dominique Fontan faisait elle aussi le grand saut. Mais pas comme sa mère Elisabeth l'avait souhaité. Les Fontan crurent que son choix allait finalement s'arrêter sur Alexis Dupouey. Ce cadet de Ribère-Debat travaillait jusque-là à mi-temps pour ses parents et louait aussi sa charrette et ses bras aux Ponts et Chaussées. Il vint de plus en plus souvent chez Fontan,

1. « Je commande parce que je suis chez moi. »

s'entendant à merveille avec Gabriel et Elisabeth à qui il apprit à jouer aux cartes.

— Je suis diplômé des Ponts, disait Dupouey en riant. *Diou biban*[1], ces types des Ponts, ils sont terribles. Toutes ces heures de pluie et de neige passées dans leur cabane à apprendre les tours !

— Des tours de quoi ? demandaient les petits.

— Des tours de cartes, pardi. Ils en connaissent.

— Ils ont sans doute le temps, remarquait, narquois, Gabriel Fontan qui trouvait, comme les autres paysans, que les routes n'étaient pas déneigées assez vite l'hiver, ni empierrées assez efficacement l'été.

Alexis Dupouey ne faisait pas que jouer aux cartes. Ce solide gaillard était un excellent joueur de quilles et un amant vigoureux. Cela ne suffisait pas à Dominique Fontan. Lorsque Bernadette Bégarie accoucha d'une petite Louise, neuf mois tout juste après la noce, Jean-Marie demanda à Domenge d'être la marraine de sa fille, future héritière de l'*ostau* Védère.

— Tu devrais faire attention, dit-elle à son ami. La filleule prend toujours quelque chose de la *maïrrio*[2].

— Alors je sais des garçons qui seront heureux plus tard dans cette vallée...

Deux mois après le baptême, Domenge annonça son départ pour Tarbes. Elle avait pris ses dispositions lors d'un précédent voyage à Luz.

— Que vas-tu faire là-bas, malheureuse ?

Sa mère se doutait bien de quelque chose, mais le choc fut dur. Gabriel, son père, se retira vite de la conversation. Le départ de sa fille aînée l'arrangeait. Pour le travail à la ferme, il s'entendait mieux avec André, deuxième enfant de sa couvée mais son premier fils. Avec lui, il le savait, l'*ostau* Fontan serait entre de bonnes mains.

1. Dieu vivant.
2. Marraine.

— Je veux apprendre infirmière, m'occuper d'enfants, à l'hôpital. Il en manque, paraît-il.

— Et ici, tu ne crois pas que tu vas manquer, peut-être ?

— Oh non, il y a du monde. André, Catherine, Bernard. Je reviendrai vous voir. J'en aurai même plus de plaisir.

— Et tu pourrais même te marier avec un étranger de là-bas ?

— Oui, pourquoi pas. Un... étranger de Tarbes, par exemple. Je pourrais après être nourrice, maman.

— Nourrice à Tarbes ? Mais c'est pour les cadettes, ma pauvre. Pas toi.

— Ça m'est égal.

Ce jour-là, à l'arrêt sur le petit col de la hourquette d'Allantz, au pied du pic rouge de Pailla, Clément Bégarie faisait chauffer de l'eau mélangée à de la poudre de thé, dans un recoin du rocher qui l'abritait du vent. Il observa un moment Lucien Planté, assis, les coudes sur les genoux, le menton dans les mains. L'instituteur observait Gavarnie, minuscule tache grise perdue tout en bas dans la vallée, au-delà du plateau des Cardous. Le maître qu'il voyait naguère si « vieux » lui sembla encore très jeune. Il avait à peine plus de quarante ans. Il les accompagnait souvent dans leurs courses en montagne. Clément lui tendit un gobelet de fer-blanc et versa le liquide ambré qui commençait à bouillir.

— Ne vous brûlez pas.

Michel Miramon fit passer quelques carrés de chocolat et un morceau de pain.

— C'est beau, hein, les petits ?

Ils rirent et répondirent en chœur :

— Oh oui, *moussu*.

Michel avait lui aussi senti une sorte de frémissement

inhabituel chez l'instituteur. Des discussions entendues en famille lui revinrent en tête. Il s'enhardit.

— Vous devez être bien seul parfois, *moussu.*

— Bah, ne t'en fais pas pour moi, Miramon. J'ai les livres et la montagne.

Le soir, de retour dans son appartement au-dessus de l'école, fourbu mais comme libéré d'un poids, Lucien avait réfléchi à sa réponse, à sa vie. Son travail le comblait. Il ne savait pas si c'était l'air du temps ou simplement le fruit de son expérience mais il était heureux, chaque année, d'envoyer un peu plus d'élèves au collège de Luz. Un ou deux, les meilleurs sans doute, échappaient à l'école laïque. Repérés par le curé, ils étaient mis en pension au petit séminaire de Saint-Pé-de-Bigorre.

Avec ses craies, son tableau noir et sa petite badine de frêne, Planté avait l'impression d'apporter à ces jeunes Pyrénéens des connaissances utiles autant que la conscience de leur liberté et de leur place dans la société. C'est cela, l'Instruction républicaine, se disait-il. J'en suis l'un des plus petits rouages, tout en haut de la montagne, tout en bas de la France. Il prit conscience que Miramon et Bégarie, deux de ces petits à qui il avait révélé la France et le monde, lui faisaient découvrir aujourd'hui en retour leur pays, devenu aussi le sien. Sa place était bien au milieu d'eux.

Les retours d'Yvonne vers Tarbes le laissaient amer, toujours un peu désemparé. Lucien regrettait ce qu'il n'avait pas su lui dire et, en même temps, il s'en voulait de sa froideur et de sa brutalité dans les dernières minutes passées avec celle qu'il aimait. Les vacances lui semblaient tristes et vides. Il passait des nuits à réfléchir à ce qu'il aurait dû faire, aux gestes qui auraient pu sceller leur destin. Il résistait à l'envie de redescendre pour Tarbes. Pas par fierté mais par souci de discrétion : il ne voulait pas contraindre Yvonne par sa présence, ni l'obliger à prendre une décision à un rythme qui n'aurait pas été le sien.

L'amour lui manquait, il le savait par l'attirance physique qu'il continuait à ressentir pour Marthe. Mais il ne souhaitait pas brusquer les choses avec Yvonne. Il ne voulait pas forcer la jeune femme. Il voulait la laisser totalement libre de choisir son heure. Il attendrait un signe et décida de ne plus descendre vers Tarbes. Il monterait au contraire encore plus souvent à l'assaut de la montagne et il s'occuperait un peu de Marthe, si seule avec son petit Raymond au caractère déjà bien affirmé.

Tout le village s'était interrogé sur le père de l'enfant. Certains parlèrent d'un mystérieux visiteur espagnol que les gendarmes continuaient à rechercher pour des « trafics de guerre ». D'autres pensaient que c'était l'instituteur.

« Pensez, vous autres : elle est chez lui toute la journée. Vous croyez peut-être qu'elle ne fait que la lessive et le repassage ? Une belle fille comme cela ? »

Suzanne Menvielle avait questionné sa fille, sans rien en tirer. La mère espérait secrètement que *moussu* Planté avait « goûté » à Marthe. Cela aurait bien arrangé les choses. Puis les gens pensèrent à autre chose. La vie était dure dans ces années vingt, avec le contrecoup de la guerre. Et un enfant naturel n'effrayait personne, surtout chez une cadette. C'était presque une tradition que ces filles sans fortune et laissées sans mari se laissent approcher par un homme et connaissent les joies de la maternité. La Bigorre comptait beaucoup de ces enfants sans père et de ces filles mères. Pour une aînée, l'affaire aurait été plus embêtante, à cause des histoires d'héritage.

Marthe Menvielle n'avait plus revu Ramon. Aucune nouvelle, aucun signe de lui. Ce silence lui faisait mal. Elle ne le comprenait pas et le vivait comme une trahison. Jamais Marthe ne s'était sentie aussi seule, avec ce petit enfant laissé par son passeur de la nuit, ce Raymond qu'elle devait maintenant élever. Suzanne, sa mère, s'occupait des enfants de Jean-Pierre, son frère aîné. Elle la voyait moins qu'avant. La santé de Jules, le grand-père, diminuait. A l'école, Lucien Planté avait allégé sa charge de travail tout en la payant comme avant. Il était le seul à faire preuve d'un peu d'attention, avec l'abbé Fréchou qui passait la voir de temps à autre. Les deux hommes discutaient longuement ensemble dans la cuisine, tandis que Marthe faisait le ménage à l'étage ou jouait avec Raymond dans la cour. Joseph Fréchou était soucieux.

— Il ne m'appartient pas de juger, Planté. Dieu seul le peut. Mais je sais qu'ici il y en a beaucoup qui parlent haut et qui feraient mieux de se taire. Il est toujours plus facile de jeter la pierre à l'autre...

— Et je suis sûr qu'ils sont les premiers à l'église le dimanche.

— Ne raillez pas, Planté. Vous, avec vos idées socialistes, je ne vous y vois pas beaucoup.

— Je communie dans le vent de nos montagnes.

— C'est vrai qu'elles sont belles et qu'elles peuvent élever l'esprit jusqu'au divin.

— Là, vous exagérez, *moussu* l'abbé.

L'abbé Fréchou voyait avec inquiétude le village s'affaiblir. Chaque nouvelle naissance était pour lui une victoire, chaque décès une défaite.

— Peu importe de qui est ce petit, après tout. Ce sera un enfant de plus dans cette vallée. C'est cela qui compte. Il faudra qu'on le protège.

Par touches successives, Fréchou cherchait à rapprocher Lucien de Marthe. Il s'efforçait de lui faire comprendre le rôle particulier que la Providence lui avait réservé : protecteur de cette pauvre cadette bigourdane livrée à elle-même, tuteur de cet enfant sans père.

— Il sera bien seul dans la vie, Planté, vous le savez.

A la naissance du petit, au début d'un mois d'avril pluvieux, Marthe avait choisi son grand-père, Jules, comme parrain. Arrivé à la retraite, l'ancien garde champêtre venait d'être remplacé par un ancien sergent à jambe de bois, encore truffé des plombs reçus au Chemin des Dames. Jules se contentait maintenant de rester de longues heures assis à discuter avec Fréchou et Duffau. Les anciens vieillissaient doucement sur le pas de leur porte, usant leur dernière paire d'espadrilles depuis longtemps fanée par le soleil. Jules Menvielle avait gardé sa trompette des annonces et des cérémonies municipales, un peu cabossée, mais il n'avait plus assez de souffle pour en jouer. Il l'offrit en cadeau au petit Raymond, son filleul.

« Pourquoi ce nom de Raymond ? avaient demandé sa mère et le curé à Marthe.

— Parce que ça fait moderne », avait-elle répondu, sans vouloir reconnaître que son petit garçon porterait ainsi un peu du prénom de son père, Ramon Ventosa.

Lors du dernier Noël, Lucien Planté reçut une carte de vœux d'Yvonne. Elle était formelle, un peu froide. Lucien la lut sans passion, avec une distance qui l'étonna. Le jour de l'An, en offrant ses étrennes à Marthe, il lui proposa de venir s'installer à demeure chez lui, avec son petit. A ses yeux, c'était presque une formalité, tant il s'était habitué à elle et tant le sujet avait été évoqué avec le curé, mais jamais directement. Fréchou l'avait encouragé en priant que Dieu reconnaisse ensuite les siens. L'adoption de Marthe et de l'enfant était une racine de plus que le maître voulait planter dans cette rude terre de Bigorre. Marthe se fit discrète, Raymond un peu moins, mais Lucien s'étonna de supporter aussi bien les pleurs du nourrisson et le petit désordre au parfum fade d'une mère et d'un bébé.

Il y eut entre elle et lui quelques baisers chastes et maladroits, pour des broutilles, des remerciements, un anniversaire, un départ de course en montagne. Le maître l'intimidait. Elle pensait qu'il ne fallait surtout pas déranger « *moussu* », comme sa mère l'en avait prévenue, quelques années auparavant. Lui hésitait devant sa féminité rayonnante et son secret. Il s'en voulait de penser pouvoir profiter de sa situation. Si différents, mais tous les deux si profondément pudiques, ils se rapprochèrent, doucement, avec le temps. Il avait envie d'elle et elle l'avait compris. Elle pensait qu'il fallait aussi le remercier de toute son affection. Sa douceur attentive lui faisait du bien.

Un soir de mars, après avoir essuyé la vaisselle, Marthe monta dans sa chambre pour s'assurer du sommeil du petit Raymond. Elle passa sa chemise de nuit. Devant la porte entrouverte sur la chambre du maître, elle hésita, une nouvelle fois. Elle s'avança sur le palier et murmura une phrase inaudible. Assis dans la cuisine où il lisait le journal, Lucien n'avait pas entendu. Elle recommença, un peu plus fort.

— Lucien, vous m'entendez ?

Sa voix avait résonné dans le silence de la grande maison. Il leva enfin la tête. Droite comme une statue voilée de blanc, Marthe l'attendait, en haut de l'escalier de pierre, appuyée contre la rambarde. Elle tendit la main avec un demi-sourire encourageant. Il vit son chignon dénoué, la cascade de cheveux sur ses épaules, ses pieds nus, les boutons de sa chemise défaits. Une immense sensation de bonheur l'envahit.

Quand ils se retournaient sur les années écoulées, Clément, Michel et tous leurs amis sortis de l'enfance pendant la Grande Guerre avaient l'impression que la vie s'était accélérée autour d'eux, dès les années qui avaient suivi l'armistice.

« C'est comme si on avait vécu, mais sans vieillir. »

Avec les mariages, il y avait pourtant eu des départs, des décès et des désillusions, des naissances et des disputes. Les Pyrénées avaient vu revenir les sportifs et les simples randonneurs, amateurs de sommets ou simplement de grand air. Dès le mois de mai, la route nationale 21 voyait pétarader des files de voitures dont le pot d'échappement crachait d'épouvantables nuages de fumée. Des camions ahanaient au ralenti dans la montée depuis Gèdre. L'hôtel des Voyageurs n'était plus le seul à proposer ses chambres « avec vue sur le Marboré ». L'hôtel du Pont, à l'entrée de Gavarnie, après le gave, bénéficiait de la renommée d'Henri Passet, le « roi des guides ». Des pensions de famille ouvraient aussi en saison dans la rue principale. Signe des temps, l'hôtelier Henri Vergez-Bellou allait bientôt être élu maire.

L'été, des familles entières débarquaient de l'autocar Pierrefitte-Luz-Gavarnie. Tous, du plus petit au plus grand, couraient acheter un bâton de marche sculpté d'edelweiss ou de têtes d'isard. Des colonies d'enfants venues de la basse vallée se répandaient dans les rues, vaguement encadrées par des moniteurs épuisés. Equipés souvent de la même panoplie de montagnards du dimanche, les couples venaient nombreux pour goûter aux joies de la randonnée. La plupart descendaient à l'hôtel des Voyageurs où Pierre Darré et son fils Alexis les accueillaient en leur proposant de les faire guider vers les cols et les refuges. La faconde et la familiarité de Darré avec ses clients faisaient le spectacle.

Malin, efficace, l'instinct d'hôtelier qu'il avait hérité de son père et de son grand-père lui permettait de préjuger des goûts et des habitudes de ses clients. Il envoyait les plus sportifs vers Clément Bégarie, ravi de laisser ses ânes de randonnée à ses neveux pendant quelques jours pour goûter de nouveau aux joies de l'effort, à l'assaut des cimes. Il testait ses clients vers la hourquette d'Allantz ou sur l'échelle des Sarradets. Ensuite, il s'attaquait à la montée vers la brèche de Roland ou le refuge de Tuquerouye. Les années vingt lui avaient permis de réussir toutes ces courses, plusieurs fois, par tous les temps.

Lorsqu'il avait affaire à des amateurs de nature ou d'authenticité, reconnaissables aux livres dépassant de leurs poches à rabats et à leur flot de questions, Pierre Darré parlait des frères Darrouy, Augustin et Albert. Par petites touches, il évoquait le pays *toy*, ses habitants pittoresques, leur farouche indépendance morale et… physique.

— De courte taille et de pilosité accentuée, le *toy* est parfaitement adapté aux pentes abruptes et à la rigueur hivernale de nos rudes Pyrénées, commençait-il avec le plus grand sérieux.

Voyant l'intérêt allumé dans les yeux et l'imagination de ses interlocuteurs, Darré poussait plus loin l'histoire. Selon les jours, il décrivait une peuplade étrange sortie de la nuit des temps, tout juste découverte dans les vallées reculées, ou de farouches indigènes au teint sombre, d'un caractère ombrageux. En baissant la voix, il s'excusait d'avance auprès des dames en évoquant des prouesses viriles exceptionnelles :

— Pardonnez-moi, mesdames. Le *toy* est petit mais… il est vigoureux.

Emoustillés ou réellement intéressés, les randonneurs demandaient à voir l'*ostau* Longagnère, du nom de Marie Longagnère, la mère des Darrouy. Ils filaient ensuite demander les services d'Augustin et d'Albert, dont les tarifs étaient supérieurs à ceux des autres guides. L'hôtelier goguenard munissait ses clients de cet ultime avertissement :

— Et n'oubliez pas, mes amis : un *toy* ne craint que Dieu, le tonnerre et l'avalanche.

Les touristes impérieux et capricieux l'agaçaient. Aux demandes répétées de serviettes supplémentaires ou de graines antisouris, il faisait d'abord la sourde oreille.

— Monsieur, je crois que vous pouvez parler. Quant à vous entendre, je n'en sais rien.

Puis le client s'impatientait, s'étonnant de ne pas bénéficier d'un service hôtelier correct. Il les envoyait paître ailleurs.

— Monsieur, chez les Darré, on est d'abord au service de la montagne.

Des inquiets ou des timorés descendaient parfois de leurs chambres équipés comme des explorateurs en route pour le Grand Nord. Pierre Darré allait à leur rencontre au pied de l'escalier en frisant sa moustache.

— *Diou biban* ! En voilà qui vont nous voir des ours et des loups derrière chaque rocher.

Chargés comme des mules pour ne manquer de rien en route, les randonneurs s'affalaient sur les bancs de chaque côté de la porte d'entrée, déjà épuisés par le poids de leur barda. Invariablement, leur première question portait sur le temps.

— Eh bien, l'ami, quel temps va-t-il faire ?

Avec l'habitude, un peu agacé par la répétition, le facétieux Pierre Darré avait abandonné les considérations météorologiques complexes. Il avait forgé une réponse passe-partout pour les temps de pluie.

— Je ne sais pas, monsieur. Mais il pleut, c'est signe d'eau.

La remarque plongeait ses clients dans des abîmes de réflexion sur la philosophie de l'homme pyrénéen. Darré se faisait rassurant. Après deux minutes de conseils réconfortants, il réussissait à persuader ces Tartarins des cimes de confier leur vie au « plus costaud de la vallée » :

— Le meilleur pour votre course, je vous le dis, c'est Michel Miramon, une force de la nature. Le gaillard vous étoufferait un ours à mains nues. Et même pas, d'ailleurs. L'ours s'écarterait à coup sûr de son chemin.

Il racontait avec fougue le jour de gloire du fils Miramon, en 1927. Il avait dirigé la manœuvre d'une cinquantaine d'hommes du village pour hisser la statue de Notre-Dame des Neiges sur son promontoire, à l'entrée de la vallée des Espécières, en présence des deux gloires de l'art régional.

— Rendez-vous compte ! Michelet, le sculpteur tarbais, et Andral, l'architecte palois, étaient présents.

Cette grande sculpture de six tonnes avait été montée en cinq parties. Michelet avait gravé sur le plus gros bloc de pierre la devise des guides et sauveteurs : « Etre toujours prêt ». Ce jour-là, les quatre-vingt-huit hectares du glacier dessinant la collerette immaculée du Vignemale, loin vers l'ouest, avaient offert leur plus beau miroitement, tout au bout de la vallée d'Ossoue, renvoyant tout l'éclat d'un magnifique soleil estival. La foule avait applaudi Miramon à la manœuvre, entouré de ses amis guides, dont Clément. Michel avait tenu à porter l'un des blocs les plus lourds, sous le regard admiratif de Louis, son père, dont les reins ne le soutenaient plus comme avant.

Cette colossale statue devait protéger des avalanches le village, ses terres et ses chemins. L'abbé Fréchou la bénit, en rappelant ceux que la mort avait emportés en pleine montagne. Tout le monde pensa à la tragédie récente des Hollandais sur la route nationale. Quatre ans auparavant, un autocar bourré de Hollandais avait basculé dans le ravin un peu avant d'arriver à Gavarnie. Il y avait eu vingt et un morts et une vague de curiosité malsaine de gens s'arrêtant au bord de la route nationale. On avait aussitôt baptisé l'endroit « le saut des Hollandais ».

L'abbé s'était un peu disputé avec l'instituteur pour traduire au mieux les trois mots latins qui fixaient la mission à Notre-Dame des Neiges : « *Tutum Para Iter* ». « Veille sur notre route », de Joseph Fréchou, l'avait emporté sur la traduction que proposait Lucien Planté.

« Le latin de l'Instruction publique s'incline devant celui des Saintes Ecritures », avait plaisanté Planté avec emphase.

On était venu de toute la vallée pour la cérémonie, prétexte à des retrouvailles et à une nouvelle fête joyeuse, car les occasions étaient rares. Adossé au piédestal avec quelques amis de son âge, Clément écoutait leurs histoires. Le soleil commençait à plonger vers la pointe du Vignemale, derrière laquelle il disparaîtrait bientôt. Les filles en « habits du dimanche », bouquet coloré où le rouge et le jaune dominaient largement, cherchaient à profiter encore de leur belle toilette. Elles s'étaient attardées sur la pelouse du plateau de Holle.

Clément observait celles qui jouaient avec leur châle dans la brise que le crépuscule naissant commençait à lever. Les rayons presque rasants du soleil accrochaient les couleurs chaudes des tissus. Les filles cherchaient à gonfler leur étoffe comme des voiles. L'une d'elles, en retrait du groupe principal, était entourée de petites filles qui l'écoutaient et regardaient avec admiration « la grande ». Les longues franges noires de son châle découpaient la lumière dorée en scintillements successifs qui empêchaient Clément de bien voir son visage. Il se garda bien de demander le nom de la fille à ses copains, pour éviter la bronca de moqueries que sa question déclencherait aussitôt. Elle mimait maintenant un essayage de la pièce de tissu : nouée sur la poitrine, attachée autour de la taille, jetée sur l'épaule, arrondie dans son dos. Elle croisait et décroisait les pans, déhanchée, dans une posture de statue grecque, ou les bras tendus vers le ciel. Les petites applaudissaient en criant à chaque pose nouvelle.

Les filles se rassirent. La grande leur parlait. Clément la distinguait mieux. Il l'avait déjà vue, à l'école sans doute. Son chignon trop lourd sur la nuque s'était en partie défait. Elle chassa ses mèches derrière les oreilles. En levant la tête, un peu renversée en arrière pour piquer des épingles dans ses cheveux, son regard croisa celui de Clément. Il la fixa et la reconnut. Jeanne Pailhès.

Plus jeune que lui de quatre ans, la petite Pailhès avait bien grandi. Clément l'avait jusqu'alors peu vue car elle n'avait pas beaucoup quitté la ferme familiale, à Bareilles, petit hameau en aval du gave, d'où un chemin montait vers les granges de Saugué. Sa mère avait été emportée par la terrible grippe de l'hiver 1917 et son père avait été embauché à Pragnères, pour les premiers travaux de la centrale électrique. Jeanne avait dû s'occuper de ses quatre frères et sœurs, avec l'aide d'une voisine. Au temps de l'école, elle y venait par éclipses. Ensuite, elle avait préféré veiller sur la cinquantaine de brebis de son père. Elle fréquentait davantage le plateau de Saugué que les estives au sud de Gavarnie.

Jeanne se redressa soudain dans un rire, suivie par la volée de petites filles. Jupe et jupon relevés et serrés entre ses dents, elle se mit à courir sur le pré en pente, à en perdre le souffle et l'équilibre. Elle semblait survoler l'herbe. Ces cris de moineaux avaient fait lever la tête à tous. Jeanne s'arrêta soudain et bascula bras et jambes dans une série de roues. Elle se retrouva enfin assise au sol, jambes écartées, le jupon sur la tête, son petit bonnet blanc de travers, le chignon éclaté. Les garçons applaudirent.

Clément revit Jeanne peu après, au carrefour de chez Tossat. Elle venait parfois vendre ses broderies aux touristes. Ils apprirent à mieux se connaître. Il lui laissait des mots brefs, gravés sur le tronc des bouleaux jumeaux qui signalaient le pont, à l'entrée du bois de Saint-Savin. Elle lui répondait de la même façon. Il lui vola quelques baisers, derrière l'oreille, sous le chignon. Le joli cabri sentait bon le cuir chaud et le foin. Il allait parfois la voir dans sa bergerie de Saugué. Il aimait la regarder tourner le lait, s'essuyer le front, entonner une chanson et faire ses galipettes acrobatiques. Il se douta qu'il n'était pas le premier à l'embrasser, ni le seul, mais peu lui importait.

Il marqua pourtant un point cette année-là, l'année de ses vingt-deux ans, en lui apprenant à dévaler les pentes de rocailles mouvantes que l'on trouvait au pied des falaises vives. Ces pierres cassées par l'eau, le gel et le vent comme à grands coups de burin étaient de vrais torrents de pierres. Clément était passé maître dans cet exercice périlleux. Il avait commencé à le pratiquer quelques semaines après la mort de son petit frère. Il était persuadé qu'Etienne aurait pu échapper à l'ours s'il avait su s'enfuir plus vite, en dévalant la rivière de cailloux sur lequel l'animal sauvage l'avait rattrapé.

Jeanne était la seule personne à qui il avait raconté l'atroce souvenir du cadavre d'Etienne enroulé dans la veste de son père, ses cauchemars d'enfant impuissant devant la mort et qui pourtant veut lutter pour la repousser. Elle sut l'écouter. L'émotion du garçon et la douceur de la fille s'unirent dans un sous-bois tapissé d'aiguilles et de pommes de pin, avec deux écureuils curieux et des centaines de fourmis pour seuls témoins. Ils se rejoignirent ensuite à plusieurs reprises, connaissant les granges ou les clairières favorables à leurs tête-à-tête amoureux, toujours ponctués de rires.

— *Douçament*, *douçament*, petit *taouré*[1], lui disait-elle quand le garçon s'emballait un peu.

Jeanne sut bientôt par cœur la géographie des grains de beauté de Clément et le tempo de son cœur qu'elle voyait battre plus vite au creux de son cou. Clément retint la leçon de délaçage du caraco de lin. Il apprit à le dénouer avec plus de patience, avant de partir explorer les monts et merveilles que lui offrait sa jolie bergère. Il lui avait trouvé le sobriquet de Doucetto[2]. La gourmande et l'impatient étaient simplement heureux de leur liberté, du goût de leur peau et du plaisir tout simple de se retrouver ensemble.

---

1. « Doucement, doucement, petit taureau. »
2. Doucette.

8

— Cela me rajeunit !

— Presque quinze ans, *moussu* le curé.

Joseph Fréchou rit de bon cœur, en jouant avec le verre de vin posé devant lui.

— *Qué perdi la memouèro, tio*[1]. A soixante-dix ans et plus... Il est temps qu'elle se rouille.

L'homme en soutane et les trois solides gaillards qui l'entouraient se regardèrent, un peu amusés. Les deux laïcs rirent de nouveau. Le prêtre toussota, mal à l'aise dans cette cuisine enfumée.

— Mais tu n'y étais pas, Michel. C'était ton père. Clément, lui, doit s'en souvenir. Eh, Clément ? *U beroy toy*[2], tu étais alors...

Cette nouvelle affaire de passage avait mis en joie le curé de Gavarnie, heureux d'échapper à la routine d'une paroisse un peu assoupie.

— Je ne vois plus que des cheveux blancs autour de moi. Ce sont les fleurs de mon cimetière. Elles fleurissent en toutes saisons. Enfin un peu d'action.

En 1917 ou 1918, dans les dernières années de la Grande Guerre, on lui avait déjà demandé de faire pas-

1. « Je perds la mémoire, oui. »
2. Un joli petit.

ser deux jeunes abbés du nord vers le sud. Des recrues sûrement promises à un grand avenir. A un moment où plus personne ne voyait la fin du cauchemar, l'épiscopat ou le Vatican avaient voulu leur épargner les tranchées et la mitraille qui fauchaient alors des rangs entiers de conscrits. Louis Miramon, Paulin Bégarie et son fils Clément les avaient amenés en sécurité sur la route qui descendait vers San Nicolas de Bujaruelo, avant de les confier à un passeur espagnol. Personne ne lui avait plus jamais reparlé de cette aventure. Aucune explication, aucun remerciement. Lui-même avait gardé tout cela au fond de son cœur. Deux abbés aidés dans leur désertion par l'évêque de Lourdes ne lui semblait pas un fait à mettre à la gloire de l'Eglise.

« Les intérêts supérieurs de notre sainte mère l'Eglise étaient en jeu », avait-il dit à Miramon et Bégarie, au retour du col, alors que les passeurs ne demandaient rien.

Quelques années plus tard, vers 1930, il avait cru reconnaître la tête du prêtre barbu sur une photo parue dans le journal. Il était au côté de monseigneur Gerlier, nommé évêque de Lourdes l'année précédente. Cette fois, Joseph Fréchou était de nouveau sollicité. Un prêtre du secrétariat de monseigneur Georges Choquet, le successeur de Gerlier, venait d'arriver. Il avait été sec, sans doute gêné par cette mission difficile qui le sortait de l'organisation des pèlerinages et du confort des sacristies lourdaises.

« Nous devons récupérer quelques amis de l'Eglise au port du Boucharo. Ils seront chargés. Trouvez-moi une corvée pour les passer.

— Une corvée, monsieur l'abbé ? Nous ne sommes plus au temps des serfs. Même ici, dans le village le plus haut perché des Hautes-Pyrénées.

— Enfin, vous voyez ce que je veux dire. Des gens de confiance.

— Dans cette vallée, tout le monde est de confiance, monsieur l'abbé.

— Je n'en doute pas, je n'en doute pas. »

L'abbé venu de Lourdes se retint de dire qu'il le ne le croyait pas. Les habitants des zones frontalières étaient pour lui des gens sans vraies attaches, prêts à tous les trafics, à toutes les trahisons. Il avait hâte d'en finir et de quitter une fois pour toutes la cuisine surchauffée de ce presbytère de campagne qui empestait l'ail et le tabac froid. Les deux hommes assis à la table finissaient de dévorer une énorme tartine d'une pâte granuleuse et rosâtre que Fréchou leur avait préparée.

« Des graisserons de chez Fontan, avait annoncé le curé. Ils sont bons. Mais moi j'y rajoute toujours du poivre. Cela marque mieux le goût. Vous en voulez peut-être, monsieur l'abbé ? »

Le prêtre lourdais avait fait non de la main.

Sous l'ampoule jaunâtre qui pendait du plafond à côté d'un serpentin de papier collant constellé de mouches prises au piège, l'air semblait raréfié. Les sourires tranquilles des deux hommes qui l'entouraient le gênaient. Michel Miramon et Clément Bégarie l'avaient senti. La bouche en coin, ils se parlaient de temps en temps en patois, ce qui accentuait le malaise du visiteur.

— Ah oui, c'était en 18, je crois. J'étais petit encore, Michel, mais j'étais fier. Avec ton père et le mien, tu penses… Ce jour-là, tu aurais dû être avec moi.

— *Qué tio*[1] *!* Ah, si je l'avais su à l'époque !

— Bah, tu t'es rattrapé pour les courses en montagne, grand faignant !

— Attends, *malerous* ! Ce n'est pas fini. Je le sens.

La proclamation de la République espagnole avait déstabilisé la société de l'autre côté de la frontière. La « République démocratique des travailleurs de toutes

1. « Que oui ! »

classes », instaurée à Madrid en mars 1931, avait déclenché un assaut en règle contre la religion du Christ. Marquée par l'expulsion des jésuites, la chasse aux curés et aux bonnes sœurs avait entraîné la fermeture d'écoles religieuses et de couvents. Des moines et des sœurs avaient été regroupés dans des paroisses où se trouvaient encore des locaux disponibles et assez de moyens matériels pour nourrir et loger ces réfugiés intérieurs. Mais beaucoup d'autres, au Pays basque et surtout en Catalogne, avaient dû prendre le chemin de l'exil. Dans le nord de l'Aragon, quelques monastères isolés avaient été investis, leurs biens pillés et saccagés. Là où elle l'avait pu, l'Eglise espagnole avait donné l'ordre du repli vers le nord, au-delà des Pyrénées. L'abbé venu de Lourdes chez Joseph Fréchou devait organiser l'accueil d'un de ces groupes de fugitifs placés sous la protection de l'Eglise. Miramon et Bégarie étaient les passeurs français.

A l'heure dite, ils se retrouvèrent à la pierre Saint-Martin du Boucharo pour attendre le signal de leurs homologues espagnols. Les deux amis se recroquevillèrent derrière un muret de grosses pierres, pour échapper autant au vent froid qu'à la vue des gardes espagnols qui pouvaient toujours rôder aux abords des cols.

— Replie tes cannes, Michel, on doit les voir jusqu'à Huesca.

— Tu seras bien content tout à l'heure de les avoir, ces cannes.

Cette fois encore, la récupération des malheureux qui devaient passer la frontière sans montrer leurs papiers s'était déroulée sans problème. Clément et Michel connaissaient de vue les deux Espagnols qui avaient amené le petit groupe jusqu'au port du Boucharo. L'un des deux passeurs glissa une enveloppe un peu froissée à Miramon. Il parlait assez bien français, avec un accent un peu sifflant.

— Tu es de Gavarnie ?

Michel n'aimait pas les questions. Il toisa l'Espagnol dont il voyait mal le regard sous le béret trop large. Il vit que l'homme portait un anneau d'or à l'oreille.

— Et toi, d'où es-tu, *hombre* ?

— Si tu connais l'*ostau* Menvielle, prends ! C'est pour Marthe.

Clément s'était rapproché, lui aussi sur ses gardes. Il avait déjà entendu cette voix rauque. Cet homme avait à peine quarante ans. Il connaissait cette silhouette maigre et ce profil cuivré, tranchant comme un couteau. Michel lui montra l'enveloppe.

— *Què es aco*[1] ?

Michel lui expliqua en quelques mots ce que voulait l'Espagnol, sans jamais le quitter des yeux. Clément hocha la tête en contractant les lèvres, sans rien dire. Entre eux, c'était un signe d'approbation. Michel sentit son ami rassuré.

— Allez, il faut partir maintenant. Prends-lui son papier.

— *Gracias*[2].

— *Adichatz*[3]. Et merci pour eux.

— *De nada. Adios*[4].

Les sept hommes et les trois femmes venus d'Espagne patientaient un peu à l'écart, serrés les uns contre les autres pour se protéger du vent. Il fallait maintenant redescendre, avant que la nuit ne tombe. Le groupe n'avait pas fière allure. Clément pensa que certains des réfugiés auraient du mal dans la descente. Trois d'entre eux portaient de gros sacs sur le dos. Ces gens avaient des habits de paysans de grossière confection, mais leur teint trop pâle et leurs mains trop fines et blanches trahissaient

1. « Qu'est-ce que c'est ? »
2. « Merci. »
3. « Au revoir. »
4. « De rien. Salut. »

leurs origines. Ils n'étaient pas de la terre. Ils ne travaillaient pas à l'usine, ni à la mine.

— Ils sont paysans comme moi je suis pape, murmura Clément à Michel en patois, en amorçant la descente vers Gavarnie.

— *Aco raï*[1]. Ils ont besoin de nous.

— J'aimerais bien savoir ce qu'ils ont dans leurs sacs.

— Tu ne t'en doutes pas? Ce sont des curés et des sœurs ou des moines. Ils évacuent le trésor de leur église. Ils vont mettre tout ceci à l'abri à Lourdes. Il y a quinze ans, c'était en sens inverse que ça passait.

— Sauf que chez nous, on ne faisait pas la chasse aux curés.

— Attends, attends un peu pour voir. *Lhèu douma*[2]...

Michel Miramon garda l'enveloppe de l'Espagnol trois jours dans la grande poche de sa cape. Il se disait : Demain, demain. C'est en préparant ses affaires pour un autre passage qu'il retrouva le bout de papier, au milieu de miettes, d'un bouchon de liège et d'une cartouche de chasse. « *Ilh de puto,* j'ai oublié ce truc. Voilà ce que c'est que d'attendre toujours demain. *Douma qu'ey u feniân*[3]. »

Devant l'école, il se trouva un peu embêté. Marthe vivait depuis presque dix ans avec *moussu* Planté. Le village avait apprécié que l'instituteur la recueille après son accouchement. Malgré deux fausses couches, elle avait enfin réussi à mettre au monde un autre enfant, une petite Hélène. Jamais l'école n'avait été aussi bien tenue ni fleurie. Les écoliers se bousculaient pour rester à l'heure de la cantine. Le petit repas qu'ils apportaient avait beau être copieux, comme pour tous les enfants de la campagne, les enfants savaient que Madama, comme ils avaient pris l'habitude d'appeler Marthe, avait préparé quelque chose

1. « Ça ne fait rien. »
2. « Peut-être demain... »
3. « Demain est un fainéant. »

de bon. A l'automne, c'était une tarte aux pommes ; en février, des crêpes ; en allant vers l'été, des crèmes parfumées à la fleur d'oranger. Il n'y en avait jamais assez. Toutefois Marthe ne cuisinait jamais le chocolat.

Miramon se gratta la tête. Lucien Planté sortit dans la cour de récréation pour venir à sa rencontre. Il le tira d'embarras.

— Ho, Michel, tu viens apprendre de nouveau à compter ou quoi ?

— J'en aurais besoin, pareil, *moussu* Planté. J'ai... une enveloppe de papier pour Marthe.

— Elle est allée au village avec les petits. Laisse ça ici, je lui dirai que tu es passé.

Confiant et pressé de repartir, Miramon lui tendit le pli. Lucien remarqua qu'aucun nom n'était écrit sur l'enveloppe. La mauvaise colle avait séché. Elle bâillait sur une feuille de papier à carreaux.

— Peut-être que c'est urgent...

Planté s'empara du mot et le lut. Avant de s'éloigner, Miramon remarqua la pâleur soudaine du maître. En silence, Lucien avait tourné les talons pour regagner le bâtiment de l'école, le petit papier à la main. Miramon hésita, impressionné par la réaction de Planté. Il faudrait qu'il en parle à Bégarie.

Le soir, Lucien ne posa pas de question. Marthe lui raconta tout. Elle savait qu'elle le devait à celui qui l'avait tant aidée et qui élevait aujourd'hui son fils avec le même amour que celui qu'il vouait à leur fille. Le mot écrit par Ramon dans un français approximatif ne disait presque rien. Il avait fait une longue peine de prison, suivie d'une période de bannissement de la région d'Aragon. « Je reviens un jour dans la France et Marthe voir Ramon », concluait l'Espagnol. Le cœur battant, Lucien regarda Marthe avec attention pendant qu'elle déchiffrait les lignes. Il lui traduisit finalement en bon français ce qu'elles signifiaient. Tant d'années s'étaient écoulées. Marthe ne ressentait plus rien ou presque. Une sorte de regret pour une histoire brutalement interrompue, un vague sentiment de dégoût et de désordre. Son prince sarrasin de la vallée d'Ossoue était une ombre fugace, très loin derrière ces dix années de vie bien remplie au côté de Lucien, derrière ces deux enfants qu'elle entendait jouer dans la cuisine, en bas, sous leur chambre.

Lucien fit bonne figure. Il fut presque soulagé de cette confirmation : le père de Raymond n'était pas du village. Il avait aussi cru pendant quelque temps que c'était un des accompagnateurs des convois de blessés, un de ces infirmiers curieux et entreprenants avec qui il aimait discuter sur le chemin du cirque et qui avaient tendance à tourner autour des jeunes filles de Gavarnie.

« Au-dessus de l'Espagne, le ciel est sans nuages. » Diffusée à l'aube du 18 juillet 1936 sur les ondes de Radio-Ceuta, cette phrase donna le signal de l'un des plus absurdes conflits qui ensanglantèrent la vieille Europe. Droite contre gauche, catholiques contre athées, monarchistes contre républicains, légion étrangère contre brigades internationales : trente-deux mois d'une terrible guerre fratricide venaient de commencer au sud des Pyrénées dans la touffeur de cet été brûlant. Elle allait causer des centaines de milliers de morts et des dégâts irréparables.

Au nord des Pyrénées aussi, ce jour-là, il faisait beau. La France était en vacances, parfois les premières pour des centaines de milliers de Français de modeste condition. De Biarritz à Port-Vendres, des plages aux cols les plus hauts, les stations pyrénéennes offraient leurs beautés aux estivants. La France ne voulait plus penser à la guerre. Le souvenir de l'enfer de 14-18 s'estompait. Rien ne devait venir troubler ces saisons de paix qui s'étaient succédé depuis presque vingt ans.

La Saint-Jean fut heureuse, sans nuages. Les adultes parlaient du Front populaire qui allait arriver au pouvoir à Paris.

— Tout va changer, disaient des gens venus parler politique à Gavarnie.

Ils annonçaient que les congés seraient payés, que le peuple ne serait plus exploité et que les deux syndicats CGT, jusque-là divisés, s'étaient réunifiés à Toulouse, quelques semaines auparavant. La CGT nouvelle allait veiller aux intérêts des travailleurs, avec le soutien de Léon Blum, de Maurice Thorez et de Paul Ramadier. Des jours meilleurs arrivaient, avec en plus la paix entre les peuples. Les gens de la vallée n'en demandaient pas tant. Un des discoureurs affirma que le Front populaire serait comme le *Frente Popular* en Espagne. Il y eut une grande discussion ensuite au café Tossat. Lucien Planté, plus pacifiste que socialiste, confia ce jour-là à quelques-uns :

— Eh bien, cela promet. Quand on voit ce que ça donne de l'autre côté, avec tous ces réfugiés. Peut-être que ce sont eux qui vont bientôt nous accueillir à la pierre Saint-Martin, là-haut.

— *Moussu* Planté fait l'*ausèth de malhur*[1], affirma le maire en riant.

Rares furent les Français qui remarquèrent, dans ces années 1936 et 1937, les étranges visiteurs arrivés du sud des Pyrénées. Les premiers arrivants étaient souvent replets, chargés de bagages, vêtus d'habits de bonne coupe. Ils n'attiraient pas la pitié. Républicains ou royalistes, catholiques, juifs ou agnostiques, ils faisaient d'abord des affaires. Ils avaient compris les premiers que l'orage né dans l'été de Ceuta, en juillet 1936, allait gron-

1. L'oiseau de malheur.

der sur toute l'Espagne et gagner San Sebastian et Barcelone au nord. La violence et les haines accumulées exploseraient en chaîne. Avant que la situation ne devienne irrécupérable, ils cherchaient à se mettre à l'abri, avec leurs biens.

Les plus pressés ou les plus fortunés passèrent par Irun ou Le Perthus. Saint-Jean-de-Luz et Perpignan étaient en première ligne. Des voitures et des camions bourrés de cantines et de cartons arrivèrent chaque jour. Les douaniers n'avaient plus le temps de fouiller les immigrants. D'autres, avec moins de bagages ou sans moyen pour rejoindre les extrémités de la chaîne pyrénéenne, foncèrent vers les Pyrénées centrales. Les voies de Jaca, vers Pau, et de Bielsa, vers Lannemezan, connurent un afflux inhabituel à cette saison.

Au centre de la chaîne, le gros bourg espagnol de Broto n'offrait pas de vraie route carrossable vers la France. Entre le Vignemale et le mont Perdu, il n'y avait qu'un passage ouvrant la voie de la liberté : le port de Boucharo, vers Gavarnie et Lourdes, plus au nord. Ceux qui voulaient franchir la frontière à cet endroit étaient souvent les plus pauvres ou les plus menacés. Ils emportaient très peu de bagages. Chassés de leurs villages ravagés par la guerre civile, de leurs fermes pillées par des bandes dont on ne savait plus à quel camp elles appartenaient, ces pauvres gens traversèrent Gavarnie alors que la France prenait ses vacances.

Henri Passet, le maire, organisa un accueil. Homme de la montagne, héritier d'une grande famille de guides de Gavarnie, il n'eut pas de mal à convaincre ses administrés. Cette fois, ce n'étaient pas des touristes qu'il fallait s'occuper mais de pauvres gens expulsés de chez eux, le plus souvent partis en catastrophe, sans rien, sinon leurs vêtements, un sac et quelques bijoux faciles à dissimuler. Les habitants de la vallée se souvenaient des années vingt qui avaient vu passer une première vague de réfugiés lors des guerres carlistes. Cette fois, les immigrants étaient plus nombreux. Gavarnie retrouvait son ancestrale vocation d'hôtellerie au pied de la montagne.

— On avait eu les pèlerins de Saint-Jacques, les contrebandiers français ou espagnols, voilà maintenant les vaincus de l'histoire, annonça Passet lors d'un conseil municipal.

— Aujourd'hui, ce sont les curés et les bonnes sœurs qui passent, demain ce seront leurs ennemis, avertit Menvielle, l'un des adjoints les plus actifs.

— Tu as peut-être raison, Jean-Pierre, reprit Passet. On pourrait prévoir quelque chose de mieux pour ces malheureux. Directement au port, là-haut.

— Pas question !

Darrouy avait tapé sur la table. Il regardait les autres élus et les prenait à témoin. Pour appuyer sa démonstration avec tout le sérieux qu'elle méritait, le *toy* croisa ses bras devant lui sur la table. Il les avait épais comme des jambonneaux et couverts d'un poil noir et dru, comme le pelage d'un ragondin.

— Vous voyez, c'était sûr : on commence à accueillir la misère du monde et après, qu'est-ce qui se passe ?

Le silence s'installa dans la salle du conseil, un grand bureau triste qui sentait la cire et l'humidité. Dehors, un rideau de pluie venu de l'ouest cinglait les carreaux. Tout le monde attendait la réponse.

— Alors Augustin, tu la sors, ta méchanceté ?

— Oh non, Menvielle, je ne suis pas un *mashant*[1]. Les *toys* ont trop souffert des *mashants* pour l'être.

— Eh bé, dis-la-nous ta gentillesse.

— Je dis qu'il faut arrêter avec ces histoires. Les Espagnols n'ont qu'à passer ailleurs. Au Somport, au Pourtalet, à Bielsa. Pourquoi chez nous ? Ça nous

1. Méchant.

retombera dessus, avec les désordres qu'ils vont faire, ces gens.

Approuvé par d'autres, Menvielle s'insurgea, sous l'œil du maire, prudent, qui évaluait le rapport de forces. La discussion monta instantanément en fièvre et en volume sonore. Quelques secondes avaient suffi. Les voix tonnèrent, accompagnées de moulinets de bras, de coups de paume sur la grande table de bois, de rires bruyants et d'exclamations indignées. Augustin Darrouy était quasiment le seul à soutenir de tels arguments. Jean-Pierre, l'aîné Menvielle, menait la charge. Miramon semblait trouver le temps long.

— Quels désordres ? Où vois-tu le mal ? Et si ces pauvres gens se présentent tout de même au Boucharo, qu'est-ce que tu fais, Darrouy ? Tu tournes le dos ? Tu les laisses se perdre ?

— Ah, ça non ! *Jamès*[1] *!* cria le grand Miramon.

— Oh toi, tu en profites bien, des arrivées !

— Qu'est-ce que tu dis, *malerous* ?

— Je dis que... on ne sait pas trop ce qui passe parfois là-haut, au port de Boucharo.

— Je vais te passer par la fenêtre, ça oui !

— J'aimerais voir !

— Tais-toi, Darrouy ! On est ici pour discuter, pas pour la castagne.

La tempête retomba aussi vite qu'elle était montée. Passet ramena le calme en donnant la parole à chacun, à tour de rôle. Le conseil poursuivit plus tranquillement et se rallia au bon sens : il n'y aurait pas d'accueil organisé par la mairie au Boucharo même, mais on mettrait à la disposition de ceux qui le voudraient de quoi manger et boire en arrivant au village, surtout s'il y avait des enfants. Henri Passet rassembla tout le monde sur ce rappel qu'il prononça dans un grand silence approbateur :

1. « Jamais ! »

— N'oubliez pas, vous autres ! Gavarnie a été fondée par des gens libres, des bergers qui cherchaient des terres. Notre belle vallée a toujours accueilli ceux qui venaient s'y réfugier ou simplement y passer, et depuis toujours. Alors, je vous le dis, on continuera. Il faut que nos enfants gardent leur confiance en leurs parents, non ? Et il faudra qu'ils transmettent cette tradition de nos Pyrénées centrales. Si tout fout le camp dans ce pays et chez nos voisins, *pas aci, ilh dou diable*[1] !

— Bien dit ! C'est comme ça ! A l'Académie française, le Henri !

Dans le brouhaha d'approbation, le maire réussit à élever la voix plus haut que Miramon et Darrouy qui cherchaient à se convaincre mutuellement, dans une joute plus ludique que courroucée, de chaque côté de la table.

— Allez, bande de *pégots*, si on allait boire un verre ?

L'instituteur avait pris du poids et de l'importance dans la vallée. Les changements dans sa vie avaient définitivement fait de ce fils des coteaux de l'Armagnac un enfant de Gavarnie. Après l'avoir testé puis adopté, au moment de la Grande Guerre, le village l'avait progressivement pris dans ses filets. Ceux tendus par les femmes, lorsqu'il avait accepté de prendre Marthe pour épouse et d'adopter son petit Raymond. Ceux des hommes, aussi : ils avaient fait du maître d'école le secrétaire de mairie et du marcheur vaguement naturaliste un chasseur confirmé.

C'est à cette époque que Lucien fit ses plus longues courses en montagne. Clément Bégarie et Michel Miramon, ses anciens élèves qu'il revoyait avec plaisir, l'emmenèrent sur les sommets qui dominaient Gavarnie. Il souffrit, les poumons en feu, les jambes tétanisées par l'effort, mais il soutint leur rythme. Ils lui apprirent à passer

1. « Pas ici, nom de Dieu ! »

l'échelle des Sarradets et à poursuivre vers le refuge de la brèche de Roland. Cette encoche géante de cent mètres de haut entre la pointe Bazillac et le Casque l'avait longtemps fasciné. Heureux de l'effort accompli et du panorama vertigineux que lui offrait ce portail de calcaire ouvert sur le grand sud, Lucien Planté remercia ses deux guides avec une chaleur qui les surprit.

— Là-haut, les amis, soit on se supporte, soit on se déteste. Il n'y a pas de demi-mesure. Merci de m'avoir amené jusqu'ici. J'ai l'impression d'avoir touché du doigt mes limites et de pouvoir encore les dépasser.

Les deux guides avaient souri, légèrement émus, tout fiers d'avoir apporté à leur tour un peu de savoir à leur ancien instituteur. Sans qu'il le comprenne vraiment, cette longue ascension fit passer Lucien Planté dans une autre dimension. Clément et Michel se souvenaient des récits des anciens, Célestin et Henri Passet, Germain Castagné, de ce que leur racontaient aussi leurs pères sur la relation très particulière qu'une ascension pouvait faire naître entre un guide et son client. L'un payait pour un service mais l'autre offrait un peu plus que le port des sacs, le feu sous le café à l'arrêt et le choix judicieux de la voie. Le guide était bien un passeur d'énergie et de légitime fierté, un révélateur de soi-même. Miramon avait raconté plusieurs fois à Clément la mésaventure survenue à son père juste au début de la guerre : l'histoire de cet industriel bordelais à qui son père avait sauvé la vie, qui lui avait tout promis et qui était parti sans même le payer.

« Ah oui, celui-là, si je le retrouvais, je lui ferais voir les Pyrénées à l'envers. Je me souviens même de son nom : Fernand Poinsot.

— Va à Bordeaux lui réclamer ton dû, ou plutôt celui de ton père, riait Clément.

— Ne t'inquiète pas, je le lui demanderai un jour. »

A partir de mars 1938, des groupes compacts d'hommes hagards et maigres, souvent suivis de femmes et d'enfants apeurés, descendirent des chemins de la montagne. Au sud des Pyrénées, dans le haut Aragon, les forces nationalistes avaient lancé leur grande offensive de printemps qui allait conduire à une percée décisive. Suivant le piémont pyrénéen, trois divisions du corps d'armée de Navarre foncèrent en direction de l'est, vers Huesca. Après Jaca et Biescas, les villes de Broto, Bielsa et Boltana tombèrent. Début avril, les nationalistes avaient conquis près de soixante-dix kilomètres de territoires le long des Pyrénées. Tous les départements français limitrophes suivirent avec attention la progression des combats. Les postes-frontières récupéraient des débris de plus en plus importants de l'armée républicaine. Au conseil municipal, Lucien Planté donna son sentiment, que beaucoup approuvèrent.

— Si les nationalistes percent le front et vont jusqu'à la mer, ils coupent le pays républicain en deux poches : Barcelone au nord, Madrid au sud.

— C'est la fin de la république espagnole et la victoire des fascistes, s'indigna Antoine Menvielle qui revenait de Tarbes où il avait assisté à un meeting de soutien aux brigades internationales.

— Probablement. Il faudra s'attendre à du passage par chez nous.

— On a des nouvelles de Fontan ?

André, le cadet de l'*ostau* Fontan, s'était engagé en septembre 1936 dans le groupe libertaire du capitaine Berthomieu en Aragon, en compagnie d'une trentaine d'autres Bigourdans partis « défendre la liberté chez leurs frères espagnols [1] ». Après la mort de Berthomieu au combat de Perdigueras, en octobre, André Fontan et les autres avaient été incorporés au sein de la 14e brigade

1. Une dizaine seulement revinrent au pays.

internationale, celle que brûlaient de rejoindre Antoine Menvielle et d'autres jeunes de la vallée. Ils attendaient la bonne filière, car les passages étaient interdits vers le front espagnol. L'offensive nationaliste en voie de réussir compliquait les choses. Les gendarmes français stationnés à Gavarnie avaient fait passer le message aux plus jeunes :

« Ne faites pas les cons. C'est fini, là-bas.

— *Qué t'en prei*[1], répétait aussi Marthe à son jeune frère. Laisse les Espagnols s'occuper de leurs affaires. On a assez à faire ici.

— C'est un devoir international, répliquait Antoine.

— Et ton devoir familial ?

— Je n'ai rien ici et je n'aurai jamais rien.

— Mais tu as le gîte et le couvert. Tu n'es pas tranquille et bien nourri ?

— Si, mais il n'y a pas que cela.

— Il te faut une femme...

— Non, Marthe, il me faut de l'avenir. Et ici, je n'en vois pas. Ailleurs, oui, je trouverai tout cela et aussi une femme. Je n'ai pas un instituteur pour m'aider, moi.

— Imbécile ! »

La discussion s'était arrêtée là. Buté comme la plupart des Menvielle, Antoine était sorti. Il s'en voulait d'avoir été brutal avec sa sœur et, indirectement, avec *moussu* Planté que tout le monde respectait.

L'Espagne et l'Aragon revenaient une nouvelle fois hanter la vie bien rangée de Marthe. Dans les premières années de la république espagnole, au début des années trente, elle avait surveillé les passages de réfugiés dans le village, sans vraiment se l'avouer. Puis elle s'était lassée. L'entretien de l'école, la cantine à assurer le midi et l'éducation de ses deux enfants l'avaient trop accaparée.

---

1. « Je t'en prie. »

La fin de la république espagnole fit affluer une vague de dizaines de milliers de réfugiés au nord des Pyrénées. Après quelques mois et le relatif apaisement qui suivit la fin de la guerre civile, de nombreuses familles reprirent le chemin du retour. D'autres s'installèrent pour de longues années en France, notamment dans le Sud-Ouest où ces réfugiés politiques trouvaient une terre de tolérance, des affinités linguistiques et la proximité de cette patrie qu'ils n'avaient pas su garder. Quelque chose changea dans l'ambiance de la vallée. Au contact quotidien avec les familles, Lucien Planté le sentit. Il en parla un soir avec Marthe. Raymond écoutait, plus attentif que jamais aux informations, énervé par les rumeurs de guerre et le déferlement des réfugiés.

— Je suis inquiet, Marthe. L'hospitalité est une chose, mais l'abus est insupportable.

— Ces pauvres gens vont bientôt partir ou aller ailleurs.

— Non pas. Ce sont des combattants politiques, pas de simples réfugiés. Ils ne peuvent pas retourner chez eux et ils portent l'esprit de vengeance. Ils vont le cultiver chez nous.

— Et alors ? N'est-ce pas normal, après ce qu'on leur a fait ?

— Peut-être. Mais nous, en attendant, on doit s'occuper de veiller à la paix. Et ces gens veulent au contraire nous entraîner à faire la guerre à Franco et à Hitler. Leur haine est idéologique. Leur combat n'est pas le nôtre. Tu comprends ce que je veux dire ?

— Bien sûr. Mais tu t'alarmes trop, encore, Lucien. Gavarnie en a vu d'autres. Tous ces gens passés dans la vallée depuis...

— Darrouy me l'a dit, intervint Raymond. Ils ont des armes, ils les ont gardées de leur guerre.

— Ne dis pas de bêtises, Raymond, s'interposa Lucien.

Si tu crois ce que disent les Darrouy, tu vas pouvoir écrire un roman, ou plutôt les contes et légendes des Pyrénées. Lequel t'a dit ça d'abord ? Ils sont tellement nombreux, dans cette famille.

— C'est sans doute ton copain Jean.

— Et d'où il les tient, ses informations ?

— De son frère Albert, celui qui est gendarme à Rabastens.

— En tout cas, Raymond, ne le répète à personne. Il ne faut pas affoler les gens et cela te serait ensuite reproché.

Le soleil avait commencé à baisser vers l'ouest, incendiant l'arrogant pic du Piméné. Une relative fraîcheur gagnait la vallée. Les ombres en s'allongeant permettaient aux hommes et aux animaux de souffler après la canicule. Comme chaque année, la fête de sainte Marie-Madeleine, ce 22 juillet, avait attiré des dizaines de visiteurs dans le village, Français de la vallée du gave et Espagnols des vallées de Broto et de San Nicolas de Bujaruelo.

Depuis la nuit des temps, cette journée était consacrée au resserrement de liens entre les habitants des deux côtés des Pyrénées. Les traités signés valaient ce que les hommes en faisaient et, pour cela, il fallait se rencontrer de temps en temps. L'année précédente, des incidents avaient opposé des bergers espagnols à leurs homologues français. Forts du droit qui leur était donné de faire paître chaque année leurs troupeaux dans la haute vallée d'Ossoue, les Espagnols avaient exagéré.

Du côté français, même au cœur de l'été, il y avait de l'eau et des pâturages. Depuis deux siècles au moins, l'accord permettait aux Espagnols de passer par le col de la Bernatoire et de descendre par la vallée de la Canau. Leurs troupeaux pouvaient rester un mois, pas un jour de plus. Certains essayaient d'arriver plus tôt et de repartir plus tard. Il y avait aussi eu des vols de brebis et d'ânes. Chacun se surveillait. Les contentieux finissaient parfois en combats au bâton ou à la fronde. Il fallait ensuite que les élus et les curés entament la négociation. Les choses se calmaient généralement avant l'arrivée des premiers froids.

Après la grand-messe célébrée par le curé, Joseph Fréchou, toujours heureux de retrouver l'assistance des grands jours, malgré cette sombre année 1939, tout le monde s'était rendu en bandes joyeuses vers le plateau de Holle, à l'entrée de la vallée d'Ossoue, où l'on se rassemblait aussi pour le feu de la Saint-Jean. L'ombre des bouquets de frênes et de quelques hêtres avait été prise d'assaut par les plus chanceux. D'autres s'étaient couchés sous deux chars à foin en attente de déchargement. Le champ exhalait une forte odeur d'herbe foulée et de grillades de viande.

Les voisins s'étaient assis ensemble, par quartier. Manches retroussées, béret du dimanche sur la tête, les hommes commentaient le déficit d'eau du côté des *oulettes* d'Ossoue. Sous leur grand chapeau de paille, les femmes se reposaient après la matinée harassante occupée à préparer les poulets rôtis, les salades et les croustades sucrées que chaque famille avait ensuite engloutis.

Lucien, Marthe et leur Hélène de quatorze ans avaient rejoint leurs amis du quartier centre, les Bégarie, les Fontan, les Menvielle. Dominique était venue de Tarbes pour la fête. Hélène avait retrouvé les enfants de Jean-Marie, Pierre et Louise, avec qui elle faisait des roulades sur un petit pailler dressé avec du foin pris sur la charrette. Ils s'étaient amusés un moment à un concours auquel participaient tous les garçons, un jour ou l'autre : porter la plus grosse charge de foin à la pointe de la fourche. Puis ils s'étaient éloignés vers le gave. Marthe et Bernadette surveillaient les plus petits, toujours tentés de s'approcher de la fourche restée plantée dans le pailler. La conversation roulait sur la situation internationale. Lucien Planté donna son avis :

— Oui, il faut s'entendre avec l'Allemagne. A Munich, Daladier a sauvé la paix. C'est une bonne chose. Le pire, c'est la guerre.

— Mais, *moussu* Planté, ces Boches ne pensent qu'à bouffer les autres, fit remarquer Jean-Marie.

— Regardez ce qu'ils font avec la Pologne et les autres pays de l'Est, enchaîna Jean-Pierre, l'aîné Menvielle.

— Cet Hitler ne me dit rien qui vaille, reprit Planté. Mais avez-vous vu qu'il est en train de s'entendre avec Staline ? A ce compte, on aura bientôt les Allemands et les Russes contre nous. Cela fera beaucoup.

Tous approuvèrent. Un long silence suivit. La guerre menaçait mais on croyait encore la paix possible, après l'accord obtenu entre les Alliés et l'Allemagne l'année précédente. Ici, sur cette immense pelouse baignée de soleil, on n'avait jamais entendu le fracas du canon. Le seul bruit fait par des armes était celui des fusils de chasse, le cliquetis des mousquetons des gendarmes quand ils passaient en patrouille et la longue plainte stridente des couteaux et des faux qu'on affûtait sur la pierre.

— On pourrait s'entendre avec les Espagnols. Eux, au moins, on les connaît.

La remarque de Suzanne Menvielle fit rire le groupe. C'était vrai qu'il n'y avait pas eu de guerre depuis longtemps avec l'Espagne et que les seules batailles étaient les rixes entre bergers. Dominique Fontan posa la main sur son bras.

— Oh, ceux-là, Suzanne, moins on les voit, mieux on se porte. Ils ne nous envoient que les voleurs et les profiteurs.

Marthe se raidit, imperceptiblement. Lucien s'en aperçut.

— Mais non, Domenge. Ceux que nous avons accueillis ces dernières années se sont plutôt bien comportés. Je crois qu'il y en a près de deux mille installés dans notre département. S'ils étaient tous des bandits, on ne les aurait pas gardés.

— Dites ce que vous voulez, *moussu*, rétorqua Dominique. Moi, je sais que moins je les vois, mieux je me porte.

Antoine, le cadet Menvielle, resté célibataire avec pour seule passion son troupeau et la politique, intervint avec une véhémence qui surprit tout le monde.

— Ça suffit d'entendre ça, Domenge. Qu'est-ce que tu nous chantes là ? « Madame ne veut voir personne. » Gavarnie a toujours accueilli les gens, qu'ils viennent du sud ou du nord. Je pense que les anciens ne seraient pas trop heureux d'entendre cette chanson.

— Oh toi, l'Antoine, en dehors de tes brebis, tu ne lèves pas trop la tête ! Tu ne vois pas plus loin que le bord de ton béret.

— Eh si, justement, madame Je-sais-tout. C'est parce que je la lève, la tête, que je sais que l'orage va venir. *Aci e acerà, pertot*[1]. Même que…

— Antoine a raison, mes amis, le coupa Planté. Nos gouvernements font tout pour éviter la guerre, mais je crains que la folie des hommes ne soit la plus forte.

— *Tio*, murmura Jean-Marie. La Grande Guerre ne leur a pas suffi. Avec les nouvelles armes mécaniques et les avions, ils vont en faire une autre, plus grande encore.

— Ce sera terrible.

— Au moins, on sait qu'il ne faudra pas croire ceux qui diront que tout sera fini en quelques jours. Rappelez-vous, en 1914…

— On s'était bien trompés, c'est vrai. Mais cette fois, je crois qu'on est prêts. Nos armées les attendent derrière la ligne de monsieur Maginot.

— Quelque chose de formidable, paraît-il.

1. « Ici et ailleurs, partout. »

— Eh oui, le journal le dit.

— Pour les Allemands, ce serait pire que Verdun, poursuivit Lucien. Ils réfléchiront à deux fois avant de s'y frotter.

— J'espère que ce type, cet Hitler, le sait, glissa Suzanne.

— On va lui envoyer *moussu* Planté pour lui expliquer.

Ils s'esclaffèrent. On entendait au loin la sonnerie hésitante d'un clairon, l'instrument cabossé que le grand-père Jules Menvielle avait offert au fils de Marthe, en prenant sa retraite de garde champêtre.

— Té, c'est Raymond qui sonne la charge.

— Aux filles, oui, sans doute.

Moins d'un an plus tard, la France était envahie, les armées françaises brisées, vaincues en quelques jours, Paris prise, le gouvernement républicain en fuite, un vieux maréchal porté au pouvoir en catastrophe par un Parlement tétanisé de peur. Le réveil fut brutal. La France se trouvait en grande partie occupée. Les Allemands campaient sous la tour Eiffel et le gouvernement de la France faisait semblant de gouverner normalement à Vichy. Des pages plus sombres commençaient pour les vallées pyrénéennes.

Lucien Planté avait eu raison. La politique était maintenant partout, et les divisions aussi. Les événements tragiques avaient ébranlé toutes les certitudes. Les empoignades au conseil municipal devinrent plus vives. Le verre de l'amitié ne resserrait plus les liens comme avant. Au marché, on parlait plus des réfugiés d'Espagne que de la présence des Allemands, assez peu voyante à cette époque. On reprochait aux Espagnols leur arrogance. On disait qu'ils cherchaient à organiser des grèves à l'arsenal de Tarbes, qu'ils voulaient empêcher la vente d'électricité à l'Espagne de Franco.

Les gendarmes et les douaniers multipliaient les patrouilles entre Luz et Gavarnie. On les voyait plus souvent dans le village, sur les sentiers de la vallée d'Ossoue et des Espécières, vers le port de Boucharo, et même dans le cirque d'Estaubé, vers le refuge de Tuquerouye.

— On ne peut plus ramasser de champignons sans voir un képi, tonna Antoine Menvielle dans la salle du conseil.

— Avec ton grand-père garde champêtre, tu devrais être habitué, ricana Darrouy.

— C'est quand même la guerre, rappela Antoine.

— Non, corrigea Planté, depuis l'armistice, c'est différent.

— Ce n'est pas ce qu'on a fait de mieux.

— Nous avons justement évité la guerre, insistait Planté en regardant les élus autour de la table.

Les plus âgés l'approuvaient, mais silencieusement. Ils s'abstenaient d'entrer dans ce débat un peu vif, mené par Antoine et deux ou trois jeunes, hésitant à prendre une position définitive.

— Quand le malheur s'en mêle, un pou étranglerait un âne, annonça un ânier prudent.

— Bêtises ! Nous voici occupés par les Boches. On a voulu éviter la guerre, le résultat n'est guère brillant.

— Tu es trop sévère et impatient, Antoine. D'abord, toute la France n'est pas occupée. S'il y a une zone libre, c'est bien grâce au maréchal Pétain. Avec lui, on peut être sûr d'une chose : le vainqueur de Verdun ne bradera pas les intérêts de...

— Mais c'est déjà fait, *moussu* Planté. Réveillez-vous !

Lucien Planté sortit de ce conseil épuisé, amer. Il s'arrêta un moment au carrefour de la maison Tossat et leva les yeux vers le sud. Novembre avait déjà recouvert de neige tous les sommets dont il connaissait la plupart des marches d'approche. Il savait ce panorama par cœur et il l'avait aimé dès son arrivée, deux ans avant le déclenchement de la Première Guerre. Gavarnie l'avait conquis, il y avait bâti sa vie et fondé une famille. Il vivait dans cette vallée depuis presque trente ans déjà. Il frissonna. De grandes écharpes immaculées s'accrochaient aux parois du cirque, soulignant les étages de ce « colosseum de la nature ». La formule de Victor Hugo le renvoya vingt ans en arrière. Il sourit.

Yvonne ! Un souvenir doux-amer, son parfum de violette et de cassis, aujourd'hui presque effacé. Leurs lettres s'étaient espacées. Le père d'Yvonne s'était éteint en 1925. Il avait reçu un faire-part de décès, réalisant qu'il n'avait pas revu Yvonne depuis deux ans. C'était l'année de la naissance de sa fille Hélène, enfant tant attendu après les fausses couches successives de Marthe. La grossesse avait été menée à terme. Fou de joie, sur un nuage pendant des semaines entières, Lucien avait oublié de répondre. Six mois plus tard, c'était la mère d'Yvonne qui disparaissait. *On peut mourir de chagrin et de solitude*, disait le mot qui accompagnait le carton liseré de noir. Honteux de ne pas avoir répondu la première fois, Lucien n'osa pas accuser réception. Il n'y eut plus de lettre, plus de visite du jardin Massey.

La vie à la fois paisible et passionnée du village, les générations d'élèves dans la petite école restaurée à trois reprises, les courses en montagne avec ses amis Miramon et Bégarie avaient occupé tout son temps. Marthe l'avait comblé, d'amour et de respect. En retour, il avait élevé Raymond comme son propre fils. Et sa petite Hélène était à ses côtés, jolie comme une fée à l'aube de ses dix-huit ans, comme l'était sa mère au même âge selon sa grand-mère, Suzanne Menvielle. Hélène avait le goût de la lecture et de l'écriture. Comme son père, se disait avec fierté Lucien en pensant à son avenir.

Il se faisait plus de souci pour Raymond. Déjà presque adulte, Raymond était plus grand que la moyenne des garçons du village. Grand et mince, ce gaillard de vingt-trois ans dépassait en taille tous les jeunes de l'école. Les filles l'avaient surnommé Sarnalha [1]. L'étrange lumière de son regard noisette en impressionnait plus d'une. Il avait hérité ces yeux de sa mère. Ils tranchaient sur le visage mat que lui avait donné Ramon, ce père dont il ne soupçonnait pas encore l'existence. Les garçons lui avaient donné un autre sobriquet : Mahuma [2].

Turbulent, écorché vif, Raymond était volontiers agressif à l'égard de ses camarades. Marthe devait souvent l'apaiser. A cause de ce caractère difficile, ni elle ni Lucien n'avaient encore osé lui révéler le secret de sa naissance. Il semblait en permanence en guerre contre le monde. Ses colères l'assombrissaient encore plus. Son visage mat devenait presque noir. Il n'avait qu'une faiblesse, sa petite sœur Hélène, de cinq ans sa cadette, une fille au teint clair qui était sans doute la seule à pouvoir mener son frère si ombrageux.

Pierre Abadie, le père de sa belle-sœur Bernadette, était monté de Gèdre pour voir Clément. Ils avaient longuement parlé. Abadie savait que le fils Bégarie connaissait bien la montagne et n'aimait pas trop les Allemands. Il lui avait raconté que des habitants de la vallée s'étaient organisés depuis 1941 pour aider des gens à passer la frontière. Clément ne put retenir un sourire.

— Qu'est-ce qui te fait rire ? Tu te moques ou quoi ?

— Mais non, monsieur Abadie...

— Appelle-moi Pierre, ça ira.

— Je le savais, que des gens passaient. Depuis 40, il y en a eu du passage dans la montagne. Et puis, je me souviens de Lucien Planté après l'arrivée du Front populaire...

— Celui-là aussi, il y aurait à redire.

1. « Lézard ».
2. « Enfumé » ou « basané ».

— Il avait raison.

— Raison de quoi ?

— Il nous avait annoncé qu'un jour c'est nous qui serions obligés de passer en Espagne.

— Bon, peut-être. Alors, tu en es ? Ah oui, j'oubliais. Tu peux en parler au curé, mais attention, hein. Discrétion d'abord. Et tu peux le savoir : Georges Adagas est avec nous.

Clément et Jean-Marie s'étaient ensuite retrouvés dans le champ derrière la grange, le vieux Canaou sur leurs talons, moins vif qu'avant mais toujours fidèle. Le chien de berger s'était installé sous le frêne, à l'abri du soleil, le museau sur les pattes, surveillant ses deux maîtres. Les frères Bégarie s'étaient réparti la tâche sur la ferme. Jean-Marie fauchait les derniers arpents des hautes herbes et Clément retournait à la fourche les andains de foin déjà faits. Ils regardèrent s'enfuir un mulot. Jean-Marie releva la tête ; de grosses gouttes de sueur perlaient sur ses joues mal rasées. On entendait tonner au loin. La masse du Marboré avait pris sa teinte grise des mauvais jours d'été.

— Ça va dégringoler, je le sens à ma jambe. Il faudra faire vite avant l'arrivée de la flotte.

Clément ne répondit pas. Son frère avait raison. Les hirondelles en rase-mottes au-dessus des andins faisaient un carnage d'insectes dérangés par la faux et la fourche, affolés par l'orage qui montait. Il lui avait parlé de la venue de Pierre Abadie mais Bernadette lui avait déjà dit depuis plusieurs semaines que son père s'activait du côté de la Résistance.

— Tu vois, Clément, mon beau-père a raison. Il faut quand même faire quelque chose.

Jean-Marie s'était redressé. Il regarda un instant en direction du sud-ouest. L'horizon était barré d'une énorme masse nuageuse. Il retourna sa faux pour en tâter

1. Petit coffin de bois.

le fil. Le *coudé*[1] qu'il portait à la ceinture était presque vide, mais il n'avait pas le temps de retourner au ruisseau pour le remplir d'eau. Il commença de rapides allers et retours sur la lame avec la pierre à aiguiser. Le bruit lancinant du frottement sur l'acier fit lever la tête de Canaou, interrogatif. Jean-Marie crachait de temps en temps sur la lame pour améliorer l'affûtage.

— Tu dois le faire. L'*ostau* Védère doit en être. Si je pouvais d'ailleurs...

— Je sais.

Après la mort de leur père, Jean-Marie avait repris toute la charge de chef de famille pour les travaux agricoles. Magdeleine continuait à gérer en maîtresse absolue la maison. Patiente et de bonne composition, Bernadette s'était soumise. La bru ne s'occupait que de ses enfants, Louise et Pierre. Elle avait tout accepté, un sacrifice fait pour eux, espérant voir l'un ou l'autre réaliser une part des rêves de la jeune fille de Gèdre devenue femme de l'*ostau* Védère.

Louise, sa fille aînée, était peut-être en train de le faire. Après la mort du grand-père Paulin, elle avait voulu partir poursuivre ses études à Tarbes, pour être professeur et s'installer dans son propre appartement. Elle voulait enseigner à Bordeaux ou à Toulouse. Magdeleine avait mal accepté cette décision. La discussion dans la cuisine de l'automne 1941, avec Magdeleine et Jean-Marie, avait été tendue, âpre. Bernadette n'avait pas prononcé un mot parce qu'elle en avait déjà parlé avec son mari. C'était maintenant à lui de prendre la parole. Elle savait ce qu'il pouvait dire mais elle redoutait l'emprise de Magdeleine. Jean-Marie craignait de faire de la peine à sa mère, un peu plus d'un an après la mort de Paulin.

« Louise est l'*ainada*[1] Védère, après toi, Jean-Marie,

1. L'aînée.

insistait Magdeleine. Tu l'oublies ? L'*ostau* Védère lui reviendra.

— Ce n'est pas son choix, maman, tu la connais.

— Son choix ? Est-ce qu'on choisit quand on est l'*ereitera* ? Je n'ai pas choisi, moi. Et toi non plus. Alors ? »

C'était vrai. Jean-Marie n'avait rien choisi de sa vie. Elle s'était faite ainsi. Il enviait parfois son frère. Clément était resté au pays, mais tout à sa passion de la montagne, guide et passeur, berger et rêveur d'ailleurs. Jeanne et lui semblaient heureux. Sportive comme Clément, elle ne lui avait pas donné d'enfant mais Jean-Marie pensait que Clément n'en voulait pas. Un ou deux ans après son mariage avec Jeanne Pailhès, Jean-Marie avait interrogé son frère, en riant :

« Alors, tu nous les fais quand, les cousins de Louise et Pierre ?

— Des enfants, mais pour quoi foutre, Jean-Marie ? Jeanne et moi, on n'a rien trouvé en arrivant. On ne laissera rien. Tu le sais bien : deux cadets qui se marient ensemble, c'est l'union de la faim et de la soif.

— Plus maintenant, Clément, cela change.

— Et si c'est pour les envoyer dans les tranchées un jour… je passe mon tour. »

En voyant ses propres enfants grandir, Jean-Marie avait compris que la vie avait pris un autre cours, sans qu'il le voie tout de suite. Après 1918, il y avait eu l'automobile chassant les voitures à cheval, l'arrivée de l'électricité et de plus en plus de gens parlant *pontshut* dans la vallée, les lois sociales réservées aux gens de la ville, ceux qui travaillaient dans l'industrie. Des jeunes de la vallée avaient abandonné en grand nombre la terre pour s'engager à l'usine. Ceux qui restaient en avaient profité, rachetant des terres et des granges, mais la vie semblait s'être arrêtée. Tellement de choses avaient changé.

Les jeunes revenaient au pays habillés de façon différente. Ils n'avaient plus les mêmes mots et ne reconnaissaient pas les signes que la montagne ou la nature envoyaient aux hommes. Ils s'asseyaient ou s'allongeaient comme des vieux en fin de vie, en plein jour, à l'heure du travail. Jean-Marie se rappelait qu'il n'avait jamais vraiment choisi son existence. Comme ce jour où Etienne était parti à sa place pour la chasse à l'ours. Le petit n'en était jamais revenu. Sa mère avait décidé pour lui. Et son père, déjà, n'avait rien dit.

« Maman, Louise choisira sa vie. »

La discussion avait été vive. Tassé sur lui-même comme un roc, Jean-Marie n'avait rien cédé.

« Tu me tueras, Jean-Marie. Tu me tueras !

— Ne dis pas de bêtises, maman. Les gens meurent, oui, mais pour des choses plus graves.

— Ta Louise a bien le caractère de sa *maïrrio*. Elle n'en fait qu'à sa tête.

— Domenge a fait un choix qui lui plaît. André m'a dit qu'elle a un bel appartement à Tarbes, avec de l'eau et du gaz à tous les étages.

— Lui, il a toujours été amoureux de sa sœur.

— Tu es de mauvaise foi. Domenge a travaillé à l'hôpital comme elle voulait.

— Ah oui ? Une fille employée en salle à nettoyer la *caguère* des autres...

— Elle a arrêté. Elle s'occupe de ses deux petits.

— Bah, Jean-Marie, je le sais bien. Je ne suis plus de bonne utilité. »

Bernadette n'avait pas relevé la flèche. Une de plus, après toutes ces années où sa belle-mère lui avait fait comprendre qu'elle utilisait trop de savon et qu'elle pliait mal le linge, que ses *crespets*[1] de mardi gras étaient trop sucrés et ses *tchitchous* trop fades, que la farine du *milhas* devait être moulue plus fin. « Jean-Marie n'aime pas... Quand j'étais jeune, on ne

1. Beignets.

faisait pas… Ta mère ne t'a pas appris à… » Bernadette avait su prendre un peu de distance, grâce à ses enfants. Leur présence avait rendu la cohabitation plus facile, surtout depuis le départ de Clément et de Jeanne pour une petite maison, un peu plus bas dans le village. Il y avait eu plus de place dans la maison Védère. C'était mieux pour tous.

Dans l'ombre, en retrait, la bru avait essuyé une ou deux larmes d'émotion. Bernadette avait compris ce soir-là que la vie changeait brusquement, moins pour elle et son mari que pour ses enfants, Louise la première. Elle aurait une autre vie, et peut-être du bonheur.

« Il nous reste le *cadetou* [1], maman, tu le sais. »

Pierre était tout le portrait de son oncle Clément au même âge. Le petit Bigourdan ne vivait que pour sa montagne, heureux par-dessus tout de pouvoir partir sur les sentiers avec Rougailhous [2], le berger des Pyrénées que ses grands-parents Bégarie et Abadie s'étaient cotisés pour lui offrir à l'occasion de ses dix ans. La grosse peluche de poils blancs était devenue un solide molosse dont la voix un peu voilée portait loin. Pierre Bégarie ne l'appelait que « Rouga ». Lorsqu'il était petit, le chien l'attendait à la sortie de l'école.

« Un vrai chien de gouttière, ton Rougailhous, lui disait en plaisantant Clément. Aussi à l'aise sur le gazon que sur la glace et le rocher. C'est drôle, ça. Té, il me rappelle mon brave Martou. Ton chien, je vais te dire, c'est un âne. »

Pierre s'insurgeait et sautait sur son oncle pour une bagarre simulée qui les faisait rouler dans l'herbe, avec Rougailhous en arbitre inquiet.

« Ne faites pas les bourriques ! » criait Bernadette.

Ils se *bourriquaient* de plus belle. Depuis la fin de

1. Cadet.
2. « L'enroué ».

l'école, Pierre et Rouga ne se quittaient plus. Ils étaient partis pour l'estive. L'oncle Clément leur avait appris les passages secrets, les fleurs qui guérissent, le bruit de papier déchiré des cascades cachées dans les éboulis, le frêne à toujours protéger.

« Ses feuilles nourrissent le bétail, Pierre, et son bois chauffe les hommes. »

9

Les deux hommes montaient en silence, à courtes enjambées, chargés chacun d'un petit sac à dos. De temps à autre, l'un d'eux s'arrêtait, plié en avant, soufflait trois secondes et repartait. A certains endroits, la pente herbeuse paraissait presque verticale. L'herbe restée humide de la dernière averse glissait sous leurs semelles. Une brume froide commençait à monter du ravin où grondait le torrent. Ils voulaient arriver avant la nuit, avant une nouvelle pluie d'orage. Le mot qu'on leur avait passé disait que la réunion était importante. Sans doute une nouvelle mission pour le réseau.

— On y est presque, murmura celui qui marchait en tête.

L'autre ne répondit rien. Il était inutile de perdre du souffle. Le grand Miramon savait où il allait. Clément lui faisait entière confiance pour le mener à la grange où attendaient les autres. Il se demandait qui serait présent autour de Georges, le patron. Ils faillirent passer à côté de la cabane. Son toit d'ardoises sommairement taillées, recouvert en partie de mottes de terre et d'herbes, épousait exactement la pente. De loin, ses murs de pierre ressemblaient à des éminences naturelles de roches sur le versant de ce champ d'altitude. Un peu plus haut, un petit bois de sapins couronnait la crête. Un arbre abattu par la foudre des années auparavant avait glissé sur la pente. Les branches tordues et noires du géant foudroyé lançaient de sombres présages vers le ciel. Clément connaissait l'endroit pour y être passé bien des années avant avec son troupeau. Il savait que le port de Boucharo n'était qu'à une heure de marche à peine. La cabane servait de relais aux passeurs et d'abri en cas d'alerte. Il y en avait eu beaucoup depuis la mise en place du réseau, pendant l'été 1942.

La dernière partie du trajet vers la grange avait contraint Miramon et Bégarie à passer dans un dédale de blocs de granit dont certains semblaient avoir été concassés par un poing de géant. Cachées dans la pénombre du crépuscule qui gagnait la vallée, les grosses pierres coupantes du sentier les obligeaient à faire attention pour ne pas se tordre les pieds. Juste avant de déboucher sur la grande pelouse qui précédait la grange, ils entendirent une voix et le claquement d'un verrou. Ils sont bien là, nota Clément. La cabane sembla surgir de terre à leur approche, comme un gros œil ouvert sur le versant. Une toile opaque voilait la lucarne et une demi-douzaine de briques renforçaient la protection sur le rebord extérieur. Deux énormes planches de bois faisaient office de porte. Les pignons taillés en escalier allégeaient un peu la forme du bâtiment, mais cette grange avait tout l'air d'un fortin.

Ils frappèrent à la porte. Un homme armé surgit de derrière un mur qui se confondait avec le rocher. Clément reconnut un cantonnier de Gèdre qui avait été invité par Abadie lors de la noce de son frère.

— Je vous ai vus approcher.

L'homme frappa selon un code précis et siffla doucement trois fois, sur deux tons. Il attendit quelques secondes, guettant un signal de la bâtisse muette et sans lumière. Clément et Michel n'entendirent aucune réponse. Ils reprenaient leur souffle quand la porte s'entrouvrit. Le guetteur extérieur les poussa vivement à l'intérieur et referma aussitôt la porte derrière eux. Ils crurent entrer dans une tombe et participer à une veillée funèbre. Une bougie brillait faiblement sur la vieille table en bois où le berger préparait autrefois son fromage. Ils ne virent d'abord que les trois personnes assises sur les bancs. Clément et Michel reconnurent sans hésiter Georges Adagas.

— Salut, les gars. Vous êtes en retard. Les présentations, ce sera pour plus tard. Je poursuis. On n'a pas de temps à perdre.

Ils déposèrent leur sac et se serrèrent dans un coin. C'est alors qu'ils aperçurent d'autres ombres. Cinq autres hommes étaient présents dans la salle, assis contre les murs de la pièce, immobiles, emmitouflés dans leur grosse veste de chasse. Ces statues aux yeux brillants écoutaient attentivement les explications du chef du réseau.

Mâchoire carrée, l'énergie à fleur de peau, regard franc, Adagas n'avait pas hésité une seconde à s'engager. Fils de paysan, cet excellent marcheur avait été breveté porteur puis guide à Gavarnie en septembre 1938, avec Henri Castagné et Grégoire Trescazes comme compagnons de formation. Ces grands noms avaient illustré la corporation des guides pyrénéens depuis le début du XIXe siècle. Tous étaient hébergés par Pierre Vergez à l'Hôtellerie du Cirque. En les accueillant dans la salle des guides de son établissement, « le sanctuaire » comme il disait, pleine de piolets, de cordes et de documents laissés par les pyrénéistes, l'héritier de six générations d'hôteliers installés à cet endroit leur avait dit : « Messieurs, cette salle n'est pas un lieu, c'est une histoire. »

Après avoir fait la totalité des courses d'escalade autour de Gavarnie, Adagas écrivait l'histoire depuis 1942, avec son ami Trescazes. Ils organisaient les passages, les lieux de rendez-vous. Adagas donnait des ordres et des recommandations.

— Les gars, notre département fait moins de cent kilomètres de frontière avec l'Espagne, avec onze communes frontalières et quarante-six possibilités de cols. Vous savez combien il y a de gendarmes ? Sept cents maximum. Et de douaniers ? Vingt-neuf. Putain, on a quand même de bonnes chances de faire passer du monde, non ? A moins que l'un d'entre vous n'ait le mauvais œil. Il faut le dire tout de suite. On l'enverra chez Fréchou se faire exorciser.

Ils rirent. Les dernières consignes passées, ils partirent par groupes de deux, les armes à la bretelle. Un des hommes, peut-être le plus jeune, grand et maigre, portait un foulard rouge autour du cou. Miramon et Bégarie comprirent que c'était un Aragonais.

Adagas les retint au moment où eux aussi allaient franchir la lourde porte.

— Les gars, j'ai besoin de gens comme vous.

— Pourquoi nous ? Il y en a plein d'autres qui sont prêts à faire passer.

— Oui, je sais. Ici, à Gavarnie, j'ai l'embarras du choix. Mais je veux surtout des gens comme vous, des paysans du coin. Rien ne remplace la connaissance transmise de génération en génération. Darré me l'a expliqué en 38. Je l'ai compris dans toutes mes courses. Vous connaissez bien Gavarnie et la montée sur le Boucharo. Vous savez qu'ici la traversée est plutôt facile, plus qu'ailleurs. Mais le problème c'est qu'on peut mal se camoufler.

— Il faudra éviter le village.

— Je pense que vous avez raison. Ça vaudra mieux. Ça allonge la montée, mais ce n'est pas grave. Je compte sur vous. Si vous avez besoin d'autres itinéraires, je vous ferai passer le guide Soubiron des Pyrénées centrales. La carte est au 1/80 000. Il en reste à la librairie de Tarbes. Les Allemands n'ont pas pensé à tout prendre.

— Le maire a chez lui le guide Ledormeur, l'édition 1928.

— Oui, c'est bien aussi. Mais la carte est au 1/100 000.

Le vieux curé Fréchou reçut Bégarie et Miramon avec un large sourire.

— Alors, vous revoilà, les bandits. Ce n'est pas pour confesse, je suppose. Il y aurait du chantier, oui.

Il leur expliqua que les gens de la vallée pouvaient bien faire quelque chose pour les malheureux pris au piège, « en tant que chrétiens autant que Pyrénéens ». L'évêché avait signalé que près de deux cent mille réfugiés venus du nord depuis 1940 étaient restés dans le département.

— On avait les Espagnols vaincus par Franco, les Italiens opposés à Mussolini. Maintenant on a les Belges chassés par Hitler. Je ne suis pas sûr que ce soient les miracles de Lourdes qui attirent tous ces gens par chez nous.

Fréchou leur rappela l'installation de la statue de Notre-Dame des Neiges, en 1927, pour protéger Gavarnie des avalanches et accompagner les guides sauveteurs de la vallée. Tous les trois avaient encore en tête l'inscription sur le socle : « Etre toujours prêt ».

— Oui, mais cette fois ce ne sont pas des gens qu'il faut sortir de la neige. C'est de la folie des hommes qu'il faut les sauver.

— Ce n'est pas la première fois, *moussu* le curé. A Gavarnie, on a l'habitude.

— Tu crois que je l'ai oublié, Miramon ? s'indigna Fréchou. Tu me crois si patraque ? Aujourd'hui, mes enfants, avec les Boches nazis et ceux qui les soutiennent, le danger est extrême.

Il leur donna des conseils et des recommandations. Ils

lui posèrent des questions sur le réseau, mais sans obtenir aucune réponse.

— Oh moi, je ne sais rien mais je rends service ! répondit Fréchou.

Avant de partir, le curé les obligea à le suivre dans l'église plongée dans l'obscurité. Il alluma une chandelle et les mena devant la petite statue de Notre-Dame du Bon-Port. Saint Jacques veillait sur l'autre pilier, son bâton de marcheur à la main. Animé par la lumière dansante de la bougie, le personnage en bois polychrome semblait les fixer d'un regard étrange en fronçant les sourcils.

— Regardez-la, cette Notre-Dame du Bon-Passage. Elle veille sur les gens qui passent et ceux qui les font passer depuis... avant Jeanne d'Arc, même. Alors, pensez à elle de temps en temps, là-haut.

Sur le seuil du presbytère, devant le chemin qui redescendait vers le village, le curé leur serra la main.

— *Totis eths sants qu'ajudan*[1] *!*

— *Mercès plan*[2], répondirent-ils en riant.

Joseph Fréchou regarda les deux hommes s'éloigner. Braves types, se dit-il en les bénissant discrètement dans la pénombre.

Clément, Michel et leurs amis passeurs virent arriver toutes sortes de clients. Des prisonniers de guerre évadés, des Belges éperdus, des Juifs ayant compris la terrible menace, quelques trafiquants cousus d'or, des fils de famille accompagnés de leur mère affolée. Après l'instauration du Service du travail obligatoire par les Allemands, en février 1943, des jeunes réfractaires affluèrent, en grand nombre. Il fallut canaliser leur enthousiasme et

1. « Que tous les saints vous aident ! »
2. « Merci beaucoup. »

les obliger à la discrétion. Il y avait aussi d'anciens curistes qui voulaient retrouver la paix à l'étranger. Les guides en reconnurent quelques-uns, surtout ceux qui avaient été les moins généreux lors de leur visite dans les Pyrénées. Les mêmes qui avaient affiché un certain mépris pour leur guide ou leur porteur dans les années de paix venaient implorer un passage, augmentaient le prix offert aux guides, jusqu'à plus de cinq mille francs, deux fois le salaire d'un ouvrier.

L'hôtel de Gèdre servait de relais à ceux qui arrivaient en autocar de Tarbes, envoyés par les réseaux « Mecana » et « Andalousie ». Un garçon de café les prenait en charge par la route. Le plus difficile commençait. Quand la vingtaine d'Allemands et d'Autrichiens cantonnés à Gèdre commencèrent à multiplier les patrouilles sur la route 21, il fallut rallonger l'itinéraire en passant par les granges de Saugué. Du linge rouge étendu à la fenêtre d'une des dernières maisons de Gèdre indiquait la présence de soldats sur la route. On devait alors passer de l'autre côté du gave. Le garçon de café transmettait le relais à un jeune éleveur du hameau de Héas. Miramon et Bégarie récupéraient les candidats au départ à la hauteur d'une des dernières granges de Saugué, près de la *hount*[1] d'Ourious. Ensuite, ils descendaient vers le gave d'Ossoue, traversaient le bois de Saint-Savin et remontaient ensuite dans la vallée des Espécières pour éviter Gavarnie.

Si l'hiver 1942-1943 fut doux, avec très peu de neige, ce qui permit d'effectuer un grand nombre de passages, la température chuta brutalement d'une dizaine de degrés au début d'août. Chose incroyable, un berger signala même de la neige au col de la Bernatoire.

Clément et Michel furent chargés de récupérer une famille au bois de Saint-Savin, une femme coiffée d'un grand chapeau, un homme d'une soixantaine d'années,

1. Source.

un garçonnet intimidé. Lorsqu'un groupe emmenait un enfant, on le confiait très souvent à Miramon. Sa force lui permettait de porter les petits sur de longues distances, malgré les dénivelés.

Le couple avait loué un âne à Gèdre pour convoyer une cantine en bois. Ils arrivèrent en retard.

— *Què es aco ?* lança Michel en désignant l'énorme bagage, agacé par le retard pris et par l'attitude de ces candidats à la liberté.

L'homme était bordelais. Il avait compris le patois.

— Des bagages personnels, mon ami.

— Je me doute que ce n'est pas la belle-mère qui voyage dans votre boîte. Qu'est-ce que c'est ?

— Les costumes de scène de mon épouse.

Michel et Clément se regardèrent, interloqués. La femme baissait la tête, sous le grand chapeau qui masquait son regard.

— Oui, Jacqueline est cantatrice au Grand Opéra de Bordeaux.

— Vous vous foutez de nous ou quoi ?

— Plaît-il ?

— Parce que vous croyez qu'on va donner un spectacle, là-haut ? Et à qui alors ? Aux Boches ? A la Guardia Civil ? A la Milice ? Soit vous laissez tout ici, soit on part sans vous. Choisissez !

— Mais ce n'est pas possible. Nous n'allons pas laisser ce trésor à l'ennemi.

Le couple discuta. Ils tentèrent de négocier. Impatient, Michel annonça le départ dans les deux minutes. Conciliant, Clément leur suggéra une idée.

— Madame Jacqueline n'a qu'à mettre ses plus belles robes sur elle. Il fait froid, là-haut. Vous aurez plus chaud. Bon, maintenant, il faut y aller. On a perdu assez de temps. Le passeur espagnol va nous attendre.

— Allez, Jacqueline, cela semble raisonnable. Prenez donc la plus belle.

— Fernand, c'est un choix difficile que vous me demandez de faire.

Miramon avait levé la tête. Cet homme lui rappelait vaguement quelqu'un. Mais il fallait se mettre en route. L'après-midi était déjà bien entamée. Un courant d'air frais balayait le plateau. A l'abri derrière le mur en escalier de la grange d'Ourious, Jacqueline ouvrit le coffre et passa une première robe, puis aussitôt une deuxième. Elle hésitait. Une odeur un peu sucrée de poudre de riz et de naphtaline se répandit autour d'eux. Miramon s'impatientait. Puis elle plongea de nouveau dans le fatras de vêtements et sortit une troisième toilette. Elle avait choisi la plus chatoyante, d'un rouge cramoisi rehaussé de dentelles noires qui dessinaient un balcon sur une poitrine qu'on devinait généreuse.

— C'est dommage, je n'ai pas mon miroir, lâcha-t-elle en ajustant la toilette.

— Et moi, mes grands ciseaux à tondre les moutons! rugit Clément, en s'interrompant aussitôt devant le regard inquiet du petit garçon. Mettez une autre robe, madame. S'il vous plaît! Et vite! Avec ce rouge, on va attirer toutes les bêtes à cornes de la vallée. Et il y en a beaucoup, et même qui ont deux pattes...

Sans enlever la robe rubis, Jacqueline choisit cette fois un joli corsage vert amande sur une jupe gris clair. La superposition de vêtements l'avait fait quasiment doubler de volume.

— Quel carnaval! gronda Miramon en lançant la marche, le petit sur ses talons.

Le sentier était facile, balisé par les hautes tiges des chardons bleus. Les herbes hautes nappées de massifs d'hélianthèmes et de cirses à tête mauve descendaient en pente douce vers le gave. A cet endroit, la vue vers le sud était magnifique, offrant le grand spectacle du cirque dans sa quasi-totalité, au-delà de la ligne des forêts de sapins. Le Marboré et la Tour barraient l'horizon de leurs énormes plissements de calcaire gris. Des névés accrochés sur leur flanc soulignaient leur impressionnante musculature d'éléphants de pierre. Au centre du massif, la cascade blanche flottait dans le vent comme un plumet de vapeur.

— C'est beau, toute cette montagne, murmura le garçon, émerveillé par l'ampleur de la vue offerte.

Miramon se retourna et lui sourit. L'homme et la femme avaient déjà pris une vingtaine de mètres de retard. Ceux-là, je sens qu'ils vont m'emmerder longtemps...

— Oh, *beroy*, tu as raison, c'est la plus belle vue du monde, dit-on. Des gens très importants l'ont dit. Ils sont venus la voir. Comment t'appelles-tu ?

— Henri, monsieur.

— Eh bé, Henri, il faudra que tu reviennes, quand tu seras plus grand. Tu viendras ?

— Oui, monsieur.

— Mais... Je crois que je te cache le paysage. Viens sur mes épaules.

Le petit hésita. Il fit non de la tête. Il était un peu effrayé. Miramon le comprit et n'insista pas. T'en fais pas, petit. Tu es vaillant mais je sais quand tu en auras assez de marcher...

La descente vers le pont de Saint-Savin était difficile. Les cailloux roulaient sous les chaussures. Michel retint l'enfant qui perdait l'équilibre. Clément offrit son bras à la dame. Son mari suivait à quelques pas. Arrivé au petit pont de pierre, presque caché par les bouleaux, le Bordelais s'arrêta net.

— Alors ça, par exemple !

— Quoi donc encore ?

Clément crut que l'homme s'était tordu la cheville. Mais il ne se plaignait pas. Il regardait à droite, à gauche, un large sourire sur le visage.

— Ça, par exemple ! Mais c'est là, oui ! C'est par là

que je suis passé quand je suis allé à l'assaut des neiges éternelles. Souvenez-vous, Jacqueline. Je vous l'ai raconté. Ce passage si risqué où j'ai failli me rompre le cou.

Michel tendit l'oreille. Une nouvelle fois, cet homme lui rappelait une histoire qui trottait dans sa tête depuis le départ.

— Et c'était quand ? En quelle année, monsieur ? Monsieur comment ?

— En ces temps de guerre, je ne crois pas qu'il soit très prudent de donner…

— … Et pour nous, c'est très prudent de vous avoir ?

— Allons, Fernand, vous pouvez dire votre nom à ces messieurs, tout de même.

— Ce n'est pas la peine, intervint Clément. Moins on en sait…

La progression du petit groupe en direction du port de Boucharo fut ensuite plus lente mais régulière. La pente était plus raide, les cailloux plus glissants. Clément prit Henri sur son dos. Il fallait ralentir et s'arrêter plus souvent pour permettre à la famille de reprendre son souffle.

— *Grana pugada, grana debarada,* Henri, chuchota Clément au petit par-dessus son épaule. Ce qui veut dire « grande montée, grande descente ». Tous les montagnards le savent.

Ils traversaient de temps un temps un chaos de rochers, aussitôt suivi d'une pelouse douce au milieu de laquelle coulaient de petits ruisseaux d'eau glacée. Lors du premier arrêt, Jacqueline abandonna la jupe grise et le caraco vert amande, qui la gênaient pour marcher. Au second, elle avait trop chaud et laissa la grande robe rouge et noir de la grande-duchesse de Gerolstein.

— Au moins, les costumes sont déjà en place pour le futur opéra de Gavarnie, plaisanta Miramon, sans provoquer le moindre sourire chez ses clients, épuisés.

La cabane promise pour la dernière halte avant le col surgit enfin, bâtie sur un petit promontoire de grès couleur de rouille. Un massif de joubarbes couronnait le toit de chaume. Les longues tiges hérissées de fleurs roses se balançaient doucement dans la brise.

— Tu les vois, ces drôles de plantes, Henri ? Des joubarbes... Sais-tu d'où vient leur nom ? Eh non, sûrement pas : cela veut dire « barbe de Jupiter ». On en met toujours autour des maisons pour chasser le mauvais œil. Ou sur les toits, tu vois. Il faudrait en planter partout en France, en ce moment. Té, veux-tu un secret ?

— Oui, monsieur.

— Si tu te coupes en montagne, tu plaques une feuille de joubarbe sur la plaie, et paf ! ça s'arrête de saigner de suite. C'est un secret, Henri. Entre Français. Ne le dis pas aux Allemands, hein !

— Et aux Espagnols, monsieur ?

La cabane était froide et sombre. L'odeur de cendres mouillées et de vieux bois accentuait son côté caverneux. Clément alluma une bougie restée sur le rebord de la cheminée.

— On n'a plus le temps de faire du feu.

Il tira du pain et du fromage de son sac et les distribua au couple et à l'enfant. Michel posa la grosse gourde en peau de chèvre sur la table. Les parents dévorèrent sous le regard du petit, recroquevillé sur un fagot de bois. De l'eau avait été mise à chauffer sur un réchaud à pétrole. Poinsot et sa femme mangeaient avidement, en silence, visiblement éprouvés par la montée, suivant chaque geste de leurs guides avec une fascination hébétée qui trahissait leur état de fatigue. Clément prépara deux tasses de café. Michel était sorti pour observer le ciel, de plus en plus gris et bas. La température ne cessait de baisser.

Lorsqu'il revint dans la cabane, Henri avait disparu. Le petit s'était allongé derrière le fagot, dans le noir, en chien de fusil.

— Ho, Henri, avant de dormir, il faut reprendre des forces !

Le garçon ne répondit pas. Il n'avait rien mangé. Miramon le réveilla.

— Tu n'aimes pas le fromage de nos montagnes ?

— Non, monsieur, répondit Henri d'une petite voix désolée.

— Ah, *praube pouloy*[1]. Clément !

Bégarie avait compris. Il fouilla dans son sac et en sortit une pochette en papier. Un petit claquement sec, et deux carrés de chocolat apparurent au bout de ses doigts. Les deux passeurs gardaient cette demi-tablette pour leur retour vers Gavarnie, petite récompense qu'ils s'offraient après avoir mis les gens en lieu sûr, de l'autre côté de la frontière. Henri prit les carrés. Toujours assis et figés, ses parents le regardaient avec envie.

— Merci, monsieur.

— Mais... qu'est-ce que...

Miramon bondit vers la cheminée pour s'emparer de la bougie. Il la rapprocha du visage de l'enfant. Il était bleu. Les veines apparaissaient presque en transparence sous sa peau fine et pâle. Le chocolat toujours entre ses doigts, Henri n'avait plus la force de le porter à la bouche. A la lumière de la chandelle, Miramon et Bégarie virent que le petit tremblait de tous ses membres, secoué comme un peuplier dans le vent.

— Oh, diable, qu'est-ce qu'il nous fait, le drôle ?

Anémié, en état d'hypothermie, Henri s'en allait doucement, immobile sur son fagot de bois, les yeux grands ouverts sur l'obscurité de la cabane, sur cette flamme si ténue, sur tout ce qu'il ne comprenait plus. Les deux passeurs le frictionnèrent longuement, à tour de rôle. Tétanisés par l'angoisse et la fatigue, les parents les laissaient faire. Jacqueline ne dit rien lorsque Clément lui ordonna sans trop de formes d'enlever la troisième toilette rescapée du Grand Opéra de Bordeaux, une robe de velours

1. Pauvre poulet.

parme, serrée à la taille par une large ceinture de soie noire. Il en enveloppa doucement Henri qui avait fermé les yeux, abandonné au froid qui le gagnait. Enroulée autour de son cou et de ses oreilles, la ceinture de soie servit de cache-col et de bonnet.

Michel et Clément sortirent et discutèrent un moment, à l'écart de la cabane. Ils ne pouvaient plus partir. Il fallait avant tout que le petit se repose et se réchauffe. Miramon irait au col prévenir le passeur espagnol de leur retard. Il reviendrait ensuite à la cabane et, avec un peu de chance, la famille pourrait se remettre en route pour la dernière partie de l'ascension. Il restait à peine deux heures de jour.

— Je vais aller vite. Mais je vais faire un crochet, j'ai une idée.

La nuit tomba. Clément alluma un feu. Les flammes orange redonnèrent un peu de courage et de chaleur au couple, serré autour de leur petit allongé devant la cheminée, comme une momie. Clément annonça qu'il allait chercher du bois. La femme se redressa.

— Mais vous allez revenir ?

Bégarie se retourna et la fixa, sans un mot. Elle se tut aussitôt : la main de son mari lui tapotait le bras. Lorsque Clément reparut, de grosses branches tordues dans les bras, Miramon n'était toujours pas revenu. Ils somnolèrent. Henri gémissait doucement. Deux ou trois fois, il claqua si fort des dents que Clément crut qu'on tapait au volet.

Michel revint enfin, gris de fatigue, une large tache de boue sur la veste et le pantalon. Il but un reste de café tiède et déballa le sac qu'il avait emporté. Jacqueline vit apparaître une brassée de grandes fleurs roses, aux extrémités pointues, comme des soleils délicatement ciselés. Elle crut une seconde à la courtoisie du passeur et rectifia machinalement deux mèches sur son front. Clément comprit aussitôt l'idée de son ami en reconnaissant des œillets d'éboulis. Il fit chauffer une casserole d'eau.

— L'Espagnol m'a aussi donné du sucre, dit sobrement Michel en lui montrant deux petits blocs de cristal gris.

— Tu les as trouvés loin, les œillets ?

— Dans les rochers, sous le Peyre-Nère. Les bêtes n'y vont pas, elles ne peuvent pas les brouter là-haut. Avec cette tisane, on va le tenir, notre petit. Comment va-t-il ?

Mélangées au sucre et à l'eau bouillante, les fleurs d'œillets de Montpellier produisirent une mixture mauve qu'ils laissèrent refroidir un peu avant de la faire boire à Henri.

— On peut lui faire tomber la fièvre et l'hydrater en même temps, expliqua Miramon pour rassurer les parents. Au Moyen Age, on en faisait de la liqueur, même contre la peste, dit-on.

— Vous disposez de tout, dans vos montagnes.

— Oui, comme vous dites. De presque tout, mais on l'oublie parfois.

A l'aube, Henri était réchauffé, malgré sa nuit agitée. Il but un nouveau bol de tisane d'œillets et avala un carré de chocolat. Il sourit aux passeurs. Ils se remirent en route dans le matin gris et trop froid pour la saison. Ils n'avaient pas fait dix mètres que Clément s'arrêta.

— Viens, *pouloy* !

Miramon crut que Bégarie allait prendre le petit sur ses épaules, malgré la pente terrible qui les attendait. Il s'apprêta à le faire à sa place mais Clément s'accroupit. Il avait ouvert son grand sac en peau de mouton.

— Entre là-dedans.

Les yeux cernés de bistre du petit fixèrent Clément avec étonnement. Il eut confiance. Henri se glissa doucement dans le sac et se mit en boule.

— Clément, ne fais pas le con ! Tu vas te bousiller les reins. Laisse-moi le porter.

Ils reprirent la montée. Clément plaça d'abord le sac sur son dos. Cent mètres plus loin, il le bascula sur la poitrine pour mieux le tenir entre ses bras. Bercé par la marche, réchauffé par la laine du sac et les bras du passeur, Henri entrouvrit les yeux et les referma, après avoir regardé un grand oiseau sombre planer au-dessus du pic de Tentes. Il s'endormit.

Clément ne sentit à aucun moment la fatigue. Il était revenu en arrière de presque trente ans, submergé par un flot d'images un peu floues. C'était son petit frère Etienne qu'il portait dans ses bras. Mais cette fois, il allait le sauver.

Arrivé au col, il alla s'adosser à la pierre Saint-Martin, le dos en feu, reprenant son souffle, heureux. Il venait d'offrir son grand sac de laine à Henri. L'enfant le tenait serré contre lui, son plus précieux trésor depuis bien longtemps.

— Tu pourras y fourrer la robe de carnaval de ta mère, lui murmura Clément. On l'a mise dans un état ! Ils ne vont pas être contents, à l'Opéra. C'est un *perrec*[1], maintenant. Mais elle t'a quand même sauvé la vie.

— Non, c'est vous, monsieur, répondit Henri. Et l'autre monsieur, le grand.

Michel vit le père du petit s'approcher de lui, la main sous sa veste. Il en tira un épais portefeuille noir.

— Messieurs, après ce que vous avez fait, je ne sais pas combien je vous dois. Mais je vous dois tout. Que voulez-vous ? Je vous l'offre.

Miramon repoussa la main et montra le versant plongeant vers l'Espagne, où attendait à mi-pente un homme en béret, le bâton à la main, un fusil à l'épaule.

1. Chiffon.

— Partez, partez maintenant, murmura-t-il sourdement.

— Mais tout de même, monsieur, je souhaite…

— Rien, rien du tout.

Miramon avait retrouvé le souvenir précis de l'histoire qui lui trottait dans la tête depuis le bois de Saint-Savin. Il avait reconnu Fernand Poinsot, qu'il n'avait pourtant jamais vu. C'était à lui que son père avait sauvé la vie lors d'une longue glissade sur un névé, vers 1914. Le client avait proclamé au village qu'il devait tout à son guide et porteur, Louis Miramon. Mais il était parti comme un voleur de l'hôtel des Voyageurs, le jour où son père venait pour se faire payer. Jusqu'à la fin de sa vie, Louis Miramon avait parlé de cet incident. Son âme de paysan n'avait jamais oublié ni pardonné cette insulte, à lui-même et à la montagne.

« Si je retrouve ce type, je l'étrangle. »

Michel se souvenait de la colère de son père. Poinsot. Monsieur Poinsot. Pour l'*ostau* Miramon, le nom de l'industriel bordelais était devenu symbole de la bassesse et de la lâcheté humaines. Enfant de Gavarnie, pendant de nombreuses années, Michel avait cherché à retrouver ce Poinsot parmi les pyrénéistes ou les vacanciers qui venaient passer l'été dans la station. Il rêvait de rapporter sa tête en trophée à son père, pour effacer la dette.

Trente ans plus tard, adulte et passeur de liberté, il venait de retrouver ce Poinsot, de le mettre à l'abri en Espagne, de sauver la vie de son fils. En repensant à son père, disparu en 1939, il se rendait compte que sa haine était intacte. Il s'en voulut. Passer quelqu'un était un devoir, quelle que soit la personne. Il fallait que ce Poinsot disparaisse vite de son champ de vision, mais il restait planté face à lui.

— Viens, Clément, on redescend, ordonna Michel. On doit nous attendre par là-bas, lança-t-il à son ami en s'élançant vivement dans le champ en pente raide qui plongeait vers le gave des Tourettes et, à quatre heures de marche de là, vers la vallée.

— *Adiou*, Henri. N'oublie pas de revenir voir le cirque de Gavarnie.

— Au revoir, monsieur.

Ils se firent un grand signe de la main. Cent mètres plus bas, avant de perdre de vue le port de Boucharo, Michel se retourna. Les trois silhouettes éclairées par le soleil du matin les regardaient encore descendre. Ils levèrent une nouvelle fois la main. Michel mit ses mains en porte-voix et hurla vers le col, avec toute la force de sa colère et de sa peine rentrées.

— Je m'appelle Miramon ! Fils de Louis Miramon, guide de Gavarnie !

Une colonie de chocards dérangés s'envola de la falaise sur leur droite, dans un concert de vociférations courroucées.

Lucien Planté avait demandé à ses deux anciens élèves de venir à l'école. Le café refroidissait dans les bols. Marthe était passée les saluer puis elle était remontée à la ferme de ses parents où Suzanne, sa mère, n'allait pas très fort. Ni Raymond ni Hélène ne s'étaient montrés. Planté reprit son ton de maître d'autrefois pour parler aux deux hommes.

— Tu sais ce que tu risques, Clément ? Et toi, Michel ?

Tout se savait dans le village. Il y avait beaucoup de volontaires pour faire passer les gens. La générosité pouvait être dangereuse. Planté, comme les autres, avait été informé des activités de Bégarie et Miramon. Il savait aussi pour Adagas, Trescazes et les autres. Il leur parla de l'article 1er du décret du 6 avril 1940.

— Cela s'appelle « tentative de passage clandestin de la frontière ». La première fois, mes amis, c'est un mois de prison et cent francs d'amende. Après, je ne sais pas. Mais je crois que vous êtes bons pour la déportation.

Ni Clément ni Michel n'avaient compris la position prise par leur ancien instituteur. Son pacifisme s'était durci. Son intransigeance lui avait fait choisir le camp de la paix à tout prix, y compris avec les Allemands. Socialiste, il ne pensait plus qu'à bâtir une vaste Europe sociale. Pour lui, elle ne pouvait que passer par une grande alliance entre la France et l'Allemagne.

« Dépassons nos habitudes de guerre. C'est le XIXe siècle, tout cela. L'Europe à faire est devant nous. Elle sera franco-allemande. »

Les gens de Gavarnie avaient pris leurs distances. Le raisonnement était trop compliqué, si révoltant. Beaucoup avaient encore confiance en Pétain, mais ils espéraient que le vieux maréchal faisait tout pour libérer la France des Allemands, pas pour s'entendre avec eux. La fin de la zone libre puis l'instauration du STO avaient éloigné les gens de Vichy. Lucien Planté était resté inflexible sur ses positions.

« Tout cela est bien beau, lui répondaient Menvielle et les autres. En attendant, il faut mettre les Allemands dehors et on discute après. Le cirque de Gavarnie restera un lieu de liberté. »

Les choix s'affirmèrent au cours de l'automne 1943. Les positions étaient maintenant tranchées. Lucien Planté ne cachait plus son amertume. Enthousiaste derrière le maréchal qu'il trouvait pourtant bien mou, Raymond vit son père adoptif abattu, cassé. Une immense peine submergea ce garçon sans vrai père, à qui Marthe n'avait jamais voulu dire la vérité. Il chercha à consoler Lucien.

— Ne t'en fais pas. Ce sont des paysans. Ils ont toujours compris avec retard. Mais cela viendra. On va mettre de l'ordre ici aussi.

Lucien regarda son fils sans vraiment le comprendre.

Il vit un grand jeune homme au profil anguleux, au regard noir. Il savait que Raymond fréquentait les gens de la Milice à Tarbes. L'esprit de révolte et de provocation qui animait le fils de Marthe depuis sa plus tendre enfance l'avait poussé vers les extrêmes. Il avait aussi de l'argent qu'il ramenait de ses virées à Tarbes. Il n'avait jamais voulu dire d'où lui venaient ces sommes.

Debout dans la salle à manger, serré dans un blouson de cuir râpé, Raymond parla ce jour-là avec une sécheresse et une ardeur que Lucien ne lui avait jamais vues. Heureusement que Marthe n'est pas là, pensa-t-il. Son fils lui ferait peur.

10

Il y eut quelques arrestations. La route de Gèdre n'était plus vraiment sûre. Les Allemands multipliaient les patrouilles. Ils n'étaient pas les plus dangereux. Leurs camions gris s'entendaient de loin dans la montée vers Gavarnie. Les moteurs souffraient. Au chaos de Coumély, les boîtes de vitesses trop sollicitées craquaient de toutes leurs billes et, longtemps après leur passage, on sentait la fumée des pots d'échappement au ras de la route. C'étaient de bons indices que les passeurs apprirent à décrypter pour évaluer l'heure approximative de passage des Autrichiens, des soldats de quarante ans dont la bedaine trahissait le peu de goût pour les poursuites en montagne. Les gendarmes français non plus n'étaient pas trop à redouter, sauf quelques-uns qui faisaient du zèle. Ceux du pays s'arrangeaient parfois pour faire prévenir un imprudent.

Le danger venait surtout des miliciens acharnés à traquer les résistants et les passeurs. Les plus honnêtes d'entre eux avaient fait confiance au vieux maréchal. Déçus ou pris dans des trafics sordides, ils avaient basculé dans une fuite en avant suicidaire, croyant trouver la solution à tous les maux de la France dans la collaboration la plus étroite avec les Allemands et la chasse cruelle à certains Français. D'autres cherchaient à exploiter les avantages qu'offrait ce genre de situation incertaine, où tout semblait enfin possible dans le dérèglement ambiant, la richesse soudaine à portée de main, la vengeance brutale pour des affaires passées.

— Ce Raymond Planté va y passer s'il continue, je vous le dis !

— Alexis a raison. Il nous a fait du tort. Maintenant, il nous fait du mal.

La réunion s'éternisait dans l'arrière-salle du restaurant de l'hôtel. La demi-douzaine d'hommes rassemblés autour de la table couverte de verres et de débris de tabac attendaient l'avis de leur chef. Les passages n'étaient plus sûrs parce que les Allemands et les miliciens semblaient prévenus. Quelqu'un devait les renseigner. Alexis Darré, le chef du réseau local, avait convoqué ses camarades pour prendre une décision. Tarbes lui avait demandé d'éliminer « les traîtres » de la vallée. Les ordres étaient formels. Il ne fallait plus faire de cadeau. Chacun devait choisir son camp.

Lors de la dernière réunion, dans un café derrière l'arsenal de Tarbes fréquenté par les ouvriers, Darré avait évoqué le cas de Raymond Planté et de Lucien.

« Lui, le père, ce n'est pas un traître, avait-il plaidé. Il est estimé malgré ses positions vichystes. Le fils est un petit salopard. Ce n'est d'ailleurs que son fils adoptif.

— Ceux qui ne sont pas avec nous sont contre nous, à toi de régler cette affaire », avait tranché le chef.

Ce métallo, syndicaliste respecté, se déplaçait toujours accompagné à quelques pas de deux Espagnols, des républicains qui avaient trouvé refuge à Tarbes en 1939, avant d'être embauchés à la compagnie d'électrocéramique de Bazet. L'un d'eux, la cinquantaine sèche, était intervenu :

« Planté ? Ce n'est pas l'instituteur socialiste de Gavarnie ?

— Si.

— Alors il a viré pro-allemand ?

— Comme quelques autres socialos. Surtout par pacifisme.

— C'est du gâchis pour le peuple. »

Au moment de partir, dans le brouhaha des chaises remises en place, l'Espagnol avait retenu Alexis par la manche. Il lui posa des questions sur la vallée, sur le village, sur l'école.

« Tu connais ?

— Bah, un peu quoi. Je suis aragonais. Mais je n'y ai pas mis les pieds depuis… vingt ans. Le parti me l'a interdit. Par sécurité, je ne dois pas m'approcher de la frontière. C'est trop gardé.

— C'est sûr. Et tu as mieux à faire ici. Avec tous ces SS.

— Les Menvielle sont toujours là-haut ?

— Oui, toujours. Avec des enfants en plus, tu penses, en vingt ans. Justement, ce Raymond, c'est le fils qu'a eu Marthe, mais pas avec l'instit. Allez, salut. Eh, à propos, ton nom, c'est quoi ?

— Appelle-moi Ramon, ça suffira », avait-il dit, la voix un peu plus sourde.

Alexis avait fait le chemin du retour la mort dans l'âme. Ce qu'il redoutait se produisait. La guerre rattrapait la vallée. La guerre sale, entre Français, « au cœur de nos montagnes ». Il se demandait comment on en était arrivé là. Personne n'était vraiment favorable aux Allemands mais les gens voulaient continuer à préserver la paix, éloigner les ferments de guerre civile et les profiteurs des situations troubles qu'il savait nombreux en ville, dans la plaine. « Pas chez nous, tout de même. Il n'y a rien à vendre. Du grand air et des rochers. Du bon soleil en été et de la neige en hiver. »

Passer des gens ou des armes dans la nuit, sans doute. Cela s'était fait, de tout temps. Mais ces affrontements n'étaient pas dans le tempérament des paysans bigourdans. Ils avaient même tout fait, depuis des siècles, pour éviter de se battre contre les Espagnols. On se frottait parfois les oreilles pour des estives convoitées, on s'arrangeait les côtes à coups de *bastouns*[1] ou d'*eslaïets*[2]. Mais cela n'allait pas plus loin que des estafilades et quelques *patacs*[3].

Des Pyrénéens, versant le sang d'autres Pyrénéens? *Jamès!* se dit-il sans plus vraiment y croire. La décision pourtant lui appartenait. Il regrettait de n'avoir pas pu joindre Miramon et Bégarie. Ses amis de toujours auraient été de bon conseil. Ils devaient être en montagne.

— Raymond est jeune quand même, remarqua Antoine Menvielle. Mal agir ne peut durer. Il fait le con, c'est tout. C'est les idées de son père qu'il croit bonnes.

— En temps de guerre, faire le con, c'est une bonne raison de mourir, riposta Darrouy. Tu gobes tout, Menvielle. C'est ton neveu, d'accord, mais c'est parce qu'il est le fils de Planté que tu le protèges.

— Albert, tu n'as pas le droit de m'accuser.

— D'ailleurs, ce n'est même pas le fils de Planté. Il l'a adopté. Vous avez vu sa tête. Il a la couleur du *milmourrou*[4].

— Et c'était qui, son père?

— On n'a jamais su. Un Basque peut-être. Ou un Espagnol, un de ces types qui venaient avant leur guerre.

— Quand même, ce Raymond, on le connaît. C'est quelqu'un d'ici.

— Les anciens avaient raison, Menvielle. *Tà està caoucarré, q'en caou bié*[5].

Après une longue discussion, ils décidèrent que Raymond Planté ne devait pas être abattu dans le village.

— Une rafale sur la route de Gèdre ou dans la montagne, proposa Darrouy.

1. Bâtons.
2. Fléaux pour battre le blé.
3. Coups.
4. Sarrasin.
5. « Pour être quelque chose, il faut venir de quelque chose. »

— Ou une bonne tisane de foin à belle-mère, offrit Fourcade. Je connais une vraie plantation d'aconits napels, vers le plateau de Bellevue.

— La digitale serait plus efficace.

Alexis Darré décida de faire éliminer le milicien par un étranger à Gavarnie. Il ne voulait pas que cela se passe entre gens du pays, craignant les vengeances. Darré pressentait le pire : d'un bien pouvait surgir un mal supplémentaire dont le village mettrait du temps à se débarrasser. Il ferait appel à un agent espagnol, un de ceux qui avaient passé la frontière en 1939 vers la France et qui retournerait ensuite en Espagne, une fois la guerre finie. Il demanderait à ses camarades de Tarbes.

Le chef de réseau donna un nom à Alexis. Ce n'était pas l'un des Espagnols qu'il avait rencontrés derrière l'arsenal de Tarbes.

— C'est trop dangereux de les faire monter en ce moment.

On lui indiqua un Aragonais de San Nicolas de Bujaruelo, de l'autre côté de la frontière.

— La montagne, là-haut, c'est chez lui. Il faudra le contacter avant et lui donner tous les renseignements nécessaires.

L'homme était habitué à réceptionner des clandestins sur la frontière. Ceux de Gavarnie avaient déjà travaillé avec lui. Alexis Darré voulait des gens sûrs, solides, des paysans de la vallée, pas des nouveaux venus dont il ne connaîtrait pas les défauts ni ne contrôlerait les réactions. Il demanda à Antoine Menvielle de se joindre au groupe qu'il constituait. Le jeune frère de Marthe était un homme modéré, plus près de cinquante ans que de quarante. Ses avis seraient toujours bons à prendre. Il choisit Michel Miramon et Clément Bégarie. L'un et l'autre lui demandèrent à être accompagnés. Clément proposa son neveu, Pierre. Il avait confiance dans le fils de son frère aîné. Il l'avait vu à l'œuvre dans la montagne, endurant, courageux et d'une souplesse de chat. Michel fit appel à son fils, Jean-Louis. Les deux garçons avaient dix-huit ans à peine.

— Ils ne sont pas un peu jeunes ? demanda Darré.

— Non, pas pour des montagnards.

Pour Miramon et Bégarie, cette présence n'était pas négociable. Ils en avaient parlé avant, entre eux, mais pas en famille. La présence de ces jeunes de leur famille était à leurs yeux une sorte de transmission de flambeau. Ils associaient chacun leur *ostau* à un moment important de l'histoire du village. Ils devinaient que, pour la suite, cette présence serait importante.

Béret sur la tête, canadienne au col relevé, pantalon sombre pour tous, ils choisirent une nuit claire. La lune brillait comme un phare au-dessus du Marboré. La montée fut rapide. Ils partirent sans armes, équipés de leur bâton et d'un sac à dos. Seul Darré portait une mitraillette Sten et deux grenades à main. Bégarie et son neveu marchaient en tête, avec ordre de prévenir en cas de rencontre fortuite. Miramon et son fils venaient ensuite avec Darré. Menvielle fermait la marche.

— Il faudra faire attention à la hauteur de la cabane des soldats, prévint Bégarie. A cet endroit, on est visible du col de Tentes où les Boches ont souvent une patrouille. On se parlera « en marmotte ». Deux sifflets courts égalent danger. Un long, un court, un long veut dire pas de difficulté. On se suit à deux minutes. D'accord ?

Clément ouvrait la voie devant Pierre. Il savait que son neveu brûlait de le dépasser mais il ne connaissait pas encore assez bien le chemin. Il ne voulait surtout pas qu'il soit en tête en cas d'accrochage. A la hauteur de la cabane, ils se rendirent compte que le bruit du gave était plus fort qu'ils ne le croyaient.

— Les Boches ne nous entendront pas de là-haut.

— Au contraire, Pierrot. Le bruit remonte. Ils pourraient entendre le moindre éboulis. Soyons le plus discrets possible.

Ils se postèrent à cent mètres de distance et observèrent pendant deux longues minutes. Les Miramon rejoignirent Pierre. Puis ils attendirent le signal de Clément.

— Alors, il nous la fait, sa marmotte ?

Les deux jeunes pouffèrent.

— Silence, les drôles ! chuchota Darré. On n'est pas en promenade.

Enfin le signal vint. Un sifflement discret long-court-long. Pierre reprit la marche. Deux minutes plus tard, le reste du groupe repartait. Après une nouvelle heure de marche marquée par les mêmes précautions, ils franchissaient le port en quelques bonds rapides, avant de basculer dans la descente vers le rio Ara. Ils coupèrent au plus court en évitant le chemin muletier que prenaient parfois les agents de la Guardia Civil. Alexis Darré connaissait la grange où on l'attendait. La bâtisse était adossée à un gros rocher qui dominait San Nicolas de Bujaruelo. Un homme les intercepta, un gros fusil dans le creux du bras.

— *Francés. Francés. Por Juan Diego*[1].

Miramon et Bégarie crurent avoir déjà vu leur contact espagnol. Malgré la pénombre qui régnait dans la grange, ils reconnurent le profil aquilin de l'Aragonais, son foulard rouge autour du cou, son petit anneau d'or à l'oreille droite. Maigre et noueux, il dégageait une impression de force contenue qui devait impressionner ses adversaires. Ils avaient déjà rencontré cet homme, mais c'était dix ou quinze ans auparavant, au port de Boucharo, dans les premières années de la guerre civile espagnole, lors d'un passage clandestin. La jeunesse de celui-ci les troublait. Les Aragonais se ressemblent tous, pensa Clément.

Juan Diego leur désigna sans un mot des caisses de

1. « Français. Français. Pour Juan Diego. »

bois renversées et versa un peu de vin rouge dans des verres opaques de crasse. Il fumait une petite cigarette grise dont la fumée âcre semblait stagner juste au-dessus de la table. Les autres aussi fumaient. Menvielle sortit sa pipe.

— Il faut faire vite. La Guardia est sur les dents. Il y a trop de passages en ce moment.

Alexis Darré expliqua tout. La cible : Raymond Planté, un jeune milicien. Il le décrivit : sec, sombre, ombrageux. Il se retint de rajouter : « Un peu comme toi. » Il lui situa le bâtiment de l'école, la chambre de Raymond, à l'angle nord-ouest, côté gave, la cour de récréation plantée de tilleuls.

— Il porte toujours un flingue à la ceinture, à l'avant. Attention : personne d'autre n'est visé, c'est compris ? Même ceux qui seraient avec lui.

Les autres écoutaient. L'Espagnol fixait Darré, silencieux, concentré, sans expression apparente. Pierre et Jean-Louis, les deux jeunes, observaient les armes posées contre le mur, des fusils de fabrication espagnole, un Lebel français, un Mauser et des caisses de munitions. Darré insista :

— Il ne faut pas le faire dans le village, pas question. Sur la route ou ailleurs. Si possible sans bruit.

Une lame brilla soudain sur la table, long serpent effilé que Juan Diego venait de faire jaillir de sa ceinture.

— J'ai ça.

— Je rendrai compte à mes chefs et tu auras ce qu'il faut.

— Tout de suite.

— Non. Après. C'est la règle. Tu la connais.

Juan Diego décida d'attendre trois jours avant de descendre. Il choisit de passer par le col de la Bernatoire et la vallée d'Ossoue. Il se méfiait du port de Boucharo, trop facile à surveiller, trop dangereux à franchir. Il craignait d'y être attendu. Il choisit l'un de ses hommes parlant le mieux français. Il l'accompagnerait, l'arme à l'épaule, avec une lourde sacoche remplie de munitions, en cas de besoin. Juan Diego savait qu'au pied du Soum Blanc de Secugnat commençait le bois de Saint-Savin. En cas de pépin, il pourrait s'y réfugier et s'y cacher quelques jours.

Ramon avait été secoué par les derniers mots de Darré à la réunion de Tarbes. L'allusion à Marthe Menvielle l'avait troublé plus qu'il ne l'aurait cru. Trois jours plus tard, il y pensait encore. Il n'avait pas oublié la petite Française de Gavarnie qui l'avait hébergé, soigné, aimé sans doute. Il devinait qu'il l'avait déçue en la laissant sans nouvelles aussi longtemps. Mais après l'attaque de Coumély, des bergers rencontrés au col de la Bernatoire lui avaient confirmé la mort d'un homme sur la route de Gèdre, vidé de son sang après une agression. D'autres lui avaient parlé des patrouilles de gendarmerie plus nombreuses pendant des semaines.

Ramon préféra rester en Espagne où il avait déjà une femme et des enfants, ce qu'il n'avait jamais osé avouer à Marthe. Il y poursuivit sa carrière de voleur et de trafiquant. Pris en train de piller une église, il estropia à vie le curé en tentant de s'échapper. Les cinq ans de prison qu'il fit le coupèrent de tout, de sa femme et de ses enfants dont il n'avait plus eu de nouvelles, de Marthe aussi. Banni de l'Aragon pour cinq ans, il y revint pourtant, à Broto, où il se mit en ménage. Un fils lui vint : Juan Diego.

Sa deuxième famille fut le parti communiste. Des militants lui avaient tendu la main. Il apporta au parti sa force et son courage, amplement démontrées pendant la guerre civile. Il décida qu'il ne trahirait jamais cette nouvelle famille, comme il l'avait fait avec les autres. En 1939, des camarades du Roussillon l'exfiltrèrent avec les débris d'une compagnie française des brigades internationales. Il se fit passer pour pyrénéen. Le parti le fit embaucher à Bazet. C'est là que la guerre l'avait surpris. Entré dans la clandestinité, Ramon chercha un temps le mystérieux trafiquant de 1918.

« Un gros roux, portant une cicatrice au coin de l'œil, avec plein de fric », disait-il aux Français qui avaient pu connaître cet homme pendant la Première Guerre.

Le parti apprit sa recherche. Ramon fut contraint d'avouer son désir de vengeance lors d'une réunion de cellule. Le secrétaire du bureau lui ordonna d'abandonner ce projet sous peine d'exclusion. Ramon s'inclina, fidèle à sa promesse d'obéissance. Gavarnie, Marthe, les cols, tout s'était effacé derrière ses nouvelles responsabilités, jusqu'à cette réunion avec ce Bigourdan venant chercher des consignes. Marthe avait eu un fils, en âge d'être aujourd'hui milicien. Cela signifiait que ce garçon était né avant son séjour en prison. Il ne se souvenait pas de l'instituteur mais savait que Marthe allait travailler chez lui. Il avait cru que Lucien Planté était le père jusqu'à la discussion de l'autre jour avec Alexis Darré. Planté n'était que son père adoptif. L'Espagnol fut alors convaincu que Raymond était bien son fils.

Pour la première fois depuis presque quinze ans, Ramon Ventosa désobéit au parti. Il prétexta une partie de chasse au lapin sur le plateau de Ger pour disparaître de Bazet et de Tarbes. Il prit la direction du nord, en costume et cravate, un chapeau feutre sur la tête, avec de faux papiers au nom de François Pérès, représentant commercial. Il ne subit qu'un seul contrôle, sans difficulté, dans le train entre Lourdes et Pierrefitte. L'autocar le déposa à Gèdre, près de l'endroit où il avait eu son dernier rendez-vous avec le trafiquant français, en 1918. Il voulait arriver seul à Gavarnie, rencontrer le moins de monde possible, voir Marthe et son fils et décider, à ce moment-là seulement, ce qu'il ferait. Un camion laitier bleu qui remontait à vide le prit et le déposa à Bareilles, bien avant Gavarnie. Il poursuivit à pied, le long du gave, par le petit chemin qu'il connaissait sur la rive gauche.

Partout, les forces de l'Axe reculaient. Plus elles se repliaient, plus les violences civiles augmentaient. Lucien Planté espérait encore un sursaut. De qui ? Des Allemands ? des Français patriotes ? du maréchal ? Peu lui importait. Il avait trop cru en cette révolution nationale, en cette Europe franco-allemande, pour accepter de voir tout cela s'effondrer sous les coups des Anglo-Américains et des Soviétiques. Il savait en son for intérieur qu'il fallait à tout prix éviter la guerre sur le sol français pour ne pas rééditer la boucherie de 14-18. Il essayait d'en convaincre les gens autour de lui, des anciens élèves, des parents. On se détournait, un peu gêné. Attristé, impuissant, il voyait ses proches se dérober sans mesurer le mur d'incompréhension et bientôt de haine qu'il avait laissé s'élever entre lui et eux. Il lui restait Marthe. Elle lui faisait une confiance aveugle. L'amour de cette femme simple, toujours belle dans sa maturité, était son meilleur soutien.

Il était plus inquiet pour Raymond. Son allure de petite frappe lui déplaisait. Le garçon avait trouvé un emploi à la préfecture. Il ramenait parfois des filles à Gavarnie, jamais les mêmes, jusqu'à ce que Marthe le lui interdise. Puis il avait cessé de travailler. Mais il revenait avec des billets de cent francs dans les poches, des costumes nouveaux, des chaussures et des chapeaux neufs, un pistolet 6,35 glissé dans la ceinture. Marthe trouva dans ses affaires une carte barrée de tricolore : « Milice française ».

— Oui, fanfaronna-t-il. Il est temps de mettre de l'ordre dans ce pays pourri.

— Pas n'importe comment, Raymond. Pas en tuant d'autres Français, répondit Lucien.

— Il faudra attendre encore combien de temps avec

tes méthodes douces, hein ? Et comment faire avec ceux qui ne veulent pas comprendre ? Leur envoyer gentiment des cerises ? Je préfère la purée de bastos.

— Ne parle pas comme cela, Raymond, je te l'interdis, intervint Marthe, la seule à savoir calmer son fils, depuis qu'il était tout petit.

— Ce n'est pas dans nos façons de faire, Raymond. Ici, on se parle, on s'engueule, et parfois très fort, mais on ne se tue pas. Jamais.

— Mais tout a changé. Tu sais combien il y a eu de morts de l'autre côté de cette foutue montagne ? Deux, trois cent mille, en trois ans. Les Espagnols ne se sont pas fait de cadeau. Et tu voudrais qu'on y échappe ? Mais la guerre civile est partout, les cocos sont partout. Ils prendront le pouvoir, ici aussi, dans tes belles Pyrénées.

— Tu parles comme un étranger, Raymond.

— Un étranger ? Ah, c'est ça ! Mais qu'est-ce que je suis, à ton avis ?

— Raymond, arrête, je te prie.

Il n'écoutait plus sa mère, les veines du cou gonflées par la colère, les yeux enflammés, les gestes tranchants comme des lames. Marthe redoutait depuis longtemps l'orage qui pouvait tout emporter, les silences et les pudeurs, les secrets et les protections accumulées depuis vingt ans. La tension des jours derniers, en ville et dans le pays, avait atteint sa maison. Elle submergeait tout. Marthe alla vers la fenêtre restée ouverte pour la fermer. Elle savait que c'était trop tard. Les voisins savaient. Tout, sans doute. Elle ferma la crémone. Au moment de tirer le rideau, elle aperçut une ombre qui se glissait derrière un des tilleuls de la cour de récréation. Une silhouette haute et mince. Elle sut instantanément que Ramon était revenu. Elle pâlit, s'accrocha au rebord de la fenêtre, entendit dans un écho assourdi les dernières paroles que Raymond hurlait vers son père adoptif.

— Tu as vu ma tête ? Un Bigourdan, moi ? Un Aragonais, oui, je le sais ! Même pas. Un Arabe, un sarrasin. Voilà ce que je suis. Un bâtard de nulle part !

La porte claqua au moment où Marthe glissait au sol, inconsciente.

Tout alla ensuite très vite. Ramon avait compris. Caché dans l'ombre de la cour, il avait suivi la conversation. Il s'était même rapproché, car le bruit du gave le gênait. Ce Raymond à la peau de cendre qui crachait le feu et la haine lui ressemblait tellement lorsqu'il avait le même âge ! C'était lui à vingt ans, prêt à tuer père et mère pour un peu d'argent, un peu de reconnaissance. Une boule de haine que sans doute personne n'avait jamais comprise. Il vit Marthe fermer la fenêtre et tirer le rideau. Elle portait un châle sur les épaules, comme vingt-cinq ans auparavant, quand il l'avait quittée. L'avait-elle vu ?

Adossé à un gros tilleul, oppressé par la décision qu'il devait prendre, Ramon entendit une porte claquer, puis un pas sur la route. Il se pencha et reconnut la silhouette de Raymond qui s'éloignait vers le centre du village. Ce fils qu'il ne connaissait pas passait devant lui, à quelques mètres à peine. Ses fers claquaient sur les cailloux. Pétrifié, Ramon n'osa pas bouger. C'est Marthe qu'il voulait revoir d'abord. Pour être sûr.

Plus un bruit ne sortait de la maison. Il réfléchit. Fallait-il entrer, se présenter à Lucien et faire passer un message à Raymond, lui dire de filer pour échapper aux justiciers ? Rencontrer Marthe ainsi lui faisait honte, après tant d'années de silence et tous ces mensonges dont il s'était entouré. Il jeta un coup d'œil autour de lui et alluma une cigarette. Sa main ne tremblait pas, il en fut heureux. Il regarda sa montre lumineuse, un cadeau du syndicat. Trente minutes s'étaient déjà écoulées derrière cet arbre. Il se donna encore deux minutes, une cigarette, pour prendre sa décision. Mais il savait qu'il irait voir Marthe.

Le craquement de l'allumette alerta aussitôt Juan Diego et son ami. Les deux Espagnols s'étaient postés depuis dix bonnes minutes déjà dans le champ en contrebas de l'école, pour mieux surveiller le bâtiment. La pièce au nord-ouest était éteinte. Il était trop tôt pour dormir. Leur cible devait donc être ailleurs. La brève lueur de l'allumette craquée par Ramon donna à Juan Diego la certitude qu'il cherchait. Cette stature, ce visage fin dans la cour de l'école, c'était bien Raymond le milicien, l'homme qu'il devait abattre. Il fumait une cigarette dehors avant d'aller se coucher. Sa dernière cigarette, ricana l'Espagnol. Juan Diego avait décidé de ne pas attendre ni de prendre aucun risque.

— On monte sur le chemin, chuchota-t-il à son complice. J'y vais seul. Tu me couvres. Il ne se méfie pas. C'est le moment.

Juan Diego franchit d'un bond le petit muret de pierres. Il se retrouva devant le portail de l'école. Le plus simple était d'entrer directement dans la cour, à l'audace, sans perdre de temps, et de frapper comme un serpent avant de disparaître dans la nuit. La grille grinça légèrement. Juan Diego observa la maison. Une pièce était éclairée mais les rideaux intérieurs étaient tirés. Personne ne verrait rien. Il marcha quelques mètres dans la cour et se dirigea sans hésiter vers les arbres du fond. Le petit point rougeoyant de la cigarette qu'il apercevait contre un tilleul le guidait.

Ramon n'entendit le bruit de pas qu'au dernier moment, à cause du grondement du gave, grossi par la fonte des neiges. La silhouette sombre, haute et mince, n'était plus qu'à cinq mètres. Il pensa aussitôt à Raymond. Le fils de Marthe était donc rentré chez lui et l'avait vu dans la cour. Prudent, l'Espagnol eut le temps de sortir son pistolet et de laisser retomber son bras le long du corps, sans que l'autre s'en aperçoive. Il serait prêt.

— Raymond ?

Juan Diego avait prononcé à l'espagnole : « Ramon ».

— Oui.

Surpris d'entendre dire son nom, Ramon avait répondu sans réfléchir. Il pensa que Marthe avait révélé à leur fils son identité, celle de son vrai père. Il entendit un léger froissement de tissu, comme un reptile glissant dans l'herbe et, aussitôt, ressentit une douleur fulgurante au côté gauche. Une lame, que la cigarette en tombant venait de faire luire, en un éclair bref. Ramon sentit une main qui fouillait sa ceinture, de chaque côté, pour s'assurer sûrement qu'il n'avait pas d'arme.

— *Cretino.* Sans flingue, entendit Ramon en espagnol au moment où une deuxième brûlure atroce au côté le faisait gémir.

En cherchant son cœur, le poignard lui avait cassé une côte. Ramon plia les genoux devant l'inconnu au couteau. En s'affaissant, il vit la pointe de la lame s'élever de nouveau, vers sa gorge cette fois. Il eut la force de relever le bras et de presser la détente deux fois. Assourdi par la détonation, affaibli par la vie qui le fuyait à gros bouillons, Ramon vit son agresseur s'accrocher à lui, foudroyé à bout portant, le regard épouvanté, effrayé de sa ressemblance avec l'homme qu'il venait de poignarder, comme le miroir fracassé de sa propre vie qui l'abandonnait à son tour.

Alitée, victime d'une terrible fièvre, Marthe refusa de voir les corps. Elle fut incapable d'entendre l'explication que tentait de lui donner Lucien. Les deux Espagnols, le père et le fils, s'étaient entretués. L'instituteur s'occupa de tout, assisté par Miramon et Bégarie, venus l'aider. En voyant les deux cadavres, il comprit instantanément qui était Ramon et fut saisi de la ressemblance du jeune tueur aragonais avec Raymond. Les autres aussi comprirent. Plus tard, après les constats de gendarmerie et les formalités, Lucien Planté demanda à ses deux anciens élèves un ultime service. Il les reçut devant une tasse de café. Il avait vieilli de dix ans en quelques jours. Il leur avoua qu'il se faisait beaucoup de souci pour Marthe.

— Je vais partir de la vallée avec elle, vous comprenez pourquoi. Mais je ne quitte pas la France.

— Vous n'avez rien à craindre ici, *moussu* Planté.

— Je sais, mais les temps ont changé. Des gens vont venir d'en bas et personne ne pourra rien y faire. Nous devons nous mettre à l'abri. Je vous demande seulement un service.

— Tout de suite, répondirent aussitôt Clément et Michel, inquiets de la suite des événements pour l'instituteur.

— Retrouvez mon fils et faites-le passer en Espagne. Je ne sais pas où il est parti. A lui, personne ne fera de cadeau. Même ici.

— C'est vrai, mais...

— Raymond a fait de grosses bêtises, mais je ne peux pas l'abandonner. Je l'ai promis à Marthe. Il ne connaît aucun chemin. Faites-le passer, s'il vous plaît. Votre vieil instituteur vous fait confiance.

Cinq jours plus tard, on retrouvait le corps de Raymond Planté, serré dans son petit blouson de cuir, en contrebas de la brèche de Roland, qu'il avait dû vouloir franchir pour passer en Espagne. La jambe fracturée après avoir glissé sur un névé, il s'était sûrement vu mourir de froid. Lorsque les chocards et les vautours avaient commencé à converger sur la crête rocheuse surplombant le pierrier où il gisait, incapable de bouger, en hypothermie majeure, le garçon s'était tiré une balle de 6,35 dans la bouche. Les résistants qui le trouvèrent furent surpris de l'étrange sourire resté figé sur son visage. Aucun n'osa dire à Lucien et à Marthe Planté qu'il avait fallu chasser à coups de mitraillette les oiseaux noirs assemblés sur son cadavre. La montagne avait repris ses droits.

Epilogue

1954

La lourde Simca noire vira sur le pont du gave dans un nuage de poussière. Il n'avait pas plu dans la région depuis presque deux semaines. Les paysans se plaignaient de la canicule, accusant les explosions atomiques d'Hiroshima et de Nagasaki, presque dix ans auparavant, d'avoir déréglé le climat de la planète. Les touristes eux-mêmes commençaient à souffrir. Gavarnie ne désemplissait plus. Les lacs situés au pied des différents cirques faisaient tous les jours leur plein de vacanciers en tricot de corps et chapeau de couleurs vives. Le jeune homme en costume clair eut du mal à se garer au milieu des piétons. Le contact à peine coupé, un gamin au front bas, les cheveux pleins d'épis, s'approcha :

— Vous cherchez un hôtel, m'sieur ?

— Non, non, merci.

Le jeune homme contourna la voiture et ouvrit la portière à une femme dont le foulard de soie rose cachait des mèches blondes. Le petit insistait.

— Une promenade en âne ?

— Non.

— Le chemin du cirque ?

— Ecoute, petit, puisque tu insistes, tu vas m'aider... Je dois me rendre chez monsieur Miramon. Tu connais ?

— Eh, pardi ! On est voisins.

— Ah. Et toi, tu t'appelles comment ?

— Patrick Darrouy, m'sieur.

C'était à moins de cinq minutes du pont marquant l'entrée du village. Le couple et le garçon descendirent une ruelle en pente qui sentait le piment frit. Deux ânes paisibles divaguaient au milieu de la rue, arrachant au passage des touffes d'herbe coincées sous les murets de pierre. Les ballerines de la jeune femme glissèrent sur les gravillons. Le visiteur étranger lui prit le bras. Il ne reconnaissait rien. Il était venu dans cette vallée si petit. Il n'était même pas sûr d'être passé dans le village. Ses souvenirs de cette période s'étaient brouillés et ses parents avaient été avares de détails. Son père surtout, qui pourtant était souvent venu chasser dans cette région dans sa jeunesse. Il se souvenait de quelques photos en noir en blanc dans le grand salon de Bordeaux, avant la guerre. On y voyait son père en compagnie de son meilleur ami de l'époque, Antoine Laprade. Il avait admiré ces clichés, avant de les trouver un peu ridicules plus tard, l'adolescence venue. Il les avait ensuite pris en horreur quand son père lui avait confié sa mission, quelques semaines avant sa mort.

« Quand je ne serai plus là, Henri, lis ceci et fais ce qui est indiqué. Je t'en remercie. »

Après le décès de son père, il avait fallu régler tant de choses à l'usine et dans la famille ! Jacqueline, sa mère, était revenue, en pleurs, malgré son départ du foyer six ans auparavant. Ce n'est qu'ensuite, en triant les papiers de son père, qu'il avait retrouvé la grande enveloppe marquée de l'en-tête « Poinsot Outillages et Fils ». Il avait lu et relu la longue lettre, les noms qui y figuraient et les indications laissées par son père, de sa petite écriture régulière et précise, « une écriture d'ingénieur », disait-il toujours.

L'histoire racontée par son père dégageait une humanité si forte et si étonnante qu'Henri avait versé quelques larmes. Jamais Fernand Poinsot ne s'était autant livré à ses proches. Il le faisait maintenant, protégé par la mort. Les inventions, l'usine, les soucis, les grèves avaient presque effacé toute trace de sentiments chez cet homme qui ne parlait que d'argent et de procédés industriels. Henri le découvrait autrement à travers ces lignes. C'était trop tard.

Il avait ensuite attendu la belle saison pour réaliser le projet. La grande villa familiale de Biarritz l'attendait pour quelques jours de vacances, comme chaque été. Il en profiterait pour faire un crochet par Gavarnie.

— C'est ici, m'sieur.

— Merci, mon gars. Tiens, quelques sous.

— Non, m'sieur. Montrer la maison de quelqu'un du village, ce n'est pas du travail. C'est normal.

— Mais...

— Mais si vous voulez, je vous emmène après pour la promenade en âne.

— Bon, on verra.

La maison basse en pierre apparaissait derrière un portail de bois peint dans un vert un peu criard. Une voix d'enfant chantait une sorte de comptine. Il poussa le portail entrouvert et entra, prudent.

— Y a-t-il quelqu'un ?

Un garçonnet de cinq ou six ans jouait avec un cheval de bois sur un tas de foin. Il leva la tête, intimidé devant ce monsieur en veste et polo qui avançait dans sa cour.

— Je peux entrer ? Comment t'appelles-tu, mon petit ?

— Louis.

— Louis comment ?

— Louis Miramon, énonça lentement le garçon d'une voix chantante, étonné d'une telle question chez lui. Mon père n'est pas là.

— Merci, c'est bien cela, poursuivit l'homme en souriant. Louis Miramon, petit-fils de Michel, arrière-petit-fils de Louis Miramon.

Henri Poinsot patienta en attendant le retour de celui qu'il voulait voir, Michel, le maître de maison. Il entendit au loin un poste de radio, des cris d'enfants. Il dit deux ou trois mots à sa compagne qui commençait à s'impatienter, incommodée par la chaleur et la longue route en lacets qu'il avait fallu emprunter pour monter à Gavarnie. Henri reconnut aussitôt le grand gaillard au large sourire qui s'encadra dans le portail. Un peu alourdi et courbé par les années, mais toujours aussi impressionnant, Michel Miramon s'excusa de son retard.

— J'ai bien reçu votre lettre mais je pensais que vous arriveriez plus tard, avec ce monde sur la route. Clément devrait nous rejoindre.

Henri observait cet homme solide, celui qui les avait guidés dans la montagne, dix ans plus tôt, le guide qui avait permis à son père de sauver ses brevets, l'argent et les bijoux sans lesquels le démarrage du laboratoire d'essais puis de l'usine « Poinsot Outillages » aurait été impossible. Miramon, de son côté, essayait de retrouver le petit garçon malade, mais il ne voyait qu'un grand jeune homme sympathique, accompagné d'une femme trop élégante pour la montagne, sûrement impatiente de repartir.

— Et les fameuses robes de ma mère, vous en souvenez-vous ? Elle m'a tout raconté, après.

— Quel carnaval, tout ceci. En pleine fuite, tout de même !

Le petit Louis était allé chercher Clément Bégarie. Il revint en expliquant que son parrain était encore sur le chemin du cirque avec son neveu Pierre, conduisant leur caravane d'ânes et de chevaux, au service d'une colonie de vacances de l'EDF.

— Ça alors, vous êtes revenu ! Ça alors ! Je n'y croyais pas, avec Clément.

— Je vous avais promis de revoir le grand cirque. J'ai tenu parole. Je vous retiens même pour l'an prochain. Je veux retourner avec vous et Clément au port de Boucharo et voir tout ce que je n'ai pas vu dans notre fuite.

— Ah, monsieur Poinsot...

— Henri, s'il vous plaît !

— Henri. Pour moi, c'est trop tard. Je souffre beaucoup des reins. J'ai trop forcé sur les charges. Mais la relève est là. Pierre, le neveu de Clément, et Jean-Louis, mon fils. Ils sont inséparables, comme on l'était, Clément et moi. Ça me fait drôle, d'ailleurs

Après les souvenirs, Henri remit à Miramon une grosse chemise, qu'il ouvrit. Une enveloppe en papier kraft glissa sur la table. Michel tendit la main.

— Holà, seulement quand je serai parti ! C'est pour une dette impayée, vieille de quarante ans.

— Mais non, il ne fallait pas.

— Le plus important, monsieur Miramon, c'est ceci, dit Henri en poussant vers lui un dépliant en couleurs.

— Une réclame ? fit-il en chaussant ses lunettes.

— Oui. Enfin, non. Mieux.

Miramon prit son petit-fils sur les genoux et ouvrit le dépliant.

— Viens, Louis, voir les images avec *papoun*.

De son gros doigt de joueur de quilles, Michel lui montra un grand bâtiment moderne surmonté d'une enseigne lumineuse « Poinsot Outillages », puis d'énormes machines-outils, des ouvriers souriants en blouse bleue, des tableaux de chiffres, la photo de Fernand Poinsot en compagnie de son fils en costume sombre, lors de son admission, l'année précédente, à l'Ecole polytechnique.

— Eh bé, c'est beau !

— Regardez ce tableau, aussi.

Miramon lut et crut ne pas avoir compris. Il dut s'y reprendre à deux fois. « Marboré », « Astazou », « Boucharo », « Piméné », « Mourgat », « Talion », « Gabiétous ». Les noms de tous ces lieux célèbres des Pyrénées centrales figuraient en grosses lettres bleues et blanches sur le papier glacé. C'était son univers, depuis presque soixante ans.

— Mais c'est des noms de chez nous, tout cela.

— C'est ainsi que mon père a voulu baptiser ses inventions. Ses machines-outils sont vendues dans le monde entier, même en Amérique, sous ces noms. Elles font tourner des usines partout.

— Mais pourquoi avoir choisi nos montagnes ?

— C'est le plus beau décor naturel du monde, non ? Ce n'est pas ce que disent les guides d'ici ?

— Henri, c'est peut-être vrai.

— Monsieur Miramon, vous le savez bien, c'est une dette envers vous et ceux d'ici, les passeurs de la nuit. Sans vous, Clément et les autres, rien n'aurait été possible. Nous avons pu revoir le jour, revenir à la vie, à la lumière. Et cela, monsieur Miramon, n'a pas de prix.

— Bah ! Quand je dirai ça à Clément… commença Michel une nouvelle fois.

Une petite voix haut perchée l'interrompit. C'était la blonde, dans le dos d'Henri Poinsot. Miramon l'entendit une nouvelle fois. Le foulard de soie répéta quelque chose qu'il ne comprit pas.

— *So what, honey ? Would you come now ? It's time*[1].

1. « Alors quoi, chéri ? On y va maintenant ? C'est l'heure. »

Ce roman vous a plu,
vous aimerez aussi :

Les Soleils de l'Adour

De nos jours, en Gascogne,
les comportements fous
d'une jeunesse livrée à elle-même...

Une série d'événements vient bouleverser le tranquille Val d'Adour, niché entre les Pyrénées et la forêt landaise : rave-parties, disparition de jeunes filles, apparition d'une secte inquiétante.

Agathe Labadie, dont on perd la trace à Lourdes, se retrouve au sein d'une mystérieuse communauté entre les mains d'un gourou auprès duquel elle va vivre une douloureuse descente aux enfers. Autour d'elle et de son ami d'enfance Olivier, qui la cherche partout, gravitent des amis et des prédateurs. Mikel, le jeune paysan qui préfère la compagnie des corbeaux à celle des hommes ; Hélène, l'enseignante romantique ; Peyroulet, le grand-père passionné ; Douzous, l'abbé intransigeant ; Nathalie, la fille d'ouvrier ; et Juliette, héritière d'une grande entre prise, dont la vie va basculer dans la nuit d'une fête sauvage.

Ce roman de passions s'inspire d'une actualité brûlante et révèle une région attachante du Sud-Ouest, avec toutes ses contradictions, le Val d'Adour.

Pour faire part de vos impressions à l'auteur :

passeursdenuit@noos.fr

PRODUCTION JEANNINE BALLAND

Romans « Terres de France »

Jean Anglade
Un parrain de cendre
Le Jardin de Mercure
Y a pas d'bon Dieu
La Soupe à la fourchette
Un lit d'aubépine
La Maîtresse au piquet
Le Saintier
Le Grillon vert
La Fille aux orages
Un souper de neige
Les Puysatiers
Dans le secret des roseaux
La Rose et le Lilas
Avec le temps...
L'Ecureuil des vignes
Une étrange entreprise
Sylvie Anne
Mélie de Sept-Vents
Le Secret des chênes
La Couze
Ciel d'orage sur Donzenac
La Maîtresse du corroyeur
Un horloger bien tranquille
Jean-Jacques Antier
Autant en apporte la mer
Marie-Paul Armand
La Poussière des corons
Le Vent de la haine
Le Pain rouge
La Courée
tome I *La Courée*
tome II *Louise*
tome III *Benoît*
La Maîtresse d'école
La Cense aux alouettes
Nouvelles du Nord
L'Enfance perdue
Un bouquet de dentelle
Au bonheur du matin
Le Cri du héron
Victor Bastien
Retour au Letsing
Henriette Bernier
L'Enfant de l'autre
L'Or blanc des pâturages
L'Enfant de la dernière chance
Françoise Bourdon
La Forge au Loup
La Cour aux paons
Le Bois de lune
Le Maître ardoisier
Les Tisserands de la Licorne
Le Vent de l'aube
Patrick Breuzé
Le Silence des glaces
La Grande Avalanche
Nathalie de Broc
Le Patriarche du Bélon
La Dame des Forges
Annie Bruel
La Colline des contrebandiers
Le Mas des oliviers
Les Géants de pierre
Marie-Marseille
Jean du Casteloun
Les Amants de Malpasset
Michel Caffier
Le Hameau des mirabelliers
La Péniche Saint-Nicolas
Les Enfants du Flot
La Berline du roi Stanislas
La Plume d'or du drapier
Jean-Pierre Chabrol
La Banquise
Claire Chazal
L'Institutrice
Alice Collignon
Un parfum de cuir
Didier Cornaille
Les Labours d'hiver
Les Terres abandonnées
La Croix de Fourche
Etrangers à la terre
L'Héritage de Ludovic Grollier
L'Alambic
Georges Coulonges
Les Terres gelées
La Fête des écoles
La Madelon de l'an 40

L'Enfant sous les étoiles
Les Flammes de la Liberté
Ma communale avait raison
Les blés deviennent paille
L'Eté du grand bonheur
Des amants de porcelaine
Le Pays des tomates plates
La Terre et le Moulin
Les Sabots de Paris
Les Sabots d'Angèle
La Liberté sur la montagne
Les Boulets rouges de la Commune
Yves Courrière
Les Aubarède
Anne Courtillé
Les Dames de Clermont
Florine
Dieu le veult
Les Messieurs de Clermont
L'Arbre des dames
Le Secret du chat-huant
L'Orfèvre de Saint-Séverin
Paul Couturiau
En passant par la Lorraine
Annie Degroote
La Kermesse du diable
Le Cœur en Flandre
L'Oubliée de Salperwick
Les Filles du Houtland
Le Moulin de la Dérobade
Les Silences du maître drapier
Le Colporteur d'étoiles
La Splendeur des Vaneyck
Les Amants de la petite reine
Alain Dubos
Les Seigneurs de la haute lande
La Palombe noire
La Sève et la Cendre
Le Secret du docteur Lescat
Marie-Bernadette Dupuy
L'Orpheline du bois des Loups
Les Enfants du Pas du Loup
La Demoiselle des Bories
Elise Fischer
Trois Reines pour une couronne
Les Alliances de cristal
Mystérieuse Manon
Le Soleil des mineurs
Laurence Fritsch
La Faïencière de Saint-Jean
Alain Gandy
Adieu capitaine
Un sombre été à Chaluzac
L'Enigme de Ravejouls
Les Frères Delgayroux
Les Corneilles de Toulonjac
L'Affaire Combes
Les Polonaises de Cransac
Le Nœud d'anguilles
L'Agence Combes et Cie
Suicide sans préméditation
Fatale Randonnée
Gérard Georges
La Promesse d'un jour d'été
Les Bœufs de la Saint-Jean
L'Ecole en héritage
Michel Hérubel
La Maison Gelder
La Falaise bleue
Tempête sur Ouessant
Le Démon des brumes
Denis Humbert
La Malvialle
Un si joli village
La Rouvraie
La Dent du loup
L'Arbre à poules
Les Demi-Frères
La Dernière Vague
Yves Jacob
Marie sans terre
Les Anges maudits de Tourlaville
Les blés seront coupés
Hervé Jaouen
Que ma terre demeure
Au-dessous du calvaire
Les Ciels de la baie d'Audierne
Guillemette de La Borie
Les Dames de Tarnhac
Jean-Pierre Leclerc
Les Années de pierre
La Rouge Batelière
L'Eau et les jours
Les Sentinelles du printemps
Un amour naguère
Hélène Legrais
Le Destin des jumeaux Fabrègues
La Transbordeuse d'oranges
Les Herbes de la Saint-Jean

Louis-Jacques Liandier
Les Gens de Bois-sur-Lyre
Les Racines de l'espérance
Jean-Paul Malaval
Le Domaine de Rocheveyre
Les Vignerons de Chantegrêle
Jours de colère à Malpertuis
Quai des Chartrons
Les Compagnons de Maletaverne
Le Carnaval des loups
Les Césarines
Grand-mère Antonia
Une maison dans les arbres
Dominique Marny
A l'ombre des amandiers
La Rose des Vents
Et tout me parle de vous
Pascal Martin
Le Trésor du Magounia
Le Bonsaï de Brocéliande
Louis Muron
Le Chant des canuts
Henry Noullet
La Falourde
La Destalounade
Bonencontre
Le Destin de Bérengère Fayol
Le Mensonge d'Adeline
L'Evadé de Salvetat
Les Sortilèges d'Agnès d'Ayrac
Le Dernier Train de Salignac
Michel Peyramaure
Un château rose en Corrèze
Les Grandes Falaises
Frédéric Pons
Les Troupeaux du diable
Les Soleils de l'Adour
Jean Siccardi
Le Bois des Malines
Les Roses rouges de décembre
Le Bâtisseur de chapelles
Le Moulin de Siagne
Un parfum de rose
La Symphonie des loups
Bernard Simonay
La Fille de la pierre
Jean-Michel Thibaux
La Bastide blanche
Le Secret de Magali
La Fille de la garrigue
La Colère du mistral
L'Homme qui habillait les mariées
La Gasparine
L'Or des collines
Le Chanteur de sérénades
La Pénitente
Jean-Max Tixier
Le Crime des Hautes Terres
La Fiancée du santonnier
Le Maître des roseaux
Marion des salins
Le Mas des terres rouges
Brigitte Varel
Un village pourtant si tranquille
Les Yeux de Manon
Emma
L'Enfant traqué
Le Chemin de Jean
L'Enfant du Trièves
Le Déshonneur d'un père
Blessure d'enfance
Louis-Olivier Vitté
La Rivière engloutie
Colette Vlérick
La Fille du goémonier
Le Brodeur de Pont-l'Abbé
La Marée du soir
Le Blé noir

Récits « Terres de France »

Albine Novarino
George Sand ou l'Amour du Berry

Collection « Sud Lointain »

Sylvie Anne
L'Appel de la pampa
Jean-Jacques Antier
Le Rendez-vous de Marie-Galante
Marie-Galante, La Liberté ou la Mort
La Dame du Grand-Mât
Le Sixième Condamné de l'Espérance
Erwan Bergot
Les Marches vers la gloire
Sud lointain
tome I *Le Courrier de Saïgon*
tome II *La Rivière des parfums*
tome III *Le Maître de Bao-Tan*
Rendez-vous à Vera-Cruz
Mourir au Laos
Jean Bertolino
Chaman
Fura-Tena
Anne Courtillé
Le Mosaïste de Constantinople
Paul Couturiau
Le Paravent de soie rouge
Le Paravent déchiré
L'Inconnue de Saigon
Les Amants du fleuve Rouge
Le Pianiste de La Nouvelle-Orléans
Les Brumes de San Francisco
Alain Dubos
Acadie, terre promise
Retour en Acadie
La Plantation de Bois-Joli
La Baie des maudits
Elise Fischer
L'Enfant perdu des Philippines
Hubert Huertas
L'Orque de Magellan
Hervé Jaouen
L'Adieu au Connemara
Eric Le Nabour
Orages sur Calcutta
Les Démons de Shanghai
Sonia Marmen
La Vallée des larmes
La Saison des corbeaux
Dominique Marny
Du côté de Pondichéry
Les Nuits du Caire
Cap Malabata
Juliette Morillot
Les Orchidées rouges de Shanghai
Michel Peyramaure
Le Pays du Bel Espoir
Les Fleuves de Babylone
Les Tambours sauvages
Bernard Simonay
Les Tigres de Tasmanie
La Dame d'Australie
Jean-Michel Thibaux
La Fille de Panamá
Tempête sur Panamá
La Pyramide perdue
Colette Vlérick
Le Domaine du belvédère

Romans

Alain Gandy
Quand la Légion écrivait sa légende
Hubert Huertas
Nous jouerons quand même ensemble
La Passagère de la « Struma »
Denis Humbert
Un été d'illusions
Dominique Marny
Mes nuits ne sont pas les vôtres
Michel Peyramaure
Pacifique Sud
Louisiana
Le Roman de Catherine de Médicis
Jean-Michel Thibaux
Le Roman de Cléopâtre

Impression réalisée par

BUSSIÈRE

GROUPE CPI

à Saint-Amand-Montrond (Cher)
en avril 2006
pour les Presses de la Cité
12, avenue d'Italie
75013 Paris

Mise en pages : Bussière

N° d'édition : 7375. — N° d'impression : 60692-061301/1.
Dépôt légal : mai 2006.

Imprimé en France